《彷徨》赏读

刘少影　主编

辽海出版社

图书在版编目（CIP）数据

《彷徨》赏读／刘少影编著．－－沈阳：辽海出版社，2019．3

ISBN 978－7－5451－5266－1

Ⅰ．①彷…　Ⅱ．①刘…　Ⅲ．①鲁迅小说－小说评论　Ⅳ①I210．97

中国版本图书馆 CIP 数据核字（2019）第 039579 号

责任编辑：柳海松
责任校对：顾　季
装帧设计：廖　海
成品尺寸：145mm×210mm
印　　张：8
字　　数：193 千字
出版时间：2019 年 3 月第 1 版
印刷时间：2019 年 3 月第 1 次印刷

出　版　者：辽海出版社
印　刷　者：北京中振源印务有限公司

ISBN 978－7－5451－5266－1　　　　定　　价：38.00 元

目　录

彷　徨

祝　福

　　旧历的年底毕竟最像年底，村镇上不必说，就在天空中也显出将到新年的气象来。灰白色的沉重的晚云中间时时发出闪光，接着一声钝响，是送灶的爆竹；近处燃放的可就更强烈了，震耳的大音还没有息，空气里已经散满了幽微的火药香。我是正在这一夜回到我的故乡鲁镇的。虽说故乡，然而已没有家，所以只得暂寓在鲁四老爷的宅子里。他是我的本家，比我长一辈，应该称之曰"四叔"，是一个讲理学的老监生①。他比先前并没有什么大改变，单是老了些，但也还未留胡子，一见面是寒暄，寒暄之后说我"胖了"，说我"胖了"之后即大骂其新党②。但我知道，这并非借题在骂我：因为他所骂的还是康有为。但是，谈话是总不投机的了，于是不多久，我便一个人剩在书房里。

　　第二天我起得很迟，午饭之后，出去看了几个本家和朋友；第三天也照样。他们也都没有什么大改变，单是老了些；家中却一律忙，都在准备着"祝福"。这是鲁镇年终的大典，致敬尽礼，

---

　　①　监生：国子监是明清两代的最高学府，监生是国子监学生的简称。
　　②　新党：指支持维新或拥护革命的人。

迎接福神，拜求来年一年中的好运气的。杀鸡，宰鹅，买猪肉，用心细细的洗，女人的臂膊都在水里浸得通红，有的还带着绞丝银镯子。煮熟之后，横七竖八的插些筷子在这类东西上，可就称为"福礼"了，五更天陈列起来，并且点上香烛，恭请福神们来享用；拜的却只限于男人，拜完自然仍然是放爆竹。年年如此，家家如此——只要买得起福礼和爆竹之类的——今年自然也如此。天色愈阴暗了，下午竟下起雪来，雪花大的有梅花那么大，满天飞舞，夹着烟霭和忙碌的气色，将鲁镇乱成一团糟。我回到四叔的书房里时，瓦楞上已经雪白，房里也映得较光明，极分明的显出壁上挂着的朱拓的大"寿"字，陈抟老祖①写的；一边的对联已经脱落，松松的卷了放在长桌上，一边的还在，道是"事理通达心气和平"。我又无聊赖的到窗下的案头去一翻，只见一堆似乎未必完全的《康熙字典》，一部《近思录集注》和一部《四书衬》。无论如何，我明天决计要走了。

况且，一想到昨天遇见祥林嫂的事，也就使我不能安住。那是下午，我到镇的东头访过一个朋友，走出来，就在河边遇见她；而且见她瞪着的眼睛的视线，就知道明明是向我走来的。我这回在鲁镇所见的人们中，改变之大，可以说无过于她的了：五年前的花白的头发，即今已经全白，全不像四十上下的人；脸上瘦削不堪，黄中带黑，而且消尽了先前悲哀的神色，仿佛是木刻似的；只有那眼珠间或一轮，还可以表示她是一个活物。她一手提着竹篮，内中一个破碗，空的；一手拄着一支比她更长的竹竿，下端开了裂：她分明已经纯乎是一个乞丐了。

我就站住，预备她来讨钱。

————————

① 陈抟（tuán）老祖：北宋著名的道家学者。

2

"你回来了?"她先这样问。

"是的。"

"这正好。你是识字的,又是出门人,见识得多。我正要问你一件事——"她那没有精采的眼睛忽然发光了。

我万料不到她却说出这样的话来,诧异的站着。

"就是——"她走近两步,放低了声音,极秘密似的切切的说,"一个人死了之后,究竟有没有魂灵的?"

我很悚然,一见她的眼盯着我的,背上也就遭了芒刺一般,比在学校里遇到不及豫防的临时考,教师又偏是站在身旁的时候,惶急得多了。对于魂灵的有无,我自己是向来毫不介意的;但在此刻,怎样回答她好呢?我在极短期的踌躇①中,想,这里的人照例相信鬼,然而她,却疑惑了——或者不如说希望:希望其有,又希望其无……人何必增添末路的人的苦恼,为她起见,不如说有罢。

"也许有罢——我想。"我于是吞吞吐吐的说。

"那么,也就有地狱了?"

"阿!地狱?"我很吃惊,只得支吾着,"地狱?——论理,就该也有——然而也未必……谁来管这等事……"

"那么,死掉的一家的人,都能见面的?"

"唉唉,见面不见面呢?……"这时我已知道自己也还是完全一个愚人,什么踌躇,什么计划,都挡不住三句问。我即刻胆怯起来了,便想全翻过先前的话来,"那是……实在,我说不清……其实,究竟有没有魂灵,我也说不清。"

我乘她不再紧接的问,迈开步便走,匆匆的逃回四叔的家

---

① 踌躇 (chóu chú):犹豫。

3

中，心里很觉得不安逸。自己想，我这答话怕于她有些危险。她大约因为在别人的祝福时候，感到自身的寂寞了，然而会不会含有别的什么意思的呢？——或者是有了什么豫感了？倘有别的意思，又因此发生别的事，则我的答话委实该负若干的责任……但随后也就自笑，觉得偶尔的事，本没有什么深意义，而我偏要细细推敲，正无怪教育家要说是生着神经病；而况明明说过"说不清"，已经推翻了答话的全局，即使发生什么事，于我也毫无关系了。

"说不清"是一句极有用的话。不更事的勇敢的少年，往往敢于给人解决疑问，选定医生，万一结果不佳，大抵反成了怨府，然而一用这说不清来作结束，便事事逍遥自在了。我在这时，更感到这一句话的必要，即使和讨饭的女人说话，也是万不可省的。

但是我总觉得不安，过了一夜，也仍然时时记忆起来，仿佛怀着什么不祥的豫感；在阴沉的雪天里，在无聊的书房里，这不安愈加强烈了。不如走罢，明天进城去。福兴楼的清炖鱼翅，一元一大盘，价廉物美，现在不知增价了否？往日同游的朋友，虽然已经云散，然而鱼翅是不可不吃的，即使只有我一个……无论如何，我明天决计要走了。

我因为常见些但愿不如所料，以为未必竟如所料的事，却每每恰如所料的起来，所以很恐怕这事也一律。果然，特别的情形开始了。傍晚，我竟听到有些人聚在内室里谈话，仿佛议论什么事似的，但不一会，说话声也就止了，只有四叔且走而且高声的说：

"不早不迟，偏偏要在这时候——这就可见是一个谬种！"

我先是诧异，接着是很不安，似乎这话于我有关系。试望门

4

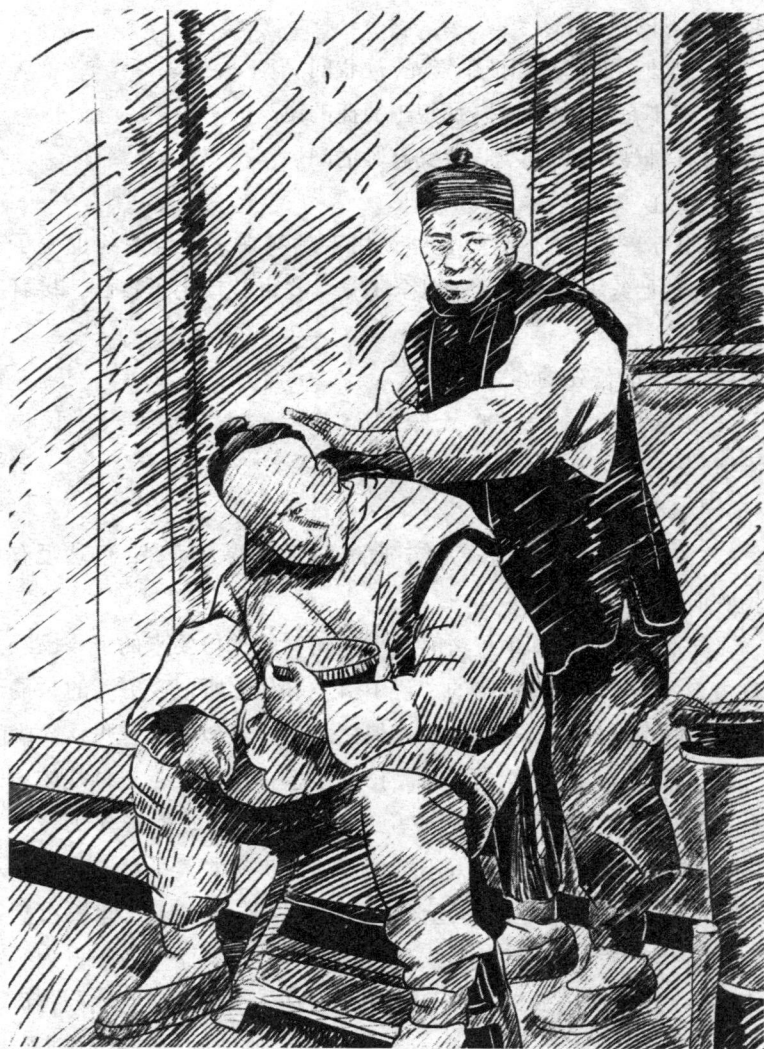

外，谁也没有。好容易待到晚饭前他们的短工来冲茶，我才得了打听消息的机会。

"刚才，四老爷和谁生气呢?"我问。

"还不是和祥林嫂?"那短工简捷的说。

"祥林嫂? 怎么了?"我又赶紧的问。

"老了。"

"死了?"我的心突然紧缩，几乎跳起来，脸上大约也变了色，但他始终没有抬头，所以全不觉。我也就镇定了自己，接着问——

"什么时候死的?"

"什么时候? ——昨天夜里，或者就是今天罢——我说不清。"

"怎么死的?"

"怎么死的? ——还不是穷死的?"他淡然的回答，仍然没有抬头向我看，出去了。

然而我的惊惶却不过暂时的事，随着就觉得要来的事，已经过去，并不必仰仗我自己的"说不清"和他之所谓"穷死的"的宽慰，心地已经渐渐轻松;不过偶然之间，还似乎有些负疚。晚饭摆出来了，四叔俨然的陪着。我也还想打听些关于祥林嫂的消息，但知道他虽然读过"鬼神者二气之良能也"，而忌讳仍然极多，当临近祝福时候，是万不可提起死亡疾病之类的话的;倘不得已，就该用一种替代的隐语，可惜我又不知道，因此屡次想问，而终于中止了。我从他俨然的脸色上，又忽而疑他正以为我不早不迟，偏要在这时候来打搅他，也是一个谬种，便立刻告诉他明天要离开鲁镇，进城去，趁早放宽了他的心。他也不很留。这样闷闷的吃完了一餐饭。

冬季日短，又是雪天，夜色早已笼罩了全市镇。人们都在灯下匆忙，但窗外很寂静。雪花落在积得厚厚的雪褥上面，听去似乎瑟瑟有声，使人更加感得沉寂。我独坐在发出黄光的菜油灯下，想，这百无聊赖的祥林嫂，被人们弃在尘芥堆中的，看得厌倦了的陈旧的玩物，先前还将形骸露在尘芥里，从活得有趣的人们看来，恐怕要怪讶她何以还要存在，现在总算被无常打扫得干干净净了。魂灵的有无，我不知道；然而在现世，则无聊生者不生，即使厌见者不见，为人为己，也还都不错。我静听着窗外似乎瑟瑟作响的雪花声，一面想，反而渐渐的舒畅起来。

然而先前所见所闻的她的半生事迹的断片，至此也联成一片了。

她不是鲁镇人。有一年的冬初，四叔家里要换女工，做中人的卫老婆子带她进来了，头上扎着白头绳，乌裙，蓝夹袄，月白背心，年纪大约二十六七，脸色青黄，但两颊却还是红的。卫老婆子叫她祥林嫂，说是自己母家的邻舍，死了当家人，所以出来做工了。四叔皱了皱眉，四婶已经知道了他的意思，是在讨厌她是一个寡妇。但看她模样还周正，手脚都壮大，又只是顺着眼，不开一句口，很像一个安分耐劳的人，便不管四叔的皱眉，将她留下了。试工期内，她整天的做，似乎闲着就无聊，又有力，简直抵得过一个男子，所以第三天就定局，每月工钱五百文。

大家都叫她祥林嫂；没问她姓什么，但中人是卫家山人，既说是邻居，那大概也就姓卫了。她不很爱说话，别人问了才回答，答的也不多。直到十几天之后，这才陆续的知道她家里还有严厉的婆婆；一个小叔子，十多岁，能打柴了；她是春天没了丈夫的；他本来也打柴为生，比她小十岁：大家所知道的就只是这一点。

日子很快的过去了，她的做工却毫没有懈，食物不论，力气是不惜的。人们都说鲁四老爷家里雇着了女工，实在比勤快的男人还勤快。到年底，扫尘，洗地，杀鸡，宰鹅，彻夜的煮福礼，全是一人担当，竟没有添短工。然而她反满足，口角边渐渐的有了笑影，脸上也白胖了。

新年才过，她从河边淘米回来时，忽而失了色，说刚才远远地看见一个男人在对岸徘徊，很像夫家的堂伯，恐怕是正为寻她而来的。四婶很惊疑，打听底细，她又不说。四叔一知道，就皱一皱眉，道：

"这不好。恐怕她是逃出来的。"

她诚然是逃出来的，不多久，这推想就证实了。

此后大约十几天，大家正已渐渐忘却了先前的事，卫老婆子忽而带了一个三十多岁的女人进来了，说那是祥林嫂的婆婆。那女人虽是山里人模样，然而应酬很从容，说话也能干，寒暄之后，就赔罪，说她特来叫她的儿媳回家去，因为开春事务忙，而家中只有老的和小的，人手不够了。

"既是她的婆婆要她回去，那有什么话可说呢。"四叔说。

于是算清了工钱，一共一千七百五十文，她全存在主人家，一文也还没有用，便都交给她的婆婆。那女人又取了衣服，道过谢，出去了。其时已经是正午。

"阿呀，米呢？祥林嫂不是去淘米的么？……"好一会，四婶这才惊叫起来。她大约有些饿，记得午饭了。

于是大家分头寻淘箩。她先到厨下，次到堂前，后到卧房，全不见淘箩的影子。四叔踱出门外，也不见，直到河边，才见平平正正的放在岸上，旁边还有一株菜。

看见的人报告说，河里面上午就泊了一只白篷船，篷是全盖起来的，不知道什么人在里面，但事前也没有人去理会他。待到祥林嫂出来淘米，刚刚要跪下去，那船里便突然跳出两个男人来，像是山里人，一个抱住她，一个帮着，拖进船去了。祥林嫂还哭喊了几声，此后便再没有什么声息，大约给用什么堵住了罢。接着就走上两个女人来，一个不认识，一个就是卫婆子，窥探舱里，不很分明，她像是捆了躺在船板上。

“可恶！然而……”四叔说。

这一天是四婶自己煮午饭；他们的儿子阿牛烧火。

午饭之后，卫老婆子又来了。

“可恶！”四叔说。

“你是什么意思？亏你还会再来见我们。”四婶洗着碗，一见面就愤愤的说，“你自己荐她来，又合伙劫她去，闹得沸反盈天的，大家看了成个什么样子？你拿我们家里开玩笑么？”

“阿呀阿呀，我真上当。我这回，就是为此特地来说说清楚的。她来求我荐地方，我那里料得到是瞒着她的婆婆的呢。对不起，四老爷，四太太。总是我老发昏，不小心，对不起主顾。幸而府上是向来宽宏大量，不肯和小人计较的。这回我一定荐一个好的来折罪……”

“然而……”四叔说。

于是祥林嫂事件便告终结，不久也就忘却了。

只有四嫂，因为后来雇用的女工，大抵非懒即馋，或者馋而且懒，左右不如意，所以也还提起祥林嫂。每当这些时候，她往往自言自语的说，“她现在不知道怎么样了？”意思是希望她再来。但到第二年的新正①，她也就绝了望。

新正将尽，卫老婆子来拜年了，已经喝得醉醺醺的，自说因为回了一趟卫家山的娘家，住下几天，所以来得迟了。她们问答之间，自然就谈到祥林嫂。

"她么？"卫老婆子高兴的说，"现在是交了好运了。她婆婆来抓她回去的时候，是早已许给了贺家墺的贺老六的，所以回家之后不几天，也就装在花轿里抬去了。"

"阿呀，这样的婆婆！……"四婶惊奇的说。

"阿呀，我的太太！你真是大户人家的太太的话。我们山里人，小户人家，这算得什么？她有小叔子，也得娶老婆。不嫁了她，那有这一注钱来做聘礼？她的婆婆倒是精明强干的女人呵，很有打算，所以就将她嫁到里山去。倘许给本村人，财礼就不多；惟独肯嫁进深山野墺里去的女人少，所以她就到手了八十千。现在第二个儿子的媳妇也娶进了，财礼只花了五十，除去办喜事的费用，还剩十多千。吓，你看，这多么好打算？……"

"祥林嫂竟肯依？……"

"这有什么依不依——闹是谁也总要闹一闹的；只要用绳子一捆，塞在花轿里，抬到男家，捺上花冠，拜堂，关上房门，就完事了。可是祥林嫂真出格，听说那时实在闹得厉害，大家还都说大约因为在念书人家做过事，所以与众不同呢。太太，我们见得多了：回头人出嫁，哭喊的也有，说要寻死觅活的也有，抬到男家闹得拜不成天地的也有，连花烛都砸了的也有。祥林嫂可是异乎寻常，他们说她一路只是嚎，骂，抬到贺家墺，喉咙已经全哑了。拉出轿来，两个男人和她的小叔子使劲的擒住她也还拜不

----

① 新正：即正月。

成天地。他们一不小心，一松手，阿呀，阿弥陀佛，她就一头撞在香案角上，头上碰了一个大窟窿，鲜血直流，用了两把香灰，包上两块红布还止不住血呢。直到七手八脚的将她和男人反关在新房里，还是骂，阿呀呀，这真是……"她摇一摇头，顺下眼睛，不说了。

"后来怎么样呢?"四婶还问。

"听说第二天也没有起来。"她抬起眼来说。

"后来呢?"

"后来? ——起来了。她到年底就生了一个孩子，男的，新年就两岁了。我在娘家这几天，就有人到贺家墺去，回来说看见他们娘儿俩，母亲也胖，儿子也胖；上头又没有婆婆；男人所有的是力气，会做活；房子是自家的——唉唉，她真是交了好运了。"

从此之后，四婶也就不再提起祥林嫂。

但有一年的秋季，大约是得到祥林嫂好运的消息之后的又过了两个新年，她竟又站在四叔家的堂前了。桌上放着一个荸荠式的圆篮，檐下一个小铺盖。她仍然头上扎着白头绳，乌裙，蓝夹袄，月白背心，脸色青黄，只是两颊上已经消失了血色，顺着眼，眼角上带些泪痕，眼光也没有先前那样精神了。而且仍然是卫老婆子领着，显出慈悲模样，絮絮的对四婶说：

"……这实在是叫作'天有不测风云'，她的男人是坚实人，谁知道年纪青青，就会断送在伤寒上? 本来已经好了的，吃了一碗冷饭，复发了。幸亏有儿子；她又能做，打柴摘茶养蚕都来得，本来还可以守着，谁知道那孩子又会给狼衔去的呢? 春天快完了，村上倒反来了狼，谁料到? 现在她只剩了一个光身了。大伯来收屋，又赶她。她真是走投无路了，只好来求老主人。好在她现在已经再没有什么牵挂，太太家里又凑巧要换人，所以我就领她来——我想，熟门熟路，比生手实在好得多……"

"我真傻，真的，"祥林嫂抬起她没有神采的眼睛来，接着说。"我单知道下雪的时候野兽在山墺里没有食吃，会到村里来；我不知道春天也会有。我一清早起来就开了门，拿小篮盛了一篮豆，叫我们的阿毛坐在门槛上剥豆去。他是很听话的，我的话句句听；他出去了。我就在屋后劈柴，淘米，米下了锅，要蒸豆。我叫阿毛，没有应，出去一看，只见豆撒得一地，没有我们的阿毛了。他是不到别家去玩的；各处去一问，果然没有。我急了，央人出去寻。直到下半天，寻来寻去寻到山墺里，看见刺柴上挂着一只他的小鞋。大家都说，糟了，怕是遭了狼了。再进去；他果然躺在草窠里，肚里的五脏已经都给吃空了，手上还紧紧的捏着那只小篮呢……"她接着但是呜咽，说不出成句的话来。

四婶起初还踌蹰，待到听完她自己的话，眼圈就有些红了。她想了一想，便教拿圆篮和铺盖到下房去。卫老婆子仿佛卸了一肩重担似的嘘一口气；祥林嫂比初来时候神气舒畅些，不待指引，自己驯熟的安放了铺盖。她从此又在鲁镇做女工了。

大家仍然叫她祥林嫂。

然而这一回，她的境遇却改变得非常大。上工之后的两三天，主人们就觉得她手脚已没有先前一样灵活，记性也坏得多，死尸似的脸上又整日没有笑影，四婶的口气上，已颇有些不满了。当她初到的时候，四叔虽然照例皱过眉，但鉴于向来雇用女工之难，也就并不大反对，只是暗暗地告诫四婶说，这种人虽然似乎很可怜，但是败坏风俗的，用她帮忙还可以，祭祀时候可用不着她沾手，一切饭菜，只好自己做，否则，不干不净，祖宗是不吃的。

四叔家里最重大的事件是祭祀，祥林嫂先前最忙的时候也就是祭祀，这回她却清闲了。桌子放在堂中央，系上桌帏，她还记得照旧的去分配酒杯和筷子。

"祥林嫂，你放着罢！我来摆。"四婶慌忙的说。

她讪讪的缩了手，又去取烛台。

"祥林嫂，你放着罢！我来拿。"四婶又慌忙的说。

她转了几个圆圈，终于没有事情做，只得疑惑的走开。她在这一天可做的事是不过坐在灶下烧火。

镇上的人们也仍然叫她祥林嫂，但音调和先前很不同；也还和她讲话，但笑容却冷冷的了。她全不理会那些事，只是直着眼睛，和大家讲她自己日夜不忘的故事——

"我真傻，真的，"她说。"我单知道雪天是野兽在深山里没有食吃，会到村里来；我不知道春天也会有。我一大早起来就开了门，拿小篮盛了一篮豆，叫我们的阿毛坐在门槛上剥豆去。他是很听话的孩子，我的话句句听；他就出去了。我就在屋后劈柴，淘米，米下了锅，打算蒸豆。我叫，'阿毛！'没有应。出去一看，只见豆撒得满地，没有我们的阿毛了。各处去一问，都没有。我急了，央人去寻去。直到下半天，几个人寻到山墺里，看见刺柴上挂着一只他的小鞋。大家都说，完了，怕是遭了狼了。再进去；果然，他躺在草窠里，肚里的五脏已经都给吃空了，可怜他手里还紧紧的捏着那只小篮呢……"她于是淌下眼泪来，声音也呜咽了。

这故事倒颇有效，男人听到这里，往往敛起笑容，没趣的走了开去；女人们却不独宽恕了她似的，脸上立刻改换了鄙薄的神气，还要陪出许多眼泪来。有些老女人没有在街头听到她的话，便特意寻来，要听她这一段悲惨的故事。直到她说到呜咽，她们也就一齐流下那停在眼角上的眼泪，叹息一番，满足的去了，一面还纷纷的评论着。

她就只是反复的向人说她悲惨的故事，常常引住了三五个人来听她。但不久，大家也都听得纯熟了，便是最慈悲的念佛的老太太们，眼里也再不见有一点泪的痕迹。后来全镇的人们几乎都能背诵她的话，一听到就烦厌得头痛。

"我真傻，真的，"她开首说。

"是的，你是单知道雪天野兽在深山里没有食吃，才会到村里来的。"他们立即打断她的话，走开去了。

她张着口怔怔的站着，直着眼睛看他们，接着也就走了，似乎自己也觉得没趣。但她还妄想，希图从别的事，如小篮，豆，别人的孩子上，引出她的阿毛的故事来。倘一看见两三岁的小孩子，她就说：

"唉唉，我们的阿毛如果还在，也就有这么大了……"

孩子看见她的眼光就吃惊，牵着母亲的衣襟催她走。于是又只剩下她一个，终于没趣的也走了。后来大家又都知道了她的脾气，只要有孩子在眼前，便似笑非笑的先问她，道：

"祥林嫂，你们的阿毛如果还在，不是也就有这么大了么？"

她未必知道她的悲哀经大家咀嚼赏鉴了许多天，早已成为渣滓，只值得烦厌和唾弃；但从人们的笑影上，也仿佛觉得这又冷又尖，自己再没有开口的必要了。她单是一瞥他们，并不回答一句话。

鲁镇永远是过新年，腊月二十以后就忙起来了。四叔家里这回须雇男短工，还是忙不过来，另叫柳妈做帮手，杀鸡，宰鹅；然而柳妈是善女人，吃素，不杀生的，只肯洗器皿。祥林嫂除烧火之外，没有别的事，却闲着了，坐着只看柳妈洗器皿。微雪点点的下来了。

"唉唉，我真傻，"祥林嫂看了天空，叹息着，独语似的说。

"祥林嫂，你又来了。"柳妈不耐烦的看着她的脸，说。"我问你：你额角上的伤疤，不就是那时撞坏的么？"

"唔唔。"她含胡的回答。

"我问你：你那时怎么后来竟依了呢？"

"我么？……"

"你呀。我想：这总是你自己愿意了，不然……"

"阿阿，你不知道他力气多么大呀。"

"我不信。我不信你这么大的力气，真会拗他不过。你后来一定是自己肯了，倒推说他力气大。"

"阿阿，你……你倒自己试试看。"她笑了。

柳妈的打皱的脸也笑起来，使她蹙①缩得像一个核桃；干枯的小眼睛一看祥林嫂的额角，又钉住她的眼。祥林嫂似乎很局促了，立刻敛了笑容，旋转眼光，自去看雪花。

"祥林嫂，你实在不合算。"柳妈诡秘的说。"再一强，或者索性撞一个死，就好了。现在呢，你和你的第二个男人过活不到两年，倒落了一件大罪名。你想，你将来到阴司去，那两个死鬼的男人还要争，你给了谁好呢？阎罗大王只好把你锯开来，分给他们。我想，这真是……"

她脸上就显出恐怖的神色来，这是在山村里所未曾知道的。

"我想，你不如及早抵当。你到土地庙里去捐一条门槛，当作你的替身，给千人踏，万人跨，赎了这一世的罪名，免得死了

---

① 蹙（cù）：皱，收缩。

15

去受苦。”

她当时并不回答什么话，但大约非常苦闷了，第二天早上起来的时候，两眼上便都围着大黑圈。早饭之后，她便到镇的西头的土地庙里去求捐门槛。庙祝①起初执意不允许，直到她急得流泪，才勉强答应了。价目是大钱十二千。

她久已不和人们交口，因为阿毛的故事是早被大家厌弃了的；但自从和柳妈谈了天，似乎又即传扬开去，许多人都发生了新趣味，又来逗她说话了。至于题目，那自然是换了一个新样，专在她额上的伤疤。

“祥林嫂，我问你：你那时怎么竟肯了？”一个说。

“唉，可惜，白撞了这一下。”一个看着她的疤，应和道。

她大约从他们的笑容和声调上，也知道是在嘲笑她，所以总是瞪着眼睛，不说一句话，后来连头也不回了。她整日紧闭了嘴唇，头上带着大家以为耻辱的记号的那伤痕，默默的跑街，扫地，洗菜，淘米。快够一年，她才从四婶手里支取了历来积存的工钱，换算了十二元鹰洋，请假到镇的西头去。但不到一顿饭时候，她便回来，神气很舒畅，眼光也分外有神，高兴似的对四婶说，自己已经在土地庙捐了门槛了。

冬至的祭祖时节，她做得更出力，看四婶装好祭品，和阿牛将桌子抬到堂屋中央，她便坦然的去拿酒杯和筷子。

“你放着罢，祥林嫂！”四婶慌忙大声说。

她像是受了炮烙似的缩手，脸色同时变作灰黑，也不再去取烛台，只是失神的站着。直到四叔上香的时候，教她走开，她才走开。这一回她的变化非常大，第二天，不但眼睛窈陷下去，连

---

① 庙祝：庙里掌管香火的人。

16

精神也更不济了。而且很胆怯，不独怕暗夜，怕黑影，即使看见人，虽是自己的主人，也总惴惴的，有如在白天出穴游行的小鼠；否则呆坐着，直是一个木偶人。不半年，头发也花白起来了，记性尤其坏，甚而至于常常忘却了去淘米。

"祥林嫂怎么这样了？倒不如那时不留她。"四婶有时当面就这样说，似乎是警告她。

然而她总如此，全不见有伶俐起来的希望。他们于是想打发她走了，教她回到卫老婆子那里去。但当我还在鲁镇的时候，不过单是这样说；看现在的情状，可见后来终于实行了。然而她是从四叔家出去就成了乞丐的呢，还是先到卫老婆子家然后再成乞丐的呢？那我可不知道。

我给那些因为在近旁而极响的爆竹声惊醒，看见豆一般大的黄色的灯火光，接着又听得毕毕剥剥的鞭炮，是四叔家正在"祝福"了；知道已是五更将近时候。我在蒙胧中，又隐约听到远处的爆竹声连绵不断，似乎合成一天音响的浓云，夹着团团飞舞的雪花，拥抱了全市镇。我在这繁响的拥抱中，也懒散而且舒适，从白天以至初夜的疑虑，全给祝福的空气一扫而空了，只觉得天地圣众歆享①了牲醴②和香烟，都醉醺醺的在空中蹒跚，豫备给鲁镇的人们以无限的幸福。

一九二四年二月七日

【赏读：《祝福》是鲁迅一九二四至一九二五年间小说合集

---

① 歆（xīn）享：旧指鬼神享受祭品、香火。
② 牲醴（lǐ）：指祭祀用的牲口和甜酒。

《彷徨》中的第一篇。它以一个淳朴善良的农村劳动妇女为主角，通过祥林嫂一生的悲惨遭遇，反映了辛亥革命以后中国的社会矛盾，深刻地反映出旧社会中千千万万劳动妇女共同的悲惨命运：肉体遭受压榨、蹂躏，精神也受到摧残和毒害。而文中作者对祥林嫂眼神的刻画，也生动体现了祥林嫂性格的发展过程，鲜明地表现了她内心世界的深刻变化，从而印记着祥林嫂悲惨一生的足迹。

"眼睛是心灵的窗户。"要写出一个人精神面貌的变化过程，无疑，眼睛的刻画是最重要的。鲁迅先生也说："要极俭省的画出一个人的特点，最好是画她的眼睛。"《祝福》就可以说是这样一个生动的明证。总之，一个眼睛，别样眼神，充分展示了祥林嫂从善良做人、勤快耐劳，到失去对生活的信心；从坚忍顽强，到麻木迟钝，只求死后平安的悲苦命运的轨迹。它概括了祥林嫂一生的不幸，鲜明地表现了人物的遭遇和内心世界的变化，形象地表现了祥林嫂被封建礼教和封建思想一步步逼到绝境的过程，我们也就见微知著，从她的眼神变化中看到了旧制度一口一口地吞噬善良的劳动妇女，从而更加清醒认识到封建礼教人吃人的罪恶本质。真可谓是"一圈眼神细刻画，写尽人生悲苦命"啊！】

在酒楼上

我从北地向东南旅行，绕道访了我的家乡，就到 S 城。这城离我的故乡不过三十里，坐了小船，小半天可到，我曾在这里的学校里当过一年的教员。深冬雪后，风景凄清，懒散和怀旧的心绪联结起来，我竟暂寓在 S 城的洛思旅馆里了；这旅馆是先前所没有的。城圈本不大，寻访了几个以为可以会见的旧同事，一个也不在，早不知散到那里去了；经过学校的门口，也改换了名称和模样，于我很生疏。不到两个时辰，我的意兴早已索然，颇悔此来为多事了。

我所住的旅馆是租房不卖饭的，饭菜必须另外叫来，但又无味，入口如嚼泥土。窗外只有渍痕斑驳的墙壁，帖着枯死的莓苔；上面是铅色的天，白皑皑的绝无精彩，而且微雪又飞舞起来了。我午餐本没有饱，又没有可以消遣的事情，便很自然的想到先前有一家很熟识的小酒楼，叫一石居的，算来离旅馆并不远。我于是立即锁了房门，出街向那酒楼去。其实也无非想姑且逃避客中的无聊，并不专为买醉。一石居是在的，狭小阴湿的店面和破旧的招牌都依旧；但从掌柜以至堂倌却已没有一个熟人，我在这一石居中也完全成了生客。然而我终于跨上那走熟的屋角的扶梯去了，由此径到小楼上。上面也依然是五张小板桌；独有原是木棂的后窗却换嵌了玻璃。

"一斤绍酒——菜？十个油豆腐，辣酱要多！"

我一面说给跟我上来的堂倌听，一面向后窗走，就在靠窗的一张桌旁坐下了。楼上"空空如也"，任我拣得最好的坐位：可以眺望楼下的废园。这园大概是不属于酒家的，我先前也曾眺望过许多回，有时也在雪天里。但现在从惯于北方的眼睛看来，却很值得惊异了，几株老梅竟斗雪开着满树的繁花，仿佛毫不以深冬为意；倒塌的亭子边还有一株山茶树，从暗绿的密叶里显出十几朵红花来，赫赫的在雪中明得如火，愤怒而且傲慢，如蔑视游人的甘心于远行。我这时又忽地想到这里积雪的滋润，著物不去，晶莹有光，不比朔雪的粉一般干，大风一吹，便飞得满空如烟雾……

"客人，酒……"

19

堂倌懒懒的说着，放下杯，筷，酒壶和碗碟，酒到了。我转脸向了板桌，排好器具，斟出酒来。觉得北方固不是我的旧乡，但南来又只能算一个客子，无论那边的干雪怎样纷飞，这里的柔雪又怎样的依恋，于我都没有什么关系了。我略带些哀愁，然而很舒服的呷一口酒。酒味很纯正；油豆腐也煮得十分好；可惜辣酱太淡薄，本来 S 城人是不懂得吃辣的。

大概是因为正在下午的缘故罢，这虽说是酒楼，却毫无酒楼气，我已经喝下三杯酒去了，而我以外还是四张空板桌。我看着废园，渐渐的感到孤独，但又不愿有别的酒客上来。偶然听得楼梯上脚步响，便不由的有些懊恼，待到看见是堂倌，才又安心了，这样的又喝了两杯酒。

我想，这回定是酒客了，因为听得那脚步声比堂倌的要缓得多。约略料他走完了楼梯的时候，我便害怕似的抬头去看这无干的同伴，同时也就吃惊的站起来。我竟不料在这里意外的遇见朋友了——假如他现在还许我称他为朋友。那上来的分明是我的旧同窗，也是做教员时代的旧同事，面貌虽然颇有些改变，但一见也就认识，独有行动却变得格外迂缓，很不像当年敏捷精悍的吕纬甫了。

"阿——纬甫，是你么？我万想不到会在这里遇见你。"

"阿阿，是你？我也万想不到……"

我就邀他同坐，但他似乎略略踌蹰之后，方才坐下来。我起先很以为奇，接着便有些悲伤，而且不快了。细看他相貌，也还是乱蓬蓬的须发；苍白的长方脸，然而衰瘦了。精神很沉静，或者却是颓唐；又浓又黑的眉毛底下的眼睛也失了精彩，但当他缓缓的四顾的时候，却对废园忽地闪出我在学校时代常常看见的射人的光来。

"我们，"我高兴的，然而颇不自然的说，"我们这一别，怕有十年了罢。我早知道你在济南，可是实在懒得太难，终于没有写一封信……"

"彼此都一样。可是现在我在太原了，已经两年多，和我的母亲。我回来接她的时候，知道你早搬走了，搬得很干净。"

"你在太原做什么呢?"我问。

"教书，在一个同乡的家里。"

"这以前呢?"

"这以前么?"他从衣袋里掏出一支烟卷来，点了火衔在嘴里，看着喷出的烟雾，沉思似的说，"无非做了些无聊的事情，等于什么也没有做。"

他也问我别后的景况;我一面告诉他一个大概，一面叫堂倌先取杯筷来，使他先喝着我的酒，然后再去添二斤。其间还点菜，我们先前原是毫不客气的，但此刻却推让起来了，终于说不清那一样是谁点的，就从堂倌的口头报告上指定了四样菜:茴香豆，冻肉，油豆腐，青鱼干。

"我一回来，就想到我可笑。"他一手擎着烟卷，一只手扶着酒杯，似笑非笑的向我说。"我在少年时，看见蜂子或蝇子停在一个地方，给什么来一吓，即刻飞去了，但是飞了一个小圈子，便又回来停在原地点，便以为这实在很可笑，也可怜。可不料现在我自己也飞回来了，不过绕了一点小圈子。又不料你也回来了。你不能飞得更远些么?"

"这难说，大约也不外乎绕点小圈子罢。"我也似笑非笑的说。"但是你为什么飞回来的呢?"

"也还是为了无聊的事。"他一口喝干了一杯酒，吸几口烟，眼睛略为张大了。"无聊的——但是我们就谈谈罢。"

21

堂倌搬上新添的酒菜来，排满了一桌，楼上又添了烟气和油豆腐的热气，仿佛热闹起来了；楼外的雪也越加纷纷的下。

"你也许本来知道，"他接着说，"我曾经有一个小兄弟，是三岁上死掉的，就葬在这乡下。我连他的模样都记不清楚了，但听母亲说，是一个很可爱念的孩子，和我也很相投，至今她提起来还似乎要下泪。今年春天，一个堂兄就来了一封信，说他的坟边已经渐渐的浸了水，不久怕要陷入河里去了，须得赶紧去设法。母亲一知道就很着急，几乎几夜睡不着——她又自己能看信的。然而我能有什么法子呢？没有钱，没有工夫：当时什么法也没有。

一直挨到现在，趁着年假的闲空，我才得回南给他来迁葬。"他又喝干一杯酒，看着窗外，说，"这在那边那里能如此呢？积雪里会有花，雪地下会不冻。就在前天，我在城里买了一口小棺材——因为我豫料那地下的应该早已朽烂了——带着棉絮和被褥，雇了四个土工，下乡迁葬去。我当时忽而很高兴，愿意掘一回坟，愿意一见我那曾经和我很亲睦的小兄弟的骨殖：这些事我生平都没有经历过。到得坟地，果然，河水只是咬进来，离坟已不到二尺远。可怜的坟，两年没有培土，也平下去了。我站在雪中，决然的指着他对土工说，'掘开来！'我实在是一个庸人，我这时觉得我的声音有些希奇，这命令也是一个在我一生中最为伟大的命令。但土工们却毫不骇怪，就动手掘下去了。待到掘着圹穴①，我便过去看，果然，棺木已经快要烂尽了，只剩下一堆木丝和小木片。我的心颤动着，自去拨开这些，很小心的，要看一看我的小兄弟。然而出乎意外！被褥，衣服，骨骼，什么也没

---

① 圹（kuàng）穴：指坟墓。

有。我想，这些都消尽了，向来听说最难烂的是头发，也许还有罢。我便伏下去，在该是枕头所在的泥土里仔仔细细的看，也没有。踪影全无！"

我忽而看见他眼圈微红了，但立即知道是有了酒意。他总不很吃菜，单是把酒不停的喝，早喝了一斤多，神情和举动都活泼起来，渐近于先前所见的吕纬甫了，我叫堂倌再添二斤酒，然后回转身，也拿着酒杯，正对面默默的听着。

"其实，这本已可以不必再迁，只要平了土，卖掉棺材，就此完事了的。我去卖棺材虽然有些离奇，但只要价钱极便宜，原铺子就许要，至少总可以捞回几文酒钱来。但我不这样，我仍然铺好被褥，用棉花裹了些他先前身体所在的地方的泥土，包起来，装在新棺材里，运到我父亲埋着的坟地上，在他坟旁埋掉了。因为外面用砖椁①，昨天又忙了我大半天：监工。但这样总算完结了一件事，足够去骗骗我的母亲，使她安心些——阿阿，你这样的看我，你怪我何以和先前太不相同了么？是的，我也还记得我们同到城隍庙里去拔掉神像的胡子的时候，连日议论些改革中国的方法以至于打起来的时候。但我现在就是这样了，敷敷衍衍，模模胡胡。我有时自己也想到，倘若先前的朋友看见我，怕会不认我做朋友了——然而我现在就是这样。"

他又掏出一支烟卷来，衔在嘴里，点了火。

"看你的神情，你似乎还有些期望我——我现在自然麻木得多了，但是有些事也还看得出。这使我很感激，然而也使我很不安：怕我终于辜负了至今还对我怀着好意的老朋友……"他忽而停住了，吸几口烟，才又慢慢的说，"正在今天，刚在我到这一

①　砖椁（guō）：指在墓中围绕棺木四周砌起的砖壁。

石居来之前，也就做了一件无聊事，然而也是我自己愿意做的。我先前的东边的邻居叫长富，是一个船户。他有一个女儿叫阿顺，你那时到我家里来，也许见过的，但你一定没有留心，因为那时她还小。后来她也长得并不好看，不过是平常的瘦瘦的瓜子脸，黄脸皮；独有眼睛非常大，睫毛也很长，眼白又青得如夜的晴天，而且是北方的无风的晴天，这里的就没有那么明净了。她很能干，十多岁没了母亲，招呼两个小弟妹都靠她；又得服侍父亲，事事都周到；也经济，家计倒渐渐的稳当起来了。邻居几乎没有一个不夸奖她，连长富也时常说些感激的话。这一次我动身回来的时候，我的母亲又记得她了，老年人记性真长久。她说她曾经知道顺姑因为看见谁的头上戴着红的剪绒花，自己也想有一朵，弄不到，哭了，哭了小半夜，就挨了她父亲的一顿打，后来眼眶还红肿了两三天。这种剪绒花是外省的东西，S城里尚且买不出，她那里想得到手呢？趁我这一次回南的便，便叫我买两朵去送她。

我对于这差使倒并不以为烦厌，反而很喜欢；为阿顺，我实在还有些愿意出力的意思的。前年，我回来接我母亲的时候，有一天，长富正在家，不知怎的我和他闲谈起来了。他便要请我吃点心，荞麦粉，并且告诉我所加的是白糖。你想，家里能有白糖的船户，可见决不是一个穷船户了，所以他也吃得很阔绰。我被劝不过，答应了，但要求只要用小碗。他也很识世故，便嘱咐阿顺说，'他们文人，是不会吃东西的。你就用小碗，多加糖！'然而等到调好端来的时候，仍然使我吃一吓，是一大碗，足够我吃一天。但是和长富吃的一碗比起来，我的也确乎算小碗。我生平没有吃过荞麦粉，这回一尝，实在不可口，却是非常甜。我漫然的吃了几口，就想不吃了，然而无意中，忽然间看见阿顺远远的站在屋角里，就使我立刻消失了放下碗筷的勇气。我看她的神情，是害怕而且希望，大约怕自己调得不好，愿我们吃得有味。我知道如果剩下大半碗来，一定要使她很失望，而且很抱歉。我于是同时决心，放开喉咙灌下去了，几乎吃得和长富一样快。我由此才知道硬吃的苦痛，我只记得还做孩子时候的吃尽一碗拌着驱除蛔虫药粉的沙糖才有这样难。然而我毫不抱怨，因为她过来收拾空碗时候的忍着的得意的笑容，已尽够赔偿我的苦痛而有余了。所以我这一夜虽然饱胀得睡不稳，又做了一大串恶梦，也还是祝赞她一生幸福，愿世界为她变好。然而这些意思也不过是我的那些旧日的梦的痕迹，即刻就自笑，接着也就忘却了。

我先前并不知道她曾经为了一朵剪绒花挨打，但因为母亲一说起，便也记得了荞麦粉的事，意外的勤快起来了。我先在太原城里搜求了一遍，都没有；一直到济南……"

窗外沙沙的一阵声响，许多积雪从被他压弯了的一枝山茶树上滑下去了，树枝笔挺的伸直，更显出乌油油的肥叶和血红的花来。天空的铅色来得更浓；小鸟雀啾唧的叫着，大概黄昏将近，地面又全罩了雪，寻不出什么食粮，都赶早回巢来休息了。

"一直到了济南，"他向窗外看了一回，转身喝干一杯酒，又吸几口烟，接着说。"我才买到剪绒花。我也不知道使她挨打的是不是这一种，总之是绒做的罢了。我也不知道她喜欢深色还是浅色，就买了一朵大红的，一朵粉红的，都带到这里来。

"就是今天午后，我一吃完饭，便去看长富，我为此特地耽搁了一天。他的家倒还在，只是看去很有些晦气色了，但这恐怕不过是我自己的感觉。他的儿子和第二个女儿——阿昭，都站在门口，大了。阿昭长得全不像她姊姊，简直像一个鬼，但是看见我走向她家，便飞奔的逃进屋里去。我就问那小子，知道长富不在家。'你的大姊呢?'他立刻瞪起眼睛，连声问我寻她什么事，而且恶狠狠的似乎就要扑过来，咬我。我支吾着退走了，我现在是敷敷衍衍……

"你不知道，我可是比先前更怕去访人了。因为我已经深知道自己之讨厌，连自己也讨厌，又何必明知故犯的去使人暗暗地不快呢? 然而这回的差使是不能不办妥的，所以想了一想，终于回到就在斜对门的柴店里。店主的母亲，老发奶奶，倒也还在，而且也还认识我，居然将我邀进店里坐去了。我们寒暄几句之后，我就说明了回到 S 城和寻长富的缘故。不料她叹息说:

"'可惜顺姑没有福气戴这剪绒花了。'

"她于是详细的告诉我，说是'大约从去年春天以来，她就见得黄瘦，后来忽而常常下泪了，问她缘故又不说; 有时还整夜的哭，哭得长富也忍不住生气，骂她年纪大了，发了疯。可是一到秋初，起先不过小伤风，终于躺倒了，从此就起不来。直到咽气的前几天，才肯对长富说，她早就像她母亲一样，不时的吐红和流夜汗。但是瞒着，怕他因此要担心。有一夜，她的伯伯长庚又来硬借钱——这是常有的事——她不给，长庚就冷笑着说: 你不要骄气，你的男人比我还不如! 她从此就发了愁，又怕羞，不好问，只好哭。长富赶紧将她的男人怎样的挣气的话说给她听，那里还来得及? 况且她也不信，反而说: 好在我已经这样，什么也不要紧了。'

"她还说，'如果她的男人真比长庚不如，那就真可怕呵! 比不上一个偷鸡贼，那是什么东西呢? 然而他来送殓的时候，我是亲眼看见他的，衣服很干净，人也体面; 还眼泪汪汪的说，自己撑了半世小船，苦熬苦省的积起钱来聘了一个女人，偏偏又死掉

26

了。可见他实在是一个好人，长庚说的全是诳话。只可惜顺姑竟会相信那样的贼骨头的诳话，白送了性命——但这也不能去怪谁，只能怪顺姑自己没有这一份好福气。'

"那倒也罢，我的事情又完了。但是带在身边的两朵剪绒花怎么办呢？好，我就托她送了阿昭。这阿昭一见我就飞跑，大约将我当作一只狼或是什么，我实在不愿意去送她——但是我也就送她了，对母亲只要说阿顺见了喜欢的了不得就是。这些无聊的事算什么？只要模模胡胡。模模胡胡的过了新年，仍旧教我的'子曰诗云'去。"

"你教的是'子曰诗云'么？"我觉得奇异，便问。

"自然。你还以为教的是 ABCD 么？我先是两个学生，一个读《诗经》，一个读《孟子》。新近又添了一个，女的，读《女儿经》。连算学也不教，不是我不教，他们不要教。"

"我实在料不到你倒去教这类的书……"

"他们的老子要他们读这些；我是别人，无乎不可的。这些无聊的事算什么？只要随随便便……"

他满脸已经通红，似乎很有些醉，但眼光却又消沉下去了。我微微的叹息，一时没有话可说。楼梯上一阵乱响，拥上几个酒客来：当头的是矮子，臃肿的圆脸；第二个是长的，在脸上很惹眼的显出一个红鼻子；此后还有人，一迭连的走得小楼都发抖。我转眼去看吕纬甫，他也正转眼来看我，我就叫堂倌算酒账。

"你藉此还可以支持生活么？"我一面准备走，一面问。

"是的——我每月有二十元，也不大能够敷衍。"

"那么，你以后豫备怎么办呢？"

"以后？——我不知道。你看我们那时豫想的事可有一件如意？我现在什么也不知道，连明天怎样也不知道，连后一分……"

堂倌送上账来，交给我；他也不像初到时候的谦虚了，只向我看了一眼，便吸烟，听凭我付了账。

我们一同走出店门，他所住的旅馆和我的方向正相反，就在门口分别了。我独自向着自己的旅馆走，寒风和雪片扑在脸上，倒觉得很爽快。见天色已是黄昏，和屋宇和街道都织在密雪的纯白而不定的罗网里。

一九二四年二月一六日

【赏读：吕纬甫是鲁迅先生的小说《在酒楼上》的主人公。这是一个曾有过辛亥革命时期的革命热情，现在却变得意志消沉的"文人"。

鲁迅在这篇小说中反顾了吕纬甫由满腔革命热情到意志消沉的历史过程，以内涵丰富的艺术形象生动地展示出，许多知识分子在辛亥革命之后并没有寻找到正确的道路，在强大的封建势力面前，个人奋斗无济于事，而正确的道路还需要继续探寻。

《彷徨》扉页上有"路漫漫其修远兮，吾将上下而求索"的题辞，这篇小说的题旨正与这样的题辞相呼应。这篇小说的艺术魅力在很大程度上得力于它动人地展示了主人公吕纬甫的感情世界。它的主要内容与情节是在"我"与吕纬甫的对话中展开的。这样的艺术构思，便于表现人物之间的感情交流；又由于叙事中夹带者抒情意味浓重的议论，感情也就袒露得更为分明。】

28

幸福的家庭

——拟许钦文①

"……做不做全由自己的便；那作品，像太阳的光一样，从无量的光源中涌出来，不像石火，用铁和石敲出来，这才是真艺术。那作者，也才是真的艺术家——而我……这算是什么？……"他想到这里，忽然从床上跳起来了。以先他早已想过，须得捞几文稿费维持生活了；投稿的地方，先定为幸福月报社，因为润笔似乎比较的丰。但作品就须有范围，否则，恐怕要不收的。范围就范围……现在的青年的脑里的大问题是？……大概很不少，或者有许多是恋爱，婚姻，家庭之类罢……是的，他们确有许多人烦闷着，正在讨论这些事。那么，就来做家庭。然而怎么做做呢？……否则，恐怕要不收的，何必说些背时的话，然而……"他跳下卧床之后，四五步就走到书桌面前，坐下去，抽出一张绿格纸，毫不迟疑，但又自暴自弃似的写下一行题目道：《幸福的家庭》。

他的笔立刻停滞了；他仰了头，两眼瞪着房顶，正在安排那安置这"幸福的家庭"的地方。他想："北京？不行，死气沉沉，连空气也是死的。假如在这家庭的周围筑一道高墙，难道空气也就隔断了么？简直不行！江苏浙江天天防要开仗；福建更无须说。四川，广东？都正在打。山东河南之类？——阿阿，要绑票的，倘使绑去一个，那就成为不幸的家庭了。上海天津的租界上房租贵；……假如在外国，笑话。云南贵州不知道怎样，但交通

---

① 许钦文：作家，著有小说《理想的伴侣》，鲁迅受此启发写就《幸福的家庭》。

也太不便……"他想来想去，想不出好地方，便要假定为 A 了，但又想，"现有不少的人是反对用西洋字母来代人地名的，说是要减少读者的兴味。我这回的投稿，似乎也不如不用，安全些。那么，在那里好呢？——湖南也打仗；大连仍然房租贵；察哈尔，吉林，黑龙江罢——听说有马贼，也不行！……"他又想来想去，又想不出好地方，于是终于决心，假定这"幸福的家庭"所在的地方叫作 A。

"总之，这幸福的家庭一定须在 A，无可磋商。家庭中自然是两夫妇，就是主人和主妇，自由结婚的。他们订有四十多条条约，非常详细，所以非常平等，十分自由。而且受过高等教育，优美高尚……东洋留学生已经不通行——那么，假定为西洋留学生罢。主人始终穿洋服，硬领仍始终雪白；主妇是前头的头发始终烫得蓬蓬松松像一个麻雀窠，牙齿是始终雪白的露着，但衣服却是中国装……"

"不行不行，那不行！二十五斤！"

他听得窗外一个男人的声音，不由的回过头去看，窗幔垂着，日光照着，明得眩目，他的眼睛昏花了；接着是小木片撒在地上的声响。"不相干，"他又回过头来想，"什么'二十五斤'？——他们是优美高尚，很爱文艺。但因为都从小生长在幸福里，所以不爱俄国的小说……俄国小说多描写下等人，实在和这样的家庭也不合。'二十五斤'？不管他。那么，他们看看什么书呢？——裴伦①的诗？吉支②的？不行，都不稳当——哦，有了，他们都爱看《理想之良人》③。我虽然没有见过这部书，但既

——————————

① 裴伦：即拜伦，英国著名诗人，著有长诗《唐璜》。
② 吉支：即济慈，英国著名诗人，与拜伦齐名。
③ 《理想之良人》：英国著名作家王尔德的剧作，现译为《理想的丈夫》。

然连大学教授也那么称赞他，想来他们也一定都爱看，你也看，我也看——他们一人一本，这家庭里一共有两本……"他觉得胃里有点空虚了，放下笔，用两只手支着头，教自己的头像地球仪似的在两个柱子间挂着。

"……他们两人正在用午餐，"他想，"桌上铺了雪白的布；厨子送上菜来——中国菜。什么'二十五斤'？不管他。为什么倒是中国菜？西洋人说，中国菜最进步，最好吃，最合于卫生：所以他们采用中国菜。送来的是第一碗，但这第一碗是什么呢？……"

"劈柴……"

他吃惊的回过头去看，靠左肩，便立着他自己家里的主妇，两只阴凄凄的眼睛恰恰钉住他的脸。

"什么？"他以为她来搅扰了他的创作，颇有些愤怒了。

"劈柴，都用完了，今天买了些。前一回还是十斤两吊四，今天就要两吊六。我想给他两吊五，好不好？"

"好好，就是两吊五。"

"称得太吃亏了。他一定只肯算二十四斤半；我想就算他二十三斤半，好不好？"

"好好，就算他二十三斤半。"

"那么，五五二十五，三五一十五……"

"唔唔，五五二十五，三五一十五……"他也说不下去了，停了一会，忽而奋然的抓起笔来，就在写着一行"幸福的家庭"的绿格纸上起算草，起了好久，这才仰起头来说道：

"五吊八！"

"那是，我这里不够了，还差八九个……"

他抽开书桌的抽屉，一把抓起所有的铜元，不下二三十，放在她摊开的手掌上，看她出了房，才又回过头来向书桌。他觉得头里面很胀满，似乎桠桠叉叉的全被木柴填满了，五五二十五，脑皮质上还印着许多散乱的亚剌伯数目字。他很深的吸一口气，又用力的呼出，仿佛要借此赶出脑里的劈柴，五五二十五和亚剌伯数字来。果然，吁气之后，心地也就轻松不少了，于是仍复恍恍忽忽的想：

"什么菜？菜倒不妨奇特点。滑溜里脊，虾子海参，实在太凡庸。我偏要说他们吃的是'龙虎斗。但'龙虎斗'又是什么呢？有人说是蛇和猫，是广东的贵重菜，非大宴会不吃的。但我在江苏饭馆的菜单上就见过这名目，江苏人似乎不吃蛇和猫，恐怕就如谁所说，是蛙和鳝鱼了。现在假定这主人和主妇为那里人呢？——不管他。总而言之，无论那里人吃一碗蛇和猫或者蛙和鳝鱼，于幸福的家庭是决不会有损伤的。总之这第一碗一定是'龙虎斗'，无可磋商。

"于是一碗'龙虎斗'摆在桌子中央了，他们两人同时捏起筷子，指着碗沿，笑眯眯的你看我，我看你……

"'My dear，please.'

"'Please you eat first，my dear.'

"'Oh no，please you！'

"于是他们同时伸下筷子去，同时夹出一块蛇肉来——不不，蛇肉究竟太奇怪，还不如说是鳝鱼罢。那么，这碗'龙虎斗'是蛙和鳝鱼所做的了。他们同时夹出一块鳝鱼来，一样大小，五五二十五，三五……不管他，同时放进嘴里去……"他不能自制的只想回过头去看，因为他觉得背后很热闹，有人来来往往的走了两三回。但他还熬着，乱嘈嘈的接着想，"这似乎有点肉麻，那有这样的家庭？唉唉，我的思路怎么会这样乱，这好题目怕是做不完篇的了——或者不必定用留学生，就在国内受了高等教育的也可以。他们都是大学毕业的，高尚优美，高尚……男的是文学家；女的也是文学家，或者文学崇拜家。或者女的是诗人；男的是诗人崇拜者，女性尊重者。或者……”他终于忍耐不住，回过头去了。

就在他背后的书架的旁边，已经出现了一座白菜堆，下层三株，中层两株，顶上一株，向他迭成一个很大的 A 字。

“唉唉！”他吃惊的叹息，同时觉得脸上骤然发热了，脊梁上还有许多针轻轻的刺着。“吁……”他很长的嘘一口气，先斥退了脊梁上的针，仍然想，“幸福的家庭的房子要宽绰。有一间堆积房，白菜之类都到那边去。主人的书房另一间，靠壁满排着书架，那旁边自然决没有什么白菜堆；架上满是中国书，外国书，《理想之良人》自然也在内———一共有两部。卧室又一间；黄铜床，或者质朴点，第一监狱工场做的榆木床也就够，床底下很干净……”他当即一瞥自己的床下，劈柴已经用完了，只有一条稻草绳，却还死蛇似的懒懒的躺着。

“二十三斤半……”他觉得劈柴就要向床下“川流不息”的进来，头里面又有些楞楞叉叉了，便急忙起立，走向门口去想关门。但两手刚触着门，却又觉得未免太暴躁了，就歇了手，只放下那积着许多灰尘的门幕。他一面想，这既无闭关自守之操切，也没有开放门户之不安：是很合于“中庸之道”的。

“……所以主人的书房门永远是关起来的。”他走回来，坐下，想，有事要商量先敲门，得了许可才能进来，这办法实在对。现在假如主人坐在自己的书房里，主妇来谈文艺了，也就先敲门——这可以放心，她必不至于捧着白菜的。

Come in, please, my dear.

“然而主人没有工夫谈文艺的时候怎么办呢？那么，不理她，听她站在外面老是剥剥的敲？这大约不行罢。或者《理想之良人》里面都写着——那恐怕确是一部好小说，我如果有了稿费，也得去买他一部来看看……"

拍！

他腰骨笔直了，因为他根据经验，知道这一声"拍"是主妇的手掌打在他们的三岁的女儿的头上的声音。

"幸福的家庭……"他听到孩子的呜咽了，但还是腰骨笔直的想，"孩子是生得迟的，生得迟。或者不如没有，两个人干干净净——或者不如住在客店里，什么都包给他们，一个人干干……"他听得呜咽声高了起来，也就站了起来，钻过门幕，想着，"马克思在儿女的啼哭声中还会做《资本论》，所以他是伟人……"走出外间，开了风门，闻得一阵煤油气。孩子就躺倒在门的右边，脸向着地，一见他，便"哇"的哭出来了。

"阿阿，好好，莫哭莫哭，我的好孩子。"他弯下腰去抱她。

他抱了她回转身，看见门左边还站着主妇，也是腰骨笔直，然而两手插腰，怒气冲冲的似乎豫备开始练体操。

"连你也来欺侮我！不会帮忙，只会捣乱——连油灯也要翻了他。晚上点什么？……"

"阿阿，好好，莫哭莫哭，"他把那些发抖的声音放在脑后，抱她进房，摩着她的头，说，"我的好孩子。"于是放下她，拖开椅子，坐下去，使她站在两膝的中间，擎起手来道，"莫哭了呵，好孩子。爹爹做'猫洗脸'给你看。"他同时伸长颈子，伸出舌头，远远的对着手掌舔了两舔，就用这手掌向了自己的脸上画圆圈。

"呵呵呵，花儿。"她就笑起来了。

"是的是的，花儿。"他又连画上几个圆圈，这才歇了手，只见她还是笑迷迷的挂着眼泪对他看。他忽而觉得，她那可爱的天真的脸，正像五年前的她的母亲，通红的嘴唇尤其像，不过缩小了轮廓。那时也是晴朗的冬天，她听得他说决计反抗一切阻碍，

34

为她牺牲的时候，也就这样笑迷迷的挂着眼泪对他看。他惘然的坐着，仿佛有些醉了。

"阿阿，可爱的嘴唇……"他想。

门幕忽然挂起。劈柴运进来了。

他也忽然惊醒，一定睛，只见孩子还是挂着眼泪，而且张开了通红的嘴唇对他看。"嘴唇……"他向旁边一瞥，劈柴正在进来，"……恐怕将来也就是五五二十五，九九八十一！……而且两只眼睛阴凄凄的……"他想着，随即粗暴的抓起那写着一行题目和一堆算草的绿格纸来，揉了几揉，又展开来给她拭去了眼泪和鼻涕。"好孩子，自己玩去罢。"他一面推开她，说；一面就将纸团用力的掷在纸篓里。

但他又立刻觉得对于孩子有些抱歉了，重复回头，目送着她独自茕茕①的出去；耳朵里听得木片声。他想要定一定神，便又回转头，闭了眼睛，息了杂念，平心静气的坐着。他看见眼前浮出一朵扁圆的乌花，橙黄心，从左眼的左角漂到右，消失了；接着一朵明绿花，墨绿色的心；接着一座六株的白菜堆，屹然的向他迭成一个很大的 A 字。

一九二四年二月十八日

【赏读：《幸福的家庭》为鲁迅所著短篇小说，收录于小说集《彷徨》中。最初发表于一九二四年三月一日上海《妇女杂志》月刊第十卷第三号。该文发表时篇末有作者的《附记》。

该小说以一个青年作者为主线，展开了情节发展。青年为了捞几文稿费，面壁虚构，要写一篇题为《幸福的家庭》的小说，他苦思冥想，但家庭生活的嘈杂声，让他注意力无法集中，最终

---

① 茕（qióng）茕：孤独无依的样子。

写而不成。

青年作家是一位正直的知识分子，为了生存，他企图与社会世俗同流合污，但终被自己固有的良知所战胜。之后他陷入了前途渺茫的巨大悲哀之中。鲁迅对他是同情的、赞扬的，同时也有所批评。作者从一个特殊视角塑造的这一艺术形象，深刻地批判了当时的污浊社会。

小说令人信服地看到，在黑暗统治下，知识分子梦想建立幸福的家庭是不可能的，而小资产阶级知识分子的艳羡的欧美资产阶级生活方式是腐朽和虚伪的。当然，小说也善意地嘲讽了小说的主人公，那位青年作家平庸和苟且的灵魂。在恋爱婚姻问题上，他很可能满腔热情地进行过反封建的斗争，但是，婚后穷困的生活却消磨了他的斗志，使他失去了对理想的执着追求，失去了面对苦难生活的勇气。相反，在资产阶级生活方式的诱惑下，他却极其无聊地编织起黄金色的梦幻，毫无疑问，那结果只能是梦幻的破灭。】

肥　皂

四铭太太正在斜日光中背着北窗和她八岁的女儿秀儿糊纸锭，忽听得又重又缓的布鞋底声响，知道四铭进来了，并不去看他，只是糊纸锭。但那布鞋底声却愈响愈逼近，觉得终于停在她的身边了，于是不免转过眼去看，只见四铭就在她面前耸肩曲背的狠命掏着布马褂底下的袍子的大襟后面的口袋。

他好容易曲曲折折的汇出手来，手里就有一个小小的长方包，葵绿色的，一径递给四太太。她刚接到手，就闻到一阵似橄榄非橄榄的说不清的香味，还看见葵绿色的纸包上有一个金光灿烂的印子和许多细簇簇的花纹。秀儿即刻跳过来要抢着看，四太太赶忙推开她。

"上了街？……"她一面看，一面问。

"唔唔。"他看着她手里的纸包，说。

于是这葵绿色的纸包被打开了，里面还有一层很薄的纸，也是葵绿色，揭开薄纸，才露出那东西的本身来，光滑坚致，也是葵绿色，上面还有细簇簇的花纹，而薄纸原来却是米色的，似橄榄非橄榄的说不清的香味也来得更浓了。

"唉唉，这实在是好肥皂。"她捧孩子似的将那葵绿色的东西送到鼻子下面去，嗅着说。

"唔唔，你以后就用这个……"

她看见他嘴里这么说，眼光却射在她的脖子上，便觉得颧骨以下的脸上似乎有些热。她有时自己偶然摸到脖子上，尤其是耳朵后，指面上总感着些粗糙，本来早就知道是积年的老泥，但向来倒也并不很介意。现在在他的注视之下，对着这葵绿异香的洋肥皂，可不禁脸上有些发热了，而且这热又不绝的蔓延开去，即刻一径到耳根。她于是就决定晚饭后要用这肥皂来拼命的洗一洗。

"有些地方，本来单用皂荚子是洗不干净的。"她自对自的说。

"妈，这给我！"秀儿伸手来抢葵绿纸；在外面玩耍的小女儿招儿也跑到了。四太太赶忙推开她们，裹好薄纸，又照旧包上葵绿纸，欠过身去搁在洗脸台上最高的一层格子上，看一看，翻身仍然糊纸锭。

"学程！"四铭记起了一件事似的，忽而拖长了声音叫，就在她对面的一把高背椅子上坐下了。

"学程！"她也帮着叫。

她停下糊纸锭，侧耳一听，什么响应也没有，又见他仰着头焦急的等着，不禁很有些抱歉了，便尽力提高了喉咙，尖利的叫：

"绖儿呀！"

这一叫确乎有效，就听到皮鞋声橐橐①的近来，不一会，绖儿已站在她面前了，只穿短衣，肥胖的圆脸上亮晶晶的流着油汗。

"你在做什么？怎么爹叫也不听见？"她谴责的说。

"我刚在练八卦拳……"他立即转身向了四铭，笔挺的站着，看着他，意思是问他什么事。

"学程，我就要问你：'恶毒妇'是什么？"

"'恶毒妇'？……那是，'很凶的女人'罢？……"

"胡说！胡闹！"四铭忽而怒得可观。"我是'女人'么？"

学程吓得倒退了两步，站得更挺了。他虽然有时觉得他走路很像上台的老生，却从没有将他当作女人看待，他知道自己答的很错了。

"'恶毒妇'是'很凶的女人'，我倒不懂，得来请教你？——这不是中国话，是鬼子话，我对你说。这是什么意思，你懂么？"

"我……我不懂。"学程更加局促起来。

"吓，我白化钱送你进学堂，连这一点也不懂。亏煞你的学堂还夸什么'口耳并重'，倒教得什么也没有。说这鬼话的人至多不过十四五岁，比你还小些呢，已经叽叽咕咕的能说了，你却连意思也说不出，还有这脸说'我不懂'！——现在就给我去查出来！"

学程在喉咙底里答应了一声"是"，恭恭敬敬的退出去了。

---

① 橐（tuó）橐：象声词。硬物连续碰击声。

"这真叫作不成样子，"过了一会，四铭又慷慨的说，"现在的学生是。其实，在光绪年间，我就是最提倡开学堂的，可万料不到学堂的流弊竟至于如此之大：什么解放咧，自由咧，没有实学，只会胡闹。学程呢，为他化了的钱也不少了，都白化。好容易给他进了中西折中的学堂，英文又专是'口耳并重'的，你以为这该好了罢，哼，可是读了一年，连'恶毒妇'也不懂，大约仍然是念死书。吓，什么学堂，造就了些什么？我简直说：应该统统关掉！"

"对咧，真不如统统关掉的好。"四太太糊着纸锭，同情的说。

"秀儿她们也不必进什么学堂了。'女孩子，念什么书？'九公公先前这样说，反对女学的时候，我还攻击他呢；可是现在看起来，究竟是老年人的话对。你想，女人一阵一阵的在街上走，已经很不雅观的了，她们却还要剪头发。我最恨的就是那些剪了头发的女学生，我简直说，军人土匪倒还情有可原，搅乱天下的就是她们，应该很严的办一办……"

"对咧，男人都像了和尚还不够，女人又来学尼姑了。"

"学程！"

学程正捧着一本小而且厚的金边书快步进来，便呈给四铭，指着一处说：

"这倒有点像。这个……"

四铭接来看时，知道是字典，但文字非常小，又是横行的。他眉头一皱，擎向窗口，细着眼睛，就学程所指的一行念过去：

"'第十八世纪创立之共济讲社①之称'——唔，不对——这声音是怎么念的？"他指着前面的"鬼子"字，问。

---

① 共济讲社：共济社，十八世纪在英国创建的宗教秘密团体。

"恶特拂罗斯（Oddfellows）①。"

"不对，不对，不是这个。"四铭又忽而愤怒起来了。"我对你说：那是一句坏话，骂人的话，骂我这样的人的。懂了么？查去！"

学程看了他几眼，没有动。

"这是什么闷葫芦，没头没脑的？你也先得说说清，教他好用心的查去。"她看见学程为难，觉得可怜，便排解而且不满似的说。

"就是我在大街上广润祥买肥皂的时候，"四铭呼出了一口气，向她转过脸去，说，"店里又有三个学生在那里买东西。我呢，从他们看起来，自然也怕太噜苏一点了罢。我一气看了六七样，都要四角多，没有买；看一角一块的，又太坏，没有什么香。我想，不如中通的好，便挑定了那绿的一块，两角四分。伙计本来是势利鬼，眼睛生在额角上的，早就撅着狗嘴了；可恨那学生这坏小子又都挤眉弄眼的说着鬼话笑。后来，我要打开来看一看才付钱：洋纸包着，怎么断得定货色的好坏呢。谁知道那势利鬼不但不依，还蛮不讲理，说了许多可恶的废话；坏小子们又附和着说笑。那一句是顶小的一个说的，而且眼睛看着我，他们就都笑起来了：可见一定是一句坏话。"他于是转脸对着学程道，"你只要在'坏话类'里去查去！"

学程在喉咙底里答应了一声"是"，恭恭敬敬的退去了。

"他们还嚷什么'新文化新文化'，'化'到这样了，还不够？"他两眼盯着屋梁，尽自说下去。"学生也没有道德，社会上也没有道德，再不想点法子来挽救，中国这才真个要亡了——你想，那多么可叹？……"

_____

① 恶特拂罗斯（Oddfellows）：秘密共济会会员。

40

"什么?"她随口的问,并不惊奇。

"孝女。"他转眼对着她,郑重的说。"就在大街上,有两个讨饭的。一个是姑娘,看去该有十八九岁了——其实这样的年纪,讨饭是很不相宜的了,可是她还讨饭——和一个六七十岁的老的,白头发,眼睛是瞎的,坐在布店的檐下求乞。大家多说她是孝女,那老的是祖母。她只要讨得一点什么,便都献给祖母吃,自己情愿饿肚皮。可是这样的孝女,有人肯布施么?"他射出眼光来钉住她,似乎要试验她的识见。

她不答话,也只将眼光钉住他,似乎倒是专等他来说明。

"哼,没有。"他终于自己回答说。"我看了好半天,只见一个人给了一文小钱;其余的围了一大圈,倒反去打趣。还有两个光棍,竟肆无忌惮的说:'阿发,你不要看得这货色脏。你只要去买两块肥皂来,咯支咯支遍身洗一洗,好得很哩!'哪,你想,这成什么话?"

"哼,"她低下头去了,久之,才又懒懒的问,"你给了钱么?"

"我么?——没有。一两个钱,是不好意思拿出去的。她不是平常的讨饭,总得……"

"嗡。"她不等说完话,便慢慢地站起来,走到厨下去。昏黄只显得浓密,已经是晚饭时候了。

四铭也站起身,走出院子去。天色比屋子里还明亮,学程就在墙角落上练习八卦拳:这是他的"庭训",利用昼夜之交的时间的经济法,学程奉行了将近大半年了。他赞许似的微微点一点头,便反背着两手在空院子里来回的踱方步。不多久,那惟一的盆景万年青的阔叶又已消失在昏暗中,破絮一般的白云间闪出星点,黑夜就从此开头。四铭当这时候,便也不由的感奋起来,仿

佛就要大有所为，与周围的坏学生以及恶社会宣战。他意气渐渐勇猛，脚步愈跨愈大，布鞋底声也愈走愈响，吓得早已睡在笼子里的母鸡和小鸡也都唧唧足足的叫起来了。

堂前有了灯光，就是号召晚餐的烽火，合家的人们便都齐集在中央的桌子周围。灯在下横；上首是四铭一人居中，也是学程一般肥胖的圆脸，但多两撇细胡子，在菜汤的热气里，独据一面，很像庙里的财神。左横是四太太带着招儿；右横是学程和秀儿一列。碗筷声雨点似的响，虽然大家不言语，也就是很热闹的晚餐。

招儿带翻了饭碗了，菜汤流得小半桌。四铭尽量的睁大了细眼睛瞪着看得她要哭，这才收回眼光，伸筷自去夹那早先看中了的一个菜心去。可是菜心已经不见了，他左右一瞥，就发现学程刚刚夹着塞进他张得很大的嘴里去，他于是只好无聊的吃了一筷黄菜叶。

"学程，"他看着他的脸说，"那一句查出了没有？"

"那一句？——那还没有。"

"哼，你看，也没有学问，也不懂道理，单知道吃！学学那个孝女罢，做了乞丐，还是一味孝顺祖母，自己情愿饿肚子。但是你们这些学生那里知道这些，肆无忌惮，将来只好像那光棍……"

"想倒想着了一个，但不知可是——我想，他们说的也许是'阿尔特肤尔'①。"

"哦哦，是的！就是这个！他们说的就是这样一个声音：'恶毒夫咧。'这是什么意思？你也就是他们这一党：你知道的。"

"意思——意思我不很明白。"

"胡说！瞒我。你们都是坏种！"

---

① 阿尔特肤尔：Old fool 的英语音译，即老傻瓜。

"'天不打吃饭人'，你今天怎么尽闹脾气，连吃饭时候也是打鸡骂狗的。他们小孩子们知道什么。"四太太忽而说。

"什么？"四铭正想发话，但一回头，看见她陷下的两颊已经鼓起，而且很变了颜色，三角形的眼里也发着可怕的光，便赶紧改口说，"我也没有闹什么脾气，我不过教学程应该懂事些。"

"他那里懂得你心里的事呢。"她可是更气忿了。"他如果能懂事，早就点了灯笼火把，寻了那孝女来了。好在你已经给她买好了一块肥皂在这里，只要再去买一块……"

"胡说！那话是那光棍说的。"

"不见得。只要再去买一块，给她咯支咯支的遍身洗一洗，供起来，天下也就太平了。"

"什么话？那有什么相干？我因为记起了你没有肥皂……"

"怎么不相干？你是特诚买给孝女的，你咯支咯支的去洗去。我不配，我不要，我也不要沾孝女的光。"

"这真是什么话？你们女人……"四铭支吾着，脸上也像学程练了八卦拳之后似的流出油汗来，但大约大半也因为吃了太热的饭。

"我们女人怎么样？我们女人，比你们男人好得多。你们男人不是骂十八九岁的女学生，就是称赞十八九岁的女讨饭：都不是什么好心思。'咯支咯支'，简直是不要脸！"

"我不是已经说过了？那是一个光棍……"

"四翁！"外面的暗中忽然起了极响的叫喊。

"道翁么？我就来！"四铭知道那是高声有名的何道统，便遇赦似的，也高兴的大声说。"学程，你快点灯照何老伯到书房去！"

学程点了烛，引着道统走进西边的厢房里，后面还跟着卜薇园。

"失迎失迎，对不起。"四铭还嚼着饭，出来拱一拱手，说。"就在舍间用便饭，何如？……"

"已经偏过了。"薇园迎上去，也拱一拱手，说。"我们连夜赶来，就为了那移风文社的第十八届征文题目，明天不是'逢七'么？"

"哦！今天十六？"四铭恍然的说。

"你看，多么胡涂！"道统大嚷道。

"那么，就得连夜送到报馆去，要他明天一准登出来。"

"文题我已经拟下了。你看怎样，用得用不得？"道统说着，就从手巾包里挖出一张纸条来交给他。

四铭踱到烛台面前，展开纸条，一字一字的读下去：

"'恭拟全国人民合词吁请贵大总统特颁明令专重圣经崇祀孟母以挽颓风而存国粹文'——好极好极。可是字数太多了罢？"

"不要紧的！"道统大声说。"我算过了，还无须乎多加广告费。但是诗题呢？"

"诗题么？"四铭忽而恭敬之状可掬了。"我倒有一个在这里：孝女行。那是实事，应该表彰表彰她。我今天在大街上……"

"哦哦，那不行。"薇园连忙摇手，打断他的话。"那是我也看见的。她大概是'外路人'，我不懂她的话，她也不懂我的话，不知道她究竟是那里人。大家倒都说她是孝女；然而我问她可能做诗，她摇摇头。要是能做诗，那就好了。"

"然而忠孝是大节，不会做诗也可以将就……"

"那倒不然，而孰知不然！"薇园摊开手掌，向四铭连摇带推的奔过去，力争说。"要会做诗，然后有趣。"

"我们，"四铭推开他，"就用这个题目，加上说明，登报去。一来可以表彰表彰她；二来可以借此针砭社会。现在的社会还成个什么样子，我从旁考察了好半天，竟不见有什么人给一个钱，这岂不是全无心肝……"

"阿呀，四翁！"薇园又奔过来，"你简直是在'对着和尚骂贼秃'了。我就没有给钱，我那时恰恰身边没有带着。"

"不要多心，薇翁。"四铭又推开他，"你自然在外，又作别论。你听我讲下去：她们面前围了一大群人，毫无敬意，只是打趣。还有两个光棍，那是更其肆无忌惮了，有一个简直说，'阿发，你去买两块肥皂来，咯支咯支遍身洗一洗，好得很哩。'你想，这……"

"哈哈哈！两块肥皂！"道统的响亮的笑声突然发作了，震得人耳朵喤喤的叫。"你买，哈哈，哈哈！"

"道翁，道翁，你不要这么嚷。"四铭吃了一惊，慌张的说。

"咯支咯支，哈哈！"

"道翁！"四铭沉下脸来了，"我们讲正经事，你怎么只胡闹，闹得人头昏。你听，我们就用这两个题目，即刻送到报馆去，要他明天一准登出来。这事只好偏劳你们两位了。"

"可以可以，那自然。"薇园极口应承说。

"呵呵，洗一洗，咯支……唏唏……"

"道翁！！！"四铭愤愤的叫。

道统给这一喝，不笑了。他们拟好了说明，薇园誊在信笺上，就和道统跑往报馆去。四铭拿着烛台，送出门口，回到堂屋的外面，心里就有些不安逸，但略一踌蹰，也终于跨进门槛去了。他一进门，迎头就看见中央的方桌中间放着那肥皂的葵绿色的小小的长方包，包中央的金印子在灯光下明晃晃的发闪，周围还有细小的花纹。

秀儿和招儿都蹲在桌子下横的地上玩；学程坐在右横查字典。最后在离灯最远的阴影里的高背椅子上发见了四太太，灯光照处，见她死板板的脸上并不显出什么喜怒，眼睛也并不看着什么东西。

"咯支咯支，不要脸不要脸……"

四铭微微的听得秀儿在他背后说，回头看时，什么动作也没有了，只有招儿还用了她两只小手的指头在自己脸上抓。

他觉得存身不住，便熄了烛，踱出院子去。他来回的踱，一不小心，母鸡和小鸡又唧唧足足的叫了起来，他立即放轻脚步，并且走远些。经过许多时，堂屋里的灯移到卧室里去了。他看见一地月光，仿佛满铺了无缝的白纱，玉盘似的月亮现在白云间，看不出一点缺。

他很有些悲伤，似乎也像孝女一样，成了"无告之民"，孤苦零丁了。他这一夜睡得非常晚。

但到第二天的早晨，肥皂就被录用了。这日他比平日起得迟，看见她已经伏在洗脸台上擦脖子，肥皂的泡沫就如大螃蟹嘴上的水泡一般，高高的堆在两个耳朵后，比起先前用皂荚时候的只有一层极薄的白沫来，那高低真有霄壤之别了。从此之后，四太太的身上便总带着些似橄榄非橄榄的说不清的香味；几乎小半年，这才忽而换了样，凡有闻到的都说那可似乎是檀香。

一九二四年三月二二日

【赏读：《肥皂》是鲁迅典型利用喜剧的手法来表现主人公身上的讽刺性和虚伪性的一篇小说。鲁迅利用诙谐且极具特色的语言把主人公四铭的丑陋和邪念完全揭示给读者的面前。

在《肥皂》中鲁迅对四铭的讽刺并没有采用直抒胸臆的方式，而是利用象征主义的手法，把讽刺的深刻性隐藏在被假象掩盖的事物中，当四太太和何道统把四铭道貌岸然面孔背后的肮脏的欲念看穿时，这种悲剧的效果得到了充分的发挥，讽刺的效果更加的令人感到震撼。文中两次写到四铭叙述行乞女孩的孝道和两个光棍对女孩的议论，表面看四铭像是有道德有正义感的人，实质他的叙述和行动反应，被妻子和何道统一眼便看穿他背后的心思，不管他再怎么掩饰和解释。如果他不是被两个光棍勾起邪念他又怎么会想到买肥皂，他又怎会反复的叙述两个光棍的话。四铭家中有妻子也有孩子，但却对一个只有十八九岁的女孩产生欲念，他不仅可耻，道德情操更是低下。

《肥皂》的讽刺不仅是从道德的角度入手，在政治上也具有批判性，四铭从街头回来，便气急败坏的问自己的儿子学程"恶毒妇"是什么意思，这是街上几个十四五岁孩子骂他的话。当学程没有答上，他变借题发挥批判"新文化运动"，巴不得新学堂通通关掉，极度的仇视进步的青年学生，看不起女性，更加的排斥外国先进的文化和科技，四铭的性格上有着明显的封建保守性。

在文中我们也可以鲁迅对于青年人的担忧，他们会不会被他们的父母影响也变成像他们一样的人，虽然学程上的是新学堂，但学程在父亲的无理取闹下，他不敢说一句话。当父亲批判新文化运动，仇视外国文化时，他也没有反抗，他只是一味的屈服于四铭的"权威"之下，那么就算他受过新学堂的教育，像学程这样受到家庭封建礼教和道德的熏染影响，变得越来越像他的父亲。他们学的那点新文化，能推进社会的进步吗？他们还具有反抗的精神吗？这点着实让人回味。

鲁迅在《肥皂》中不仅揭露了四铭之流的嘴脸，也引发了鲁迅对与年青一代人的担忧，给人以思考、启迪。】

长明灯

春阴的下午，吉光屯唯一的茶馆子里的空气又有些紧张了，人们的耳朵里，仿佛还留着一种微细沉实的声息：

"熄掉他罢！"

但当然并不是全屯的人们都如此。这屯上的居民是不大出行的，动一动就须查黄历，看那上面是否写着"不宜出行"；倘没有写，出去也须先走喜神方，迎吉利。不拘禁忌地坐在茶馆里的不过几个以豁达自居的青年人，但在蛰居①人的意中却以为个个都是败家子。

现在也无非就是这茶馆里的空气有些紧张。

"还是这样么？"三角脸的拿起茶碗，问。

"听说，还是这样，"方头说，"还是尽说'熄掉他熄掉他'。眼光也越加发闪了。见鬼！这是我们屯上的一个大害，你不要看得微细。我们倒应该想个法子来除掉他！"

"除掉他，算什么一回事。他不过是一个……什么东西！造庙的时候，他的祖宗就捐过钱，现在他却要来吹熄长明灯。这不是不肖子孙？我们上县去，送他忤逆②！"阔亭捏了拳头，在桌上一击，慷慨地说。一只斜盖着的茶碗盖子也噎的一声，翻了身。

"不成。要送忤逆，须是他的父母，母舅……"方头说。

"可惜他只有一个伯父……"阔亭立刻颓唐了。

"阔亭！"方头突然叫道。"你昨天的牌风可好？"

阔亭睁着眼看了他一会，没有便答；胖脸的庄七光已经放开喉咙嚷起来了：

"吹熄了灯，我们的吉光屯还成什么吉光屯，不就完了么？老年人不都说：这灯还是梁武帝点起的，一直传下来，没有熄过；连长毛造反的时候也没有熄过……你看，喷，那火光不是绿

---

① 蛰（zhé）居：深居简出，少与外界往来的人。

② 忤逆：儒家称不孝顺父母为忤逆。

莹莹的么？外路人经过这里的都要看一看，都称赞……啧，多么好……他现在这么胡闹，什么意思？……"

"他不是发了疯么？你还没有知道？"方头带些藐视的神气说。

"哼，你聪明！"庄七光的脸上就走了油。

"我想：还不如用老法子骗他一骗，"灰五婶，本店的主人兼工人，本来是旁听着的，看见形势有些离了她专注的本题了，便赶忙来岔开纷争，拉到正经事上去。

"什么老法子？"庄七光诧异地问。

"他不是先就发过一回疯么，和现在一模一样。那时他的父亲还在，骗了他一骗，就治好了。"

"怎么骗？我怎么不知道？"庄七光更其诧异地问。

"你怎么会知道？那时你们都还是小把戏呢，单知道喝奶拉矢。便是我，那时也不这样。你看我那时的一双手呵，真是粉嫩粉嫩……"

"你现在也还是粉嫩粉嫩……"方头说。

"放你妈的屁！"灰五婶怒目地笑了起来，"莫胡说了。我们讲正经话。他那时也还年青哩；他的老子也就有些疯的。听说：有一天他的祖父带他进社庙去，教他拜社老爷，瘟将军，王灵官老爷，他就害怕了，硬不拜，跑了出来，从此便有些怪。后来就像现在一样，一见人总和他们商量吹熄正殿上的长明灯。他说熄了便再不会有蝗虫和病痛，真是像一件天大的正事似的。大约那是邪祟附了体，怕见正路神道了。要是我们，会怕见社老爷么？你们的茶不冷了么？对一点热水罢。好，他后来就自己闯进去，要去吹。他的老子又太疼爱他，不肯将他锁起来。呵，后来不是全屯动了公愤，和他老子去吵闹了么？可是，没有办法——幸亏我家的死鬼那时还在，给想了一个法：将长明灯用厚棉被一围，漆漆黑黑地，领他去看，说是已经吹熄了。"

"唉唉，这真亏他想得出。"三角脸吐一口气，说，不胜感服之至似的。

"费什么这样的手脚，"阔亭愤愤地说，"这样的东西，打死了就完了，吓！"

"那怎么行？"她吃惊地看着他，连忙摇手道，"那怎么行！他的祖父不是捏过印靶子①的么？"

阔亭们立刻面面相觑，觉得除了"死鬼"的妙法以外，也委实无法可想了。

"后来就好了的！"她又用手背抹去一些嘴角上的白沫，更快地说，"后来全好了的！他从此也就不再走进庙门去，也不再提起什么来，许多年。不知道怎么这回看了赛会之后不多几天，又疯了起来了。哦，同先前一模一样。午后他就走过这里，一定又上庙里去了。你们和四爷商量商量去，还是再骗他一骗好。那灯不是梁五弟点起来的么？不是说，那灯一灭，这里就要变海，我们就都要变泥鳅么？你们快去和四爷商量商量罢，要不……"

"我们还是先到庙前去看一看，"方头说着，便轩昂地出了门。

阔亭和庄七光也跟着出去了。三角脸走得最后，将到门口，回过头来说道：

"这回就记了我的账！入他……"

灰五婶答应着，走到东墙下拾起一块木炭来，就在墙上画有一个小三角形和一串短短的细线的下面，划添了两条线。

---

① 做过实缺官的意思——作者原注。

他们望见社庙的时候，果然一并看到了几个人：一个正是他，两个是闲看的，三个是孩子。

但庙门却紧紧地关着。

"好！庙门还关着。"阔亭高兴地说。

他们一走近，孩子们似乎也都胆壮，围近去了。本来对了庙门立着的他，也转过脸来对他们看。

他也还如平常一样，黄的方脸和蓝布破大衫，只在浓眉底下的大而且长的眼睛中，略带些异样的光闪，看人就许多工夫不眨眼，并且总含着悲愤疑惧的神情。短的头发上粘着两片稻草叶，那该是孩子暗暗地从背后给他放上去的，因为他们向他头上一看之后，就都缩了颈子，笑着将舌头很快地一伸。

他们站定了，各人都互看着别个的脸。

"你干什么？"但三角脸终于走上一步，诘问了。

"我叫老黑开门，"他低声，温和地说。"就因为那一盏灯必须吹熄。你看，三头六臂的蓝脸，三只眼睛，长帽，半个的头，牛头和猪牙齿，都应该吹熄……吹熄。吹熄，我们就不会有蝗虫，不会有猪嘴瘟……"

"唏唏，胡闹！"阔亭轻蔑地笑了出来，"你吹熄了灯，蝗虫会还要多，你就要生猪嘴瘟！"

"唏唏！"庄七光也赔着笑。

一个赤膊孩子擎起他玩弄着的苇子，对他瞄准着，将樱桃似的小口一张，道：

"吧！"

"你还是回去罢！倘不，你的伯伯会打断你的骨头！灯么，我替你吹。你过几天来看就知道。"阔亭大声说。

他两眼更发出闪闪的光来，钉一般看定阔亭的眼，使阔亭的眼光赶紧辟易了。

"你吹？"他嘲笑似的微笑，但接着就坚定地说，"不能！不要你们。我自己去熄，此刻去熄！"

阔亭便立刻颓唐得酒醒之后似的无力；方头却已站上去了，慢慢地说道：

"你是一向懂事的，这一回可是太胡涂了。让我来开导你罢，你也许能够明白。就是吹熄了灯，那些东西不是还在么？不要这么傻头傻脑了，还是回去！睡觉去！"

"我知道的，熄了也还在。"他忽又现出阴鸷①的笑容，但是立即收敛了，沉实地说道，"然而我只能姑且这么办。我先来这么办，容易些。我就要吹熄他，自己熄！"他说着，一面就转过身去竭力地推庙门。

"喂！"阔亭生气了，"你不是这里的人么？你一定要我们大家变泥鳅么？回去！你推不开的，你没有法子开的！吹不熄的！还是回去好！"

"我不回去！我要吹熄他！"

"不成！你没法开！"

"……"

"你没法开！"

"那么，就用别的法子来。"他转脸向他们一瞥，沉静地说。

"哼，看你有什么别的法。"

"……"

"看你有什么别的法！"

"我放火。"

"什么？"阔亭疑心自己没有听清楚。

"我放火！"

---

① 阴鸷（zhì）：阴险凶狠。

沉默像一声清磬①，摇曳着尾声，周围的活物都在其中凝结了。但不一会，就有几个人交头接耳，不一会，又都退了开去；两三人又在略远的地方站住了。庙后门的墙外就有庄七光的声音喊道：

"老黑呀，不对了！你庙门要关得紧！老黑呀，你听清了么？关得紧！我们去想了法子就来！"

但他似乎并不留心别的事，只闪烁着狂热的眼光，在地上，在空中，在人身上，迅速地搜查，仿佛想要寻火种。

方头和阔亭在几家的大门里穿梭一般出入了一通之后，吉光屯全局顿然扰动了。许多人们的耳朵里，心里，都有了一个可怕的声音："放火！"但自然还有多少更深的蛰居人的耳朵里心里是全没有。然而全屯的空气也就紧张起来，凡有感得这紧张的人们，都很不安，仿佛自己就要变成泥鳅，天下从此毁灭。他们自然也隐约知道毁灭的不过是吉光屯，但也觉得吉光屯似乎就是天下。

这事件的中枢，不久就凑在四爷的客厅上了。坐在首座上的是年高德韶的郭老娃，脸上已经皱得如风干的香橙，还要用手揪着下颏上的白胡须，似乎想将他们拔下。

"上半天，"他放松了胡子，慢慢地说，"西头，老富的中风，他的儿子，就说是：因为，社神不安，之故。这样一来，将来，万一有，什么，鸡犬不宁，的事，就难免要到，府上……是的，都要来到府上，麻烦。"

"是么，"四爷也揪着上唇的花白的鲇鱼须，却悠悠然，仿佛全不在意模样，说，"这也是他父亲的报应呵。他自己在世的时

---

① 磬（qìng）：古代打击乐器，声间清亮悠扬。

候，不就是不相信菩萨么？我那时就和他不合，可是一点也奈何他不得。现在，叫我还有什么法？"

"我想，只有，一个。是的，有一个。明天，捆上城去，给他在那个，那个城隍庙里，搁一夜，是的，搁一夜，赶一赶，邪祟。"

阔亭和方头以守护全屯的劳绩，不但第一次走进这一个不易瞻仰的客厅，并且还坐在老娃之下和四爷之上，而且还有茶喝。他们跟着老娃进来，报告之后，就只是喝茶，喝干之后，也不开口，但此时阔亭忽然发表意见了：

"这办法太慢！他们两个还管着呢。最要紧的是马上怎么办。如果真是烧将起来……"

郭老娃吓了一跳，下巴有些发抖。

"如果真是烧将起来……"方头抢着说。

"那么，"阔亭大声道，"就糟了！"

一个黄头发的女孩子又来冲上茶。阔亭便不再说话，立即拿起茶来喝。浑身一抖，放下了，伸出舌尖来舐了一舐上嘴唇，揭去碗盖嘘嘘地吹着。

"真是拖累煞人！"四爷将手在桌上轻轻一拍，"这种子孙，真该死呵！唉！"

"的确，该死的。"阔亭抬起头来了，"去年，连各庄就打死一个：这种子孙。大家一口咬定，说是同时同刻，大家一齐动手，分不出打第一下的是谁，后来什么事也没有。"

"那又是一回事。"方头说，"这回，他们管着呢。我们得赶紧想法子。我想……"

老娃和四爷都肃然地看着他的脸。

"我想：倒不如姑且将他关起来。"

"那倒也是一个妥当的办法。"四爷微微地点一点头。

"妥当!"阔亭说。

"那倒,确是,一个妥当的,办法。"老娃说,"我们,现在,就将他,拖到府上来。府上,就赶快,收拾出,一间屋子来。还,准备着,锁。"

"屋子?"四爷仰了脸,想了一会,说,"舍间可是没有这样的闲房。他也说不定什么时候才会好……"

"就用,他,自己的……"老娃说。

"我家的六顺,"四爷忽然严肃而且悲哀地说,声音也有些发抖了。"秋天就要娶亲……你看,他年纪这么大了,单知道发疯,不肯成家立业。舍弟也做了一世人,虽然也不大安分,可是香火总归是绝不得的……"

"那自然!"三个人异口同音地说。

"六顺生了儿子,我想第二个就可以过继给他。但是——别人的儿子,可以白要的么?"

"那不能!"三个人异口同音地说。

"这一间破屋,和我是不相干;六顺也不在乎此。可是,将亲生的孩子白白给人,做母亲的怕不能就这么松爽罢?"

"那自然!"三个人异口同音地说。

四爷沉默了。三个人交互看着别人的脸。

"我是天天盼望他好起来,"四爷在暂时静穆之后,这才缓缓地说,"可是他总不好。也不是不好,是他自己不要好。无法可想,就照这一位所说似的关起来,免得害人,出他父亲的丑,也许倒反好,倒是对得起他的父亲……"

"那自然,"阔亭感动的说,"可是,房子……"

"庙里就没有闲房?……"四爷慢腾腾地问道。

"有!"阔亭恍然道,"有!进大门的西边那一间就空着,又只有一个小方窗,粗木直栅的,决计挖不开。好极了!"

56

老娃和方头也顿然都显了欢喜的神色；阔亭吐一口气，尖着嘴唇就喝茶。

　　未到黄昏时分，天下已经泰平，或者竟是全都忘却了，人们的脸上不特已不紧张，并且早褪尽了先前的喜悦的痕迹。在庙前，人们的足迹自然比平日多，但不久也就稀少了。只因为关了几天门，孩子们不能进去玩，便觉得这一天在院子里格外玩得有趣，吃过了晚饭，还有几个跑到庙里去游戏，猜谜。

　　“你猜。”一个最大的说，“我再说一遍：

　　　　白篷船，红划楫，
　　　　摇到对岸歇一歇，
　　　　点心吃一些，
　　　　戏文唱一出。”

　　“那是什么呢？‘红划楫’的。”一个女孩说。
　　“我说出来罢，那是……”
　　“慢一慢！”生癞头疮的说，“我猜着了：航船。”
　　“航船。”赤膊的也道。
　　“哈，航船？”最大的道，“航船是摇橹的。他会唱戏文么？你们猜不着。我说出来罢……”
　　“慢一慢，”癞头疮还说。
　　“哼，你猜不着。我说出来罢，那是：鹅。”
　　“鹅！”女孩笑着说，“红划楫的。”
　　“怎么又是白篷船呢？”赤膊的问。
　　“我放火！”
　　孩子们都吃惊，立时记起他来，一齐注视西厢房，又看见一只手扳着木栅，一只手撕着木皮，其间有两只眼睛闪闪地发亮。

沉默只一瞬间，癞头疮忽而发一声喊，拔步就跑；其余的也都笑着嚷着跑出去了。赤膊的还将苇子向后一指，从喘吁吁的樱桃似的小嘴唇里吐出清脆的一声道：

"吧！"

从此完全静寂了，暮色下来，绿莹莹的长明灯更其分明地照出神殿，神龛，而且照到院子，照到木栅里的昏暗。

孩子们跑出庙外也就立定，牵着手，慢慢地向自己的家走去，都笑吟吟地，合唱着随口编派的歌：

> "白篷船，对岸歇一歇。
> 此刻熄，自己熄。
> 戏文唱一出。
> 我放火！哈哈哈！
> 火火火，点心吃一些。
> 戏文唱一出。
> ……………
> …………
> …………"

一九二五年三月一日

【赏读：世俗化的宗教氛围与神巫迷信，是鲁迅小说乡土特色的重要构成部分。这篇《长明灯》便是其中的一篇代表作。该篇文章是以吉光屯这一地点展开描写的，文中的主人公是一个要熄掉长明灯的"疯子"。

鲁迅以"疯子熄灯"讽刺改革者形式主义之肤浅，又以"疯子放火"讽刺改革者激进主义之鲁莽，其实都深刻反映出鲁迅本人对于文化变革与社会改造的强烈忧患意识。鲁迅深知要改造中国社会，最要紧的是改革国民性。

《长明灯》中的吉光屯是鲁迅笔下虚构的微型社会，其迷信落后的当地风气反映出旧中国封建文化土壤中畸形成长的社会生态。在这里，迷信传统根深蒂固，已经渗透到日常出行、婚丧嫁娶、生老病死、饮食起居等方方面面。屯民们惧怕神明报应，平日说话行事诸多禁忌，思想封闭守旧，文化停滞不前。在这个陈腐愚昧的昏暗生态中，偏偏在社庙正殿上安置了一盏长明灯，那是封建社会时期君权与神权的产物，然而更要紧地是，屯民们心中还都点燃了另一盏"长明灯"，那象征着封建社会残留的精神文化，长期盘踞在人们心坎里，造成吉光屯居民愚昧迷信、落后无知、精神麻木。这种情况下，要想改变吉光屯的社会生态，仅仅把有形的长明灯吹熄是远远不够的，更重要的是把人们内心中无形的"长明灯"吹熄，把封建文化的病源连根拔起。显然，相比之下，前者更"容易些"，然而终究是治标不治本。

"疯子"执意并且只求吹熄社庙正殿上的长明灯，倘若非要将此举看作是反封建、求变革，那么也是非常表面肤浅的，此举根本无法体现鲁迅意图"改革国民性"的文人意识。照直说，鲁迅塑造"疯子"这个胡闹的叛逆者，正是要讽刺当今一些所谓的改革者，身陷形式主义的泥潭，所作所为只是在僵化的改革框架中小修小补，未能看透并撼动国民劣根性的病源所在。】

示 众

　　首善之区①的西城的一条马路上，这时候什么扰攘也没有。火焰焰的太阳虽然还未直照，但路上的沙土仿佛已是闪烁地生光；酷热满和在空气里面，到处发挥着盛夏的威力。许多狗都拖出舌头来，连树上的乌老鸦也张着嘴喘气——但是，自然也有例外的。远处隐隐有两个铜盏相击的声音，使人忆起酸梅汤，依稀感到凉意，可是那懒懒的单调的金属音的间作，却使那寂静更其深远了。

　　只有脚步声，车夫默默地前奔，似乎想赶紧逃出头上的烈日。

　　"热的包子咧！刚出屉的……"

　　十一二岁的胖孩子，细着眼睛，歪了嘴在路旁的店门前叫喊。声音已经嘶嗄了，还带些睡意，如给夏天的长日催眠。他旁边的破旧桌子上，就有二三十个馒头包子，毫无热气，冷冷地坐着。

　　"荷阿！馒头包子咧，热的……"

　　像用力掷在墙上而反拨过来的皮球一般，他忽然飞在马路的那边了。在电杆旁，和他对面，正向着马路，其时也站定了两个人：一个是淡黄制服的挂刀的面黄肌瘦的巡警，手里牵着绳头，绳的那头就拴在别一个穿蓝布大衫上罩白背心的男人的臂膊上。这男人戴一顶新草帽，帽檐四面下垂，遮住了眼睛的一带。但胖孩子身体矮，仰起脸来看时，却正撞见这人的眼睛了。那眼睛也

─────────

　　① 首善之区：语出《汉书·儒林传》，指首都地区是施行教化的模范。

60

似乎正在看他的脑壳。他连忙顺下眼，去看白背心，只见背心上一行一行地写着些大大小小的什么字。

刹时间，也就围满了大半圈的看客。待到增加了秃头的老头子之后，空缺已经不多，而立刻又被一个赤膊的红鼻子胖大汉补满了。这胖子过于横阔，占了两人的地位，所以续到的便只能屈在第二层，从前面的两个脖子之间伸进脑袋去。

秃头站在白背心的略略正对面，弯了腰，去研究背心上的文字，终于读起来：

"嗡，都，哼，八，而，……"

胖孩子却看见那白背心正研究着这发亮的秃头，他也便跟着去研究，就只见满头光油油的，耳朵左近还有一片灰白色的头发，此外也不见得有怎样新奇。但是后面的一个抱着孩子的老妈子却想乘机挤进来了；秃头怕失了位置，连忙站直，文字虽然还未读完，然而无可奈何，只得另看白背心的脸：草帽檐下半个鼻子，一张嘴，尖下巴。

又像用了力掷在墙上而反拨过来的皮球一般，一个小学生飞奔上来，一手按住了自己头上的雪白的小布帽，向人丛中直钻进去。但他钻到第三——也许是第四——层，竟遇见一件不可动摇的伟大的东西了，抬头看时，蓝裤腰上面有一座赤条条的很阔的背脊，背脊上还有汗正在流下来。他知道无可措手，只得顺着裤腰右行，幸而在尽头发见了一条空处，透着光明。他刚刚低头要钻的时候，只听得一声"什么"，那裤腰以下的屁股向右一歪，空处立刻闭塞，光明也同时不见了。

但不多久，小学生却从巡警的刀旁边钻出来了。他诧异地四顾：外面围着一圈人，上首是穿白背心的，那对面是一个赤膊的胖小孩，胖小孩后面是一个赤膊的红鼻子胖大汉。他这时隐约悟出先前的伟大的障碍物的本体了，便惊奇而且佩服似的只望着红鼻子。胖小孩本是注视着小学生的脸的，于是也不禁依了他的眼光，回转头去了，在那里是一个很胖的奶子，奶头四近有几枝很长的毫毛。

"他，犯了什么事啦？……"

大家都愕然看时，是一个工人似的粗人，正在低声下气地请教那秃头老头子。

秃头不作声，单是睁起了眼睛看定他。他被看得顺下眼光去，过一会再看时，秃头还是睁起了眼睛看定他，而且别的人也似乎都睁了眼睛看定他。他于是仿佛自己就犯了罪似的局促起来，终至于慢慢退后，溜出去了。一个挟洋伞的长子就来补了缺；秃头也旋转脸去再看白背心。

长子弯了腰，要从垂下的草帽檐下去赏识白背心的脸，但不知道为什么忽又站直了。于是他背后的人们又须竭力伸长了脖子；有一个瘦子竟至于连嘴都张得很大，像一条死鲈鱼。

巡警突然间，将脚一提，大家又愕然，赶紧都看他的脚；然而他又放稳了，于是又看白背心。长子忽又弯了腰，还要从垂下的草帽檐下去窥测，但即刻也就立直，擎起一只手来拼命搔头皮。

秃头不高兴了，因为他先觉得背后有些不太平，接着耳朵边就有唧咕唧咕的声响。他双眉一锁，回头看时，紧挨他右边，有一只黑手拿着半个大馒头正在塞进一个猫脸的人的嘴里去。他也就不说什么，自去看白背心的新草帽了。

忽然，就有暴雷似的一击，连横阔的胖大汉也不免向前一跄踉。同时，从他肩膊上伸出一只胖得不相上下的臂膊来，展开五指，拍的一声正打在胖孩子的脸颊上。

"好快活！你妈的……"同时，胖大汉后面就有一个弥勒佛似的更圆的胖脸这么说。

胖孩子也趔趄了四五步，但是没有倒，一手按着脸颊，旋转身，就想从胖大汉的腿旁的空隙间钻出去。胖大汉赶忙站稳，并且将屁股一歪，塞住了空隙，恨恨地问道：

"什么？"

胖孩子就像小鼠子落在捕机里似的，仓皇了一会，忽然向小学生那一面奔去，推开他，冲出去了。小学生也返身跟出去了。

"吓，这孩子……"总有五六个人都这样说。

待到重归平静，胖大汉再看白背心的脸的时候，却见白背心正在仰面看他的胸脯；他慌忙低头也看自己的胸脯时，只见两乳之间的洼下的坑里有一片汗，他于是用手掌拂去了这些汗。

然而形势似乎总不甚太平了。抱着小孩的老妈子因为在骚扰时四顾，没有留意，头上梳着的喜鹊尾巴似的"苏州俏"便碰了站在旁边的车夫的鼻梁。车夫一推，却正推在孩子上；孩子就扭转身去，向着圈外，嚷着要回去了。老妈子先也略略一趔趄，但便即站定，旋转孩子来使他正对白背心，一手指点着，说道：

"阿，阿，看呀！多么好看哪！……"

空隙间忽而探进一个戴硬草帽的学生模样的头来，将一粒瓜子之类似的东西放在嘴里，下颚向上一磕，咬开，退出去了。这地方就补上了一个满头油汗而粘着灰土的椭圆脸。

挟洋伞的长子也已经生气，斜下了一边的肩膊，皱眉疾视着肩后的死鲈鱼。大约从这么大的大嘴里呼出来的热气，原也不易招架的，而况又在盛夏。秃头正仰视那电杆上钉着的红牌上的四个白字，仿佛很觉得有趣。胖大汉和巡警都斜了眼研究着老妈子的钩刀般的鞋尖。

"好！"

什么地方忽有几个人同声喝采。都知道该有什么事情起来了，一切头便全数回转去。连巡警和他牵着的犯人也都有些摇动了。

"刚出屉的包子咧！荷阿，热的……"

路对面是胖孩子歪着头，瞌睡似的长呼；路上是车夫们默默地前奔，似乎想赶紧逃出头上的烈日。大家都几乎失望了，幸而放出眼光去四处搜索，终于在相距十多家的路上，发见了一辆洋车停放着，一个车夫正在爬起来。

圆阵立刻散开，都错错落落地走过去。胖大汉走不到一半，就歇在路边的槐树下；长子比秃头和椭圆脸走得快，接近了。车上的坐客依然坐着，车夫已经完全爬起，但还在摩自己的膝髁。周围有五六个人笑嘻嘻地看他们。

"成么？"车夫要来拉车时，坐客便问。

他只点点头，拉了车就走；大家就惘惘然目送他。起先还知道那一辆是曾经跌倒的车，后来被别的车一混，知不清了。

马路上就很清闲，有几只狗伸出了舌头喘气；胖大汉就在槐阴下看那很快地一起一落的狗肚皮。

老妈子抱了孩子从屋檐阴下蹩过去了。胖孩子歪着头，挤细了眼睛，拖长声音，瞌睡地叫喊：

"热的包子咧！荷阿！……刚出屉的……"

一九二五年三月十八日

【赏读：《示众》是小说集《彷徨》中一篇极具特色的短篇小说，最初刊登于《语丝》周刊上，鲁迅把北洋军阀统治的北京作为故事发生的背景。小说之所以称为"示众"从小说情节来看似乎是因为小说主要核心是讲巡警用绳子绑住犯人游街示众而得名，但我们可以看到小说中的"示众"显然不是单向的，这些看"热闹的人"一面看着别人，但另一面又在被别人看，形成了看与被看的对立结构。在小说中我们发现它没有具体的故事情节的描写。人物刻画和景物描写在小说中也少有描述，没有主观抒情和作者的议论整篇小说就围绕着巡警"示众"犯人这一个事件展开，目的是为反应小说中众多的人物形象，这是一篇以群像描写的小说，这些写作的手法造就了《示众》有别于一般小说的结构，但却有着自身独具特色和风格。

鲁迅在小说的开头就写炎热的天气，显然是对看客的讽刺做铺垫，火热的太阳让人不愿在阳光下多呆一秒钟，但这些看客为了看热闹，就连炎热的太阳都忘记了，这不得不说是一种讽刺。比起这更加讽刺的是这些看客顶着烈日完全不在于他们对"犯人"的关心，他们之所以围观只是为了"找乐"，这些人拿别人的痛苦作为自己的乐趣，这种做法显然是让人厌恶的，从中我们可以看到这些看客灵魂的麻木不仁，鲁迅之所以用群像描写法就是为了表达这种麻木不仁的中国人在社会上不是几个而是很多。我们从鲁迅的经历知道他向来对穷极无聊的看客是十分反感的。小说中胖小孩为了看热闹完全可以抛下自己的工作，人力车夫的跌倒引来的只是一阵嘲笑，在这些看客的身上我们看不到一点怜悯与同情，我们可以看到看客的身上其实反映着很多人身上所共有的劣根性，鲁迅描写的人物显然有着极高的典型性和代表性。

鲁迅悲愤的拿看客的群像在读者面前"示众"，为的是希望我们可以"自省"。不要做一个麻木不仁的中国人。】

高老夫子

这一天，从早晨到午后，他的工夫全费在照镜，看《中国历史教科书》和查《袁了凡纲鉴》① 里；真所谓"人生识字忧患

---

① 《袁了凡纲鉴》：明代袁了凡撰写的《历史纲鉴补》。

始"，顿觉得对于世事很有些不平之意了。而且这不平之意，是他从来没有经验过的。

首先就想到往常的父母实在太不将儿女放在心里。他还在孩子的时候，最喜欢爬上桑树去偷桑椹吃，但他们全不管，有一回竟跌下树来磕破了头，又不给好好地医治，至今左边的眉棱上还带着一个永不消灭的尖劈形的瘢痕。他现在虽然格外留长头发，左右分开，又斜梳下来，可以勉强遮住了，但究竟还看见尖劈的尖，也算得一个缺点，万一给女学生发见，大概是免不了要看不起的。他放下镜子，怨愤地吁一口气。

其次，是《中国历史教科书》的编纂者竟太不为教员设想。他的书虽然和《了凡纲鉴》也有些相合，但大段又很不相同，若即若离，令人不知道讲起来应该怎样拉在一处。但待到他瞥着那夹在教科书里的一张纸条，却又怨起中途辞职的历史教员来了，因为那纸条上写的是："从第八章《东晋之兴亡》起。"

如果那人不将三国的事情讲完，他的豫备就决不至于这么困苦。他最熟悉的就是三国，例如桃园三结义，孔明借箭，三气周瑜，黄忠定军山斩夏侯渊以及其他种种，满肚子都是，一学期也许讲不完。到唐朝，则有秦琼卖马之类，便又较为擅长了，谁料偏偏是东晋。他又怨愤地吁一口气，再拉过《了凡纲鉴》来。

"唉，你怎么外面看看还不够，又要钻到里面去看了？"

一只手同时从他背后弯过来，一拨他的下巴。但他并不动，因为从声音和举动上，便知道是暗暗蹩进来的打牌的老朋友黄三。他虽然是他的老朋友，一礼拜以前还一同打牌，看戏，喝酒，跟女人，但自从他在《大中日报》上发表了《论中华国民皆有整理国史之义务》这一篇脍炙人口的名文，接着又得了贤良女学校的聘书之后，就觉得这黄三一无所长，总有些下等相了。所以他并不回头，板着脸正正经经地回答道：

“不要胡说！我正在豫备功课……”

“你不是亲口对老钵说的么：你要谋一个教员做，去看看女学生？”

“你不要相信老钵的狗屁！”

黄三就在他桌旁坐下，向桌面上一瞥，立刻在一面镜子和一堆乱书之间，发现了一个翻开着的大红纸的帖子。他一把抓来，瞪着眼睛一字一字地看下去：

今敦请

尔础高老夫子为本校历史教员每周授课四小时每小
时敬送修金大洋三角正按时间计算此约

贤良女学校校长何万淑贞敛衽谨订

中华民国十三年夏历菊月吉旦　　　　　　　　立

“‘尔础高老夫子’？谁呢？你么？你改了名字了么？”黄三一看完，就性急地问。

但高老夫子只是高傲地一笑；他的确改了名字了。然而黄三只会打牌，到现在还没有留心新学问，新艺术。他既不知道有一个俄国大文豪高尔基，又怎么说得通这改名的深远的意义呢？所以他只是高傲地一笑，并不答复他。

“喂喂，老杆，你不要闹这些无聊的玩意儿了！”黄三放下聘书，说。“我们这里有了一个男学堂，风气已经闹得够坏了；他们还要开什么女学堂，将来真不知道要闹成什么样子才罢。你何苦也去闹，犯不上……”

“这也不见得。况且何太太一定要请我，辞不掉……”因为黄三毁谤了学校，又看手表上已经两点半，离上课时间只有半点了，所以他有些气忿，又很露出焦躁的神情。

"好！这且不谈。"黄三是乖觉的，即刻转帆，说，"我们说正经事罢：今天晚上我们有一个局面。毛家屯毛资甫的大儿子在这里了，来请阳宅先生①看坟地去的，手头现带着二百番。我们已经约定，晚上凑一桌，一个我，一个老钵，一个就是你。你一定来罢，万不要误事。我们三个人扫光他！"

老杆——高老夫子——沉吟了，但是不开口。

"你一定来，一定！我还得和老钵去接洽一回。地方还是在我的家里。那傻小子是'初出茅庐'，我们准可以扫光他！你将那一副竹纹清楚一点的交给我罢！"

高老夫子慢慢地站起来，到床头取了马将牌盒，交给他；一看手表，两点四十分了。他想：黄三虽然能干，但明知道我已经做了教员，还来当面毁谤学堂，又打搅别人的豫备功课，究竟不应该。他于是冷淡地说道：

"晚上再商量罢。我要上课去了。"

他一面说，一面恨恨地向《了凡纲鉴》看了一眼，拿起教科书，装在新皮包里，又很小心地戴上新帽子，便和黄三出了门。他一出门，就放开脚步，像木匠牵着的钻子似的，肩膀一扇一扇地直走，不多久，黄三便连他的影子也望不见了。

高老夫子一跑到贤良女学校，即将新印的名片交给一个驼背的老门房。不一忽，就听到一声"请"，他于是跟着驼背走，转过两个弯，已到教员豫备室了，也算是客厅。何校长不在校；迎接他的是花白胡子的教务长，大名鼎鼎的万瑶圃，别号"玉皇香案吏"的，新近正将他自己和女仙赠答的诗《仙坛酬唱集》陆续登在《大中日报》上。

"阿呀！础翁！久仰久仰！……"万瑶圃连连拱手，并将膝

----

① 阳宅先生：风水先生。

关节和腿关节接连弯了五六弯，仿佛想要蹲下去似的。

"阿呀！瑶翁！久仰久仰！……"础翁夹着皮包照样地做，并且说。

他们于是坐下；一个似死非死的校役便端上两杯白开水来。高老夫子看看对面的挂钟，还只两点四十分，和他的手表要差半点。

"阿呀！础翁的大作，是的，那个……是的，那——'中国国粹义务论'，真真要言不烦，百读不厌！实在是少年人们的座右铭，座右铭座右铭！兄弟也颇喜欢文学，可是，玩玩而已，怎么比得上础翁。"他重行拱一拱手，低声说，"我们的盛德乩坛天天请仙，兄弟也常常去唱和。础翁也可以光降光降罢。那乩仙①，就是蕊珠仙子，从她的语气上看来，似乎是一位谪降②红尘的花神。她最爱和名人唱和，也很赞成新党，像础翁这样的学者，她一定大加青眼的。哈哈哈哈！"

但高老夫子却不很能发表什么崇论宏议，因为他的豫备——东晋之兴亡——本没有十分足，此刻又并不足的几分也有些忘却了。他烦躁愁苦着；从繁乱的心绪中，又涌出许多断片的思想来：上堂的姿势应该威严；额角的瘢痕总该遮住；教科书要读得慢；看学生要大方。但同时还模模胡胡听得瑶圃说着话：

"……赐了一个荸荠……'醉倚青鸾上碧霄'，多么超脱……那邓孝翁叩求了五回，这才赐了一首五绝……'红袖拂天河，莫道……'蕊珠仙子说……础翁还是第一回……这就是本校的植物园！"

"哦哦！"尔础忽然看见他举手一指，这才从乱头思想中惊

---

① 乩（jī）坛、乩仙：乩坛指神坛，乩仙指占卜时请托的神灵。
② 谪（zhé）降：旧时指仙人获罪贬降而托生人世。

觉，依着指头看去，窗外一小片空地，地上有四五株树，正对面是三间小平房。

"这就是讲堂。"瑶圃并不移动他的手指，但是说。

"哦哦！"

"学生是很驯良的。她们除听讲之外，就专心缝纫……"

"哦哦！"尔础实在颇有些窘急了，他希望他不再说话，好给自己聚精会神，赶紧想一想东晋之兴亡。

"可惜内中也有几个想学学做诗，那可是不行的。维新固然可以，但做诗究竟不是大家闺秀所宜。蕊珠仙子也不很赞成女学，以为淆乱两仪，非天曹所喜。兄弟还很同她讨论过几回……"

尔础忽然跳了起来，他听到铃声了。

"不，不。请坐！那是退班铃。"

"瑶翁公事很忙罢，可以不必客气……"

"不，不！不忙，不忙！兄弟以为振兴女学是顺应世界的潮流，但一不得当，即易流于偏，所以天曹不喜，也许不过是防微杜渐的意思。只要办理得人，不偏不倚，合乎中庸，一以国粹为归宿，那是决无流弊的。础翁，你想，可对？这是蕊珠仙子也以为'不无可采'的话。哈哈哈哈！"

校役又送上两杯白开水来；但是铃声又响了。

瑶圃便请尔础喝了两口白开水，这才慢慢地站起来，引导他穿过植物园，走进讲堂去。

他心头跳着，笔挺地站在讲台旁边，只看见半屋子都是蓬蓬松松的头发。瑶圃从大襟袋里掏出一张信笺，展开之后，一面看，一面对学生们说道：

"这位就是高老师，高尔础高老师，是有名的学者，那一篇有名的《论中华国民皆有整理国史之义务》，是谁都知道的。《大

70

中日报》上还说过，高老师是：骤慕俄国文豪高君尔基之为人，因改字尔础，以示景仰之意，斯人之出，诚吾中华文坛之幸也！现在经何校长再三敦请，竟惠然肯来，到这里来教历史了……"

高老师忽而觉得很寂然，原来瑶翁已经不见，只有自己站在讲台旁边了。他只得跨上讲台去，行了礼，定一定神，又记起了态度应该威严的成算，便慢慢地翻开书本，来开讲《东晋之兴亡》。

"嘻嘻!"似乎有谁在那里窃笑了。

高老夫子脸上登时一热，忙看书本，和他的话并不错，上面印着的的确是："东晋之偏安。"书脑的对面，也还是半屋子蓬蓬松松的头发，不见有别的动静。他猜想这是自己的疑心，其实谁也没有笑；于是又定一定神，看住书本，慢慢地讲下去。当初，是自己的耳朵也听到自己的嘴说些什么的，可是逐渐胡涂起来，竟至于不再知道说什么，待到发挥"石勒之雄图"的时候，便只听得吃吃地窃笑的声音了。

他不禁向讲台下一看，情形和原先已经很不同：半屋子都是眼睛，还有许多小巧的等边三角形，三角形中都生着两个鼻孔，这些连成一气，宛然是流动而深邃的海，闪烁地汪洋地正冲着他的眼光。但当他瞥见时，却又骤然一闪，变了半屋子蓬蓬松松的头发了。

他也连忙收回眼光，再不敢离开教科书，不得已时，就抬起眼来看看屋顶。屋顶是白而转黄的洋灰，中央还起了一道正圆形的棱线；可是这圆圈又生动了，忽然扩大，忽然收小，使他的眼睛有些昏花。他豫料倘将眼光下移，就不免又要遇见可怕的眼睛和鼻孔联合的海，只好再回到书本上，这时已经是"淝水之战"，符坚快要骇得"草木皆兵"了。

他总疑心有许多人暗暗地发笑，但还是熬着讲，明明已经讲了大半天，而铃声还没有响，看手表是不行的，怕学生要小觑①；可是讲了一会，又到"拓跋氏之勃兴"了，接着就是"六国兴亡表"，他本以为今天未必讲到，没有豫备的。

他自己觉得讲义忽而中止了。

"今天是第一天，就是这样罢……"他惶惑了一会之后，才断续地说，一面点一点头，跨下讲台去，也便出了教室的门。

"嘻嘻嘻！"

他似乎听到背后有许多人笑，又仿佛看见这笑声就从那深邃的鼻孔的海里出来。他便悒悒然②，跨进植物园，向着对面的教员豫备室大踏步走。

他大吃一惊，至于连《中国历史教科书》也失手落在地上了，因为脑壳上突然遭了什么东西的一击。他倒退两步，定睛看时，一枝夭斜的树枝横在他面前，已被他的头撞得树叶都微微发抖。他赶紧弯腰去拾书本，书旁边竖着一块木牌，上面写道——

他似乎听到背后有许多人笑，又仿佛看见这笑声就从那深邃的鼻孔的海里出来。于是也就不好意思去抚摩头上已经疼痛起来的皮肤，只一心跑进教员豫备室里去。

那里面，两个装着白开水的杯子依然，却不见了似死非死的校役，瑶翁也踪影全无了。一切都黯淡，只有他的新皮包和新帽子在黯淡中发亮。看壁上的挂钟，还只有三点四十分。

----

① 小觑（qù）：小看，轻视。
② 悒（wǎng）然：同"惘然"，失意，心中若有所失的样子。

高老夫子回到自家的房里许久之后，有时全身还骤然一热；又无端的愤怒；终于觉得学堂确也要闹坏风气，不如停闭的好，尤其是女学堂——有什么意思呢，喜欢虚荣罢了！

"嘻嘻！"

他还听到隐隐约约的笑声。这使他更加愤怒，也使他辞职的决心更加坚固了。晚上就写信给何校长，只要说自己患了足疾。但是，倘来挽留，又怎么办呢？——也不去。女学堂真不知道要闹到什么样子，自己又何苦去和她们为伍呢？犯不上的。他想。

他于是决绝地将《了凡纲鉴》搬开；镜子推在一旁；聘书也合上了。正要坐下，又觉得那聘书实在红得可恨，便抓过来和《中国历史教科书》一同塞入抽屉里。

一切大概已经打迭停当，桌上只剩下一面镜子，眼界清净得多了。然而还不舒适，仿佛欠缺了半个魂灵，但他当即省悟，戴上红结子的秋帽，径向黄三的家里去了。

"来了，尔础高老夫子！"老钵大声说。

"狗屁！"他眉头一皱，在老钵的头顶上打了一下，说。

"教过了罢？怎么样，'可有几个出色的?"黄三热心地问。

"我没有再教下去的意思。女学堂真不知道要闹成什么样子。我辈正经人，确乎犯不上酱在一起……"

毛家的大儿子进来了，胖到像一个汤圆。

"阿呀！久仰久仰！……"满屋子的手都拱起来，膝关节和腿关节接二连三地屈折，仿佛就要蹲了下去似的。

"这一位就是先前说过的高干亭兄。"老钵指着高老夫子，向毛家的大儿子说。

"哦哦！久仰久仰！……"毛家的大儿子便特别向他连连拱手，并且点头。

这屋子的左边早放好一顶斜摆的方桌，黄三一面招呼客人，一面和一个小鸦头布置着座位和筹马。不多久，每一个桌角上都点起一枝细瘦的洋烛来，他们四人便入座了。

万籁无声。只有打出来的骨牌拍在紫檀桌面上的声音，在初夜的寂静中清彻地作响。

高老夫子的牌风并不坏，但他总还抱着什么不平。他本来是什么都容易忘记的，惟独这一回，却总以为世风有些可虑；虽然面前的筹马渐渐增加了，也还不很能够使他舒适，使他乐观。但时移俗易，世风也终究觉得好了起来；不过其时很晚，已经在打完第二圈，他快要凑成"清一色"的时候了。

一九二五年五月一日

【赏读：《高老夫子》是近代文学家鲁迅创作的短篇小说，首次出版于 1926 年，收录于小说集《彷徨》中。

《高老夫子》中的"高老夫子"原名高干亭，被牌友们戏称为"老杆"，因为发表了一篇关于整理国史的所谓"脍炙人口"的名文，便自以为学贯中西了，"因仰慕俄国文豪高尔基之名，而更名为"高尔础"，其实他是一个只会打牌，听书，跟女人的无赖，他为了去贤良女校看女学生，便应聘去教书，而因为胸无点墨而当众出丑便辞去职务，大骂新式教育，小说设置了三个场景，将"高老夫子"虚伪，污秽的灵魂，如同三面放大镜般展示给读者。

像鲁迅的大多数小说一样，这篇小说也用白描。但这一篇的独特之处，是更突出地运用了心理刻画的手法。换句话说，鲁迅把最难运用的、容易让人感到沉闷的心理描写，变成一幅幅图画了。例如，那半屋子的蓬蓬松松的头发，那变幻不定的有着两个鼻孔的三角形，那由这一切构成的"深邃的海"，甚至还有那天花板上"忽然扩大，忽然收小"的圆圈，无一不渗透着高老夫子

心理的投影，高老夫子可鄙而又可厌的丑恶形象，便是在这一幅
幅画面中活起来的。】

孤独者

一

我和魏连殳相识一场，回想起来倒也别致，竟是以送殓①始，
以送殓终。

那时我在 S 城，就时时听到人们提起他的名字，都说他很有
些古怪：所学的是动物学，却到中学堂去做历史教员；对人总是
爱理不理的，却常喜欢管别人的闲事；常说家庭应该破坏，一领
薪水却一定立即寄给他的祖母，一日也不拖延。此外还有许多零
碎的话柄，总之，在 S 城里也算是一个给人当作谈助的人。有一
年的秋天，我在寒石山的一个亲戚家里闲住；他们就姓魏，是连
殳的本家。但他们却更不明白他，仿佛将他当作一个外国人看
待，说是"同我们都异样的"。

这也不足为奇，中国的兴学虽说已经二十年了，寒石山却连
小学也没有。全山村中，只有连殳是出外游学的学生，所以从村
人看来，他确是一个异类；但也很妒羡，说他挣得许多钱。

到秋末，山村中痢疾流行了；我也自危，就想回到城中去。
那时听说连殳的祖母就染了病，因为是老年，所以很沉重；山中
又没有一个医生。所谓他的家属者，其实就只有一个这祖母，雇
一名女工简单地过活；他幼小失了父母，就由这祖母抚养成人
的。听说她先前也曾经吃过许多苦，现在可是安乐了。但因为他
没有家小，家中究竟非常寂寞，这大概也就是大家所谓异样之一

---

① 送殓（liàn）：陪伴亲属把死者放入棺材中。

75

端罢。

寒石山离城是旱道一百里，水道七十里，专使人叫连殳去，往返至少就得四天。山村僻陋，这些事便算大家都要打听的大新闻，第二天便轰传她病势已经极重，专差也出发了；可是到四更天竟咽了气，最后的话，是："为什么不肯给我会一会连殳的呢？……"

族长，近房，他的祖母的母家的亲丁，闲人，聚集了一屋子，豫计连殳的到来，应该已是入殓的时候了。寿材寿衣早已做成，都无须筹画；他们的第一大问题是在怎样对付这"承重孙"，因为逆料他关于一切丧葬仪式，是一定要改变新花样的。聚议之后，大概商定了三大条件，要他必行。一是穿白，二是跪拜，三是请和尚道士做法事。总而言之：是全都照旧。

他们既经议妥，便约定在连殳到家的那一天，一同聚在厅前，排成阵势，互相策应，并力作一回极严厉的谈判。村人们都咽着唾沫，新奇地听候消息；他们知道连殳是"吃洋教"的"新党"，向来就不讲什么道理，两面的争斗，大约总要开始的，或者还会酿成一种出人意外的奇观。

传说连殳的到家是下午，一进门，向他祖母的灵前只是弯了一弯腰。族长们便立刻照豫定计画进行，将他叫到大厅上，先说过一大篇冒头，然后引入本题，而且大家此唱彼和，七嘴八舌，使他得不到辩驳的机会。但终于话都说完了，沉默充满了全厅，人们全数悚然地紧看着他的嘴。只见连殳神色也不动，简单地回答道：

"都可以的。"

这又很出于他们的意外，大家的心的重担都放下了，但又似乎反加重，觉得太"异样"，倒很有些可虑似的。打听新闻的村人们也很失望，口口相传道，"奇怪！他说'都可以'哩！我们

76

看去罢!"都可以就是照旧,本来是无足观了,但他们也还要看,黄昏之后,便欣欣然聚满了一堂前。

我也是去看的一个,先送了一份香烛;待到走到他家,已见连殳在给死者穿衣服了。原来他是一个短小瘦削的人,长方脸,蓬松的头发和浓黑的须眉占了一脸的小半,只见两眼在黑气里发光。那穿衣也穿得真好,井井有条,仿佛是一个大殓的专家,使旁观者不觉叹服。寒石山老例,当这些时候,无论如何,母家的亲丁是总要挑剔的;他却只是默默地,遇见怎么挑剔便怎么改,神色也不动。站在我前面的一个花白头发的老太太,便发出羡慕感叹的声音。

其次是拜;其次是哭,凡女人们都念念有词。其次入棺;其次又是拜;又是哭,直到钉好了棺盖。沉静了一瞬间,大家忽而扰动了,很有惊异和不满的形势。我也不由的突然觉到:连殳就始终没有落过一滴泪,只坐在草荐上,两眼在黑气里闪闪地发光。

大殓便在这惊异和不满的空气里面完毕。大家都怏怏地,似乎想走散,但连殳却还坐在草荐上沉思。忽然,他流下泪来了,接着就失声,立刻又变成长嚎,像一匹受伤的狼,当深夜在旷野中嗥叫,惨伤里夹杂着愤怒和悲哀。这模样,是老例上所没有的,先前也未曾豫防到,大家都手足无措了,迟疑了一会,就有几个人上前去劝止他,愈去愈多,终于挤成一大堆。但他却只是兀坐着号咷①,铁塔似的动也不动。

大家又只得无趣地散开;他哭着,哭着,约有半点钟,这才突然停了下来,也不向吊客招呼,径自往家里走。接着就有前去窥探的人来报告:他走进他祖母的房里,躺在床上,而且,似乎

---

① 号咷(táo):咷同"啕",号啕指放声痛哭。

就睡熟了。

隔了两日，是我要动身回城的前一天，便听到村人都遭了魔似的发议论，说连殳要将所有的器具大半烧给他祖母，余下的便分赠生时侍奉，死时送终的女工，并且连房屋也要无期地借给她居住了。亲戚本家都说到舌敝唇焦，也终于阻当不住。

恐怕大半也还是因为好奇心，我归途中经过他家的门口，便又顺便去吊慰。他穿了毛边的白衣出见，神色也还是那样，冷冷的。我很劝慰了一番；他却除了唯唯诺诺之外，只回答了一句话，是：

"多谢你的好意。"

二

我们第三次相见就在这年的冬初，S城的一个书铺子里，大家同时点了一点头，总算是认识了。但使我们接近起来的，是在这年底我失了职业之后。从此，我便常常访问连殳去。一则，自然是因为无聊赖；二则，因为听人说，他倒很亲近失意的人的，虽然素性这么冷。但是世事升沉无定，失意人也不会长是失意人，所以他也就很少长久的朋友。这传说果然不虚，我一投名片，他便接见了。两间连通的客厅，并无什么陈设，不过是桌椅之外，排列些书架，大家虽说他是一个可怕的"新党"，架上却不很有新书。他已经知道我失了职业；但套话一说就完，主客便只好默默地相对，逐渐沉闷起来。我只见他很快地吸完一支烟，烟蒂要烧着手指了，才抛在地面上。

"吸烟罢。"他伸手取第二支烟时，忽然说。

我便也取了一支，吸着，讲些关于教书和书籍的，但也还觉得沉闷。我正想走时，门外一阵喧嚷和脚步声，四个男女孩子闯进来了。大的八九岁，小的四五岁，手脸和衣服都很脏，而且丑得可以。但是连殳的眼里却即刻发出欢喜的光来了，连忙站起，向客厅间壁的房里走，一面说道：

"大良，二良，都来！你们昨天要的口琴，我已经买来了。"

孩子们便跟着一齐拥进去，立刻又各人吹着一个口琴一拥而出，一出客厅门，不知怎的便打将起来。有一个哭了。

"一人一个，都一样的。不要争呵！"他还跟在后面嘱咐。

"这么多的一群孩子都是谁呢？"我问。

"是房主人的。他们都没有母亲，只有一个祖母。"

"房东只一个人么？"

"是的。他的妻子大概死了三四年了罢，没有续娶——否则，便要不肯将余屋租给我似的单身人。"他说着，冷冷地微笑了。

我很想问他何以至今还是单身，但因为不很熟，终于不好开口。

只要和连殳一熟识，是很可以谈谈的。他议论非常多，而且往往颇奇警。使人不耐的倒是他的有些来客，大抵是读过《沉沦》的罢，时常自命为"不幸的青年"或是"零余者"，螃蟹一般懒散而骄傲地堆在大椅子上，一面唉声叹气，一面皱着眉头吸烟。还有那房主的孩子们，总是互相争吵，打翻碗碟，硬讨点心，乱得人头昏。但连殳一见他们，却再不像平时那样的冷冷的了，看得比自己的性命还宝贵。听说有一回，三良发了红斑痧，竟急得他脸上的黑气愈见其黑了；不料那病是轻的，于是后来便被孩子们的祖母传作笑柄。

"孩子总是好的。他们全是天真……"他似乎也觉得我有些不耐烦了，有一天特地乘机对我说。

"那也不尽然。"我只是随便回答他。

"不，大人的坏脾气，在孩子们是没有的。后来的坏，如你平日所攻击的坏，那是环境教坏的。原来却并不坏，天真……我以为中国的可以希望，只在这一点。"

"不。如果孩子中没有坏根苗，大起来怎么会有坏花果？譬如一粒种子，正因为内中本含有枝叶花果的胚，长大时才能够发出这些东西来。何尝是无端……"我因为闲着无事，便也如大人先生们一下野，就要吃素谈禅一样，正在看佛经。佛理自然是并不懂得的，但竟也不自检点，一味任意地说。

　　然而连殳气忿了，只看了我一眼，不再开口。我也猜不出他是无话可说呢，还是不屑辩。但见他又显出许久不见的冷冷的态度来，默默地连吸了两支烟；待到他再取第三支时，我便只好逃走了。

　　这仇恨是历了三月之久才消释的。原因大概是一半因为忘却，一半则他自己竟也被"天真"的孩子所仇视了，于是觉得我对于孩子的冒渎①的话倒也情有可原。但这不过是我的推测。其时是在我的寓里的酒后，他似乎微露悲哀模样，半仰着头道：

　　"想起来真觉得有些奇怪。我到你这里来时，街上看见一个很小的小孩，拿了一片芦叶指着我道：杀！他还不很能走路……"

　　"这是环境教坏的。"

　　我即刻很后悔我的话。但他却似乎并不介意，只竭力地喝酒，其间又竭力地吸烟。

　　"我倒忘了，还没有问你，"我便用别的话来支梧，"你是不大访问人的，怎么今天有这兴致来走走呢？我们相识有一年多了，你到我这里来却还是第一回。"

　　"我正要告诉你呢：你这几天切莫到我寓里来看我了。我的寓里正有很讨厌的一大一小在那里，都不像人！"

　　"一大一小？这是谁呢？"我有些诧异。

──────────

　　① 冒渎（dú）：冒犯。

80

"是我的堂兄和他的小儿子。哈哈，儿子正如老子一般。"

"是上城来看你，带便玩玩的罢？"

"不。说是来和我商量，就要将这孩子过继给我的。"

"呵！过继给你？"我不禁惊叫了，"你不是还没有娶亲么？"

"他们知道我不娶的了。但这都没有什么关系。他们其实是要过继我那一间寒石山的破屋子。我此外一无所有，你是知道的；钱一到手就花完。只有这一间破屋子。他们父子的一生的事业是在逐出那一个借住着的老女工。"

他那词气的冷峭①，实在又使我悚然。但我还慰解他说：

"我看你的本家也还不至于此。他们不过思想略旧一点罢了。譬如，你那年大哭的时候，他们就都热心地围着使劲来劝你……"

"我父亲死去之后，因为夺我屋子，要我在笔据上画花押，我大哭着的时候，他们也是这样热心地围着使劲来劝我……"他两眼向上凝视，仿佛要在空中寻出那时的情景来。

"总而言之：关键就全在你没有孩子。你究竟为什么老不结婚的呢？"我忽而寻到了转舵的话，也是久已想问的话，觉得这时是最好的机会了。

他诧异地看着我，过了一会，眼光便移到他自己的膝髁上去了，于是就吸烟，没有回答。

三

但是，虽在这一种百无聊赖的境地中，也还不给连殳安住。渐渐地，小报上有匿名人来攻击他，学界上也常有关于他的流言，可是这已经并非先前似的单是话柄，大概是于他有损的了。我知道这是他近来喜欢发表文章的结果，倒也并不介意。S城人

---

①　冷峭（qiào）：形容冷气逼人、态度严峻、话语尖刻。

最不愿意有人发些没有顾忌的议论，一有，一定要暗暗地来叮他，这是向来如此的，连殳自己也知道。但到春天，忽然听说他已被校长辞退了。这却使我觉得有些突兀；其实，这也是向来如此的，不过因为我希望着自己认识的人能够幸免，所以就以为突兀罢了，S城人倒并非这一回特别恶。

其时我正忙着自己的生计，一面又在接洽本年秋天到山阳去当教员的事，竟没有工夫去访问他。待到有些余暇的时候，离他被辞退那时大约快有三个月了，可是还没有发生访问连殳的意思。有一天，我路过大街，偶然在旧书摊前停留，却不禁使我觉到震悚，因为在那里陈列着的一部汲古阁初印本《史记索隐》，正是连殳的书。他喜欢书，但不是藏书家，这种本子，在他是算作贵重的善本，非万不得已，不肯轻易变卖的。难道他失业刚才两三月，就一贫至此么？虽然他向来一有钱即随手散去，没有什么贮蓄。于是我便决意访问连殳去，顺便在街上买了一瓶烧酒，两包花生米，两个熏鱼头。

他的房门关闭着，叫了两声，不见答应。我疑心他睡着了，更加大声地叫，并且伸手拍着房门。

“出去了罢！”大良们的祖母，那三角眼的胖女人，从对面的窗口探出她花白的头来了，也大声说，不耐烦似的。

“那里去了呢？”我问。

“那里去了？谁知道呢？——他能到那里去呢，你等着就是，一会儿总会回来的。”

我便推开门走进他的客厅去。真是“一日不见，如隔三秋”，满眼是凄凉和空空洞洞，不但器具所余无几了，连书籍也只剩了在S城决没有人要的几本洋装书。屋中间的圆桌还在，先前曾经常常围绕着忧郁慷慨的青年，怀才不遇的奇士和腌脏吵闹的孩子们的，现在却见得很闲静，只在面上蒙着一层薄薄的灰尘。我就在桌上放了酒瓶和纸包，拖过一把椅子来，靠桌旁对着房门坐下。

的确不过是"一会儿"，房门一开，一个人悄悄地阴影似的进来了，正是连殳。也许是傍晚之故罢，看去仿佛比先前黑，但神情却还是那样。

"阿！你在这里？来得多久了？"他似乎有些喜欢。

"并没有多久。"我说，"你到那里去了？"

"并没有到那里去，不过随便走走。"

他也拖过椅子来，在桌旁坐下；我们便开始喝烧酒，一面谈些关于他的失业的事。但他却不愿意多谈这些；他以为这是意料中的事，也是自己时常遇到的事，无足怪，而且无可谈的。他照例只是一意喝烧酒，并且依然发些关于社会和历史的议论。不知怎地我此时看见空空的书架，也记起汲古阁初印本的《史记索隐》，忽而感到一种淡漠的孤寂和悲哀。

"你的客厅这么荒凉……近来客人不多了么？"

"没有了。他们以为我心境不佳，来也无意味。心境不佳，实在是可以给人们不舒服的。冬天的公园，就没有人去……"他连喝两口酒，默默地想着，突然，仰起脸来看着我问道，"你在图谋的职业也还是毫无把握罢？……"

我虽然明知他已经有些酒意，但也不禁愤然，正想发话，只见他侧耳一听，便抓起一把花生米，出去了。门外是大良们笑嚷的声音。

但他一出去，孩子们的声音便寂然，而且似乎都走了。他还追上去，说些话，却不听得有回答。他也就阴影似的悄悄地回来，仍将一把花生米放在纸包里。

"连我的东西也不要吃了。"他低声，嘲笑似的说。

"连殳，"我很觉得悲凉，却强装着微笑，说，"我以为你太

自寻苦恼了。你看得人间太坏……"

他冷冷的笑了一笑。

"我的话还没有完哩。你对于我们，偶尔来访问你的我们，也以为因为闲着无事，所以来你这里，将你当作消遣的资料的罢？"

"并不。但有时也这样想。或者寻些谈资。"

"那你可错误了。人们其实并不这样。你实在亲手造了独头茧①，将自己裹在里面了。你应该将世间看得光明些。"我叹惜着说。

"也许如此罢。但是，你说：那丝是怎么来的？——自然，世上也尽有这样的人，譬如，我的祖母就是。我虽然没有分得她的血液，却也许会继承她的运命。然而这也没有什么要紧，我早已豫先一起哭过了……"

我即刻记起他祖母大殓时候的情景来，如在眼前一样。

"我总不解你那时的大哭……"于是鹘突②地问了。

"我的祖母入殓的时候罢？是的，你不解的。"他一面点灯，一面冷静地说，"你的和我交往，我想，还正因为那时的哭哩。你不知道，这祖母，是我父亲的继母；他的生母，他三岁时候就死去了。"他想着，默默地喝酒，吃完了一个熏鱼头。

"那些往事，我原是不知道的。只是我从小时候就觉得不可解。那时我的父亲还在，家景也还好，正月间一定要悬挂祖像，盛大地供养起来。看着这许多盛装的画像，在我那时似乎是不可多得的眼福。但那时，抱着我的一个女工总指了一幅像说：'这是你自己的祖母。拜拜罢，保佑你生龙活虎似的大得快。'我真

---

①　独头茧：绍兴方言称孤独的人为独头，此处比喻自甘寂寞。

②　鹘（hú）突：疑惑不定。

不懂得我明明有着一个祖母，怎么又会有什么‘自己的祖母’来。可是我爱这‘自己的祖母’，她不比家里的祖母一般老；她年青，好看，穿着描金的红衣服，戴着珠冠，和我母亲的像差不多。我看她时，她的眼睛也注视我，而且口角上渐渐增多了笑影：我知道她一定也是极其爱我的。

　　然而我也爱那家里的，终日坐在窗下慢慢地做针线的祖母。虽然无论我怎样高兴地在她面前玩笑，叫她，也不能引她欢笑，常使我觉得冷冷地，和别人的祖母们有些不同。但我还爱她。可是到后来，我逐渐疏远她了；这也并非因为年纪大了，已经知道她不是我父亲的生母的缘故，倒是看久了终日终年的做针线，机器似的，自然免不了要发烦。但她却还是先前一样，做针线；管理我，也爱护我，虽然少见笑容，却也不加呵斥。直到我父亲去世，还是这样；后来呢，我们几乎全靠她做针线过活了，自然更这样，直到我进学堂……”

　　灯火销沉下去了，煤油已经将涸，他便站起，从书架下摸出一个小小的洋铁壶来添煤油。

　　“只这一月里，煤油已经涨价两次了……”他旋好了灯头，慢慢地说。“生活要日见其困难起来——她后来还是这样，直到我毕业，有了事做，生活比先前安定些；恐怕还直到她生病，实在打熬不住了，只得躺下的时候罢……

　　“她的晚年，据我想，是总算不很辛苦的，享寿也不小了，正无须我来下泪。况且哭的人不是多着么？连先前竭力欺凌她的人们也哭，至少是脸上很惨然。哈哈！……可是我那时不知怎地，将她的一生缩在眼前了，亲手造成孤独，又放在嘴里去咀嚼的人的一生。而且觉得这样的人还很多哩。这些人们，就使我要痛哭，但大半也还是因为我那时太过于感情用事……

　　“你现在对于我的意见，就是我先前对于她的意见。然而我的那时的意见，其实也不对的。便是我自己，从略知世事起，就的确逐渐和她疏远起来了……"

他沉默了，指间夹着烟卷，低了头，想着。灯火在微微地发抖。

"呵，人要使死后没有一个人为他哭，是不容易的事呵。"他自言自语似的说；略略一停，便仰起脸来向我道，"想来你也无法可想。我也还得赶紧寻点事情做……"

"你再没有可托的朋友了么？"我这时正是无法可想，连自己。

"那倒大概还有几个的，可是他们的境遇都和我差不多……"

我辞别连殳出门的时候，圆月已经升在中天了，是极静的夜。

四

山阳的教育事业的状况很不佳。我到校两月，得不到一文薪水，只得连烟卷也节省起来。但是学校里的人们，虽是月薪十五六元的小职员，也没有一个不是乐天知命的，仗着逐渐打熬成功的铜筋铁骨，面黄肌瘦地从早办公一直到夜，其间看见名位较高的人物，还得恭恭敬敬地站起，实在都是不必"衣食足而知礼节"的人民。我每看见这情状，不知怎的总记起连殳临别托付我的话来。他那时生计更其不堪了，窘相时时显露，看去似乎已没有往时的深沉，知道我就要动身，深夜来访，迟疑了许久，才吞吞吐吐地说道：

"不知道那边可有法子想？——便是钞写，一月二三十块钱的也可以的。我……"

我很诧异了，还不料他竟肯这样的迁就，一时说不出话来。

"我……我还得活几天……"

"那边去看一看，一定竭力去设法罢。"

这是我当日一口承当的答话，后来常常自己听见，眼前也同时浮出连殳的相貌，而且吞吞吐吐地说道"我还得活几天"。到这些时，我便设法向各处推荐一番；但有什么效验呢，事少人多，结果是别人给我几句抱歉的话，我就给他几句抱歉的信。到一学期将完的时候，那情形就更加坏了起来。那地方的几个绅士所办的《学理周报》上，竟开始攻击我了，自然是决不指名的，但措辞很巧妙，使人一见就觉得我是在挑剔学潮，连推荐连殳的事，也算是呼朋引类。

我只好一动不动，除上课之外，便关起门来躲着，有时连烟卷的烟钻出窗隙去，也怕犯了挑剔学潮的嫌疑。连殳的事，自然更是无从说起了。这样地一直到深冬。

下了一天雪，到夜还没有止，屋外一切静极，静到要听出静的声音来。我在小小的灯火光中，闭目枯坐，如见雪花片片飘坠，来增补这一望无际的雪堆；故乡也准备过年了，人们忙得很；我自己还是一个儿童，在后园的平坦处和一伙小朋友塑雪罗汉。雪罗汉的眼睛是用两块小炭嵌出来的，颜色很黑，这一闪动，便变了连殳的眼睛。

"我还得活几天！"仍是这样的声音。

"为什么呢？"我无端地这样问，立刻连自己也觉得可笑了。

这可笑的问题使我清醒，坐直了身子，点起一支烟卷来；推窗一望，雪果然下得更大了。听得有人叩门；不一会，一个人走进来，但是听熟的客寓杂役的脚步。他推开我的房门，交给我一封六寸多长的信，字迹很潦草，然而一瞥便认出"魏缄"两个字，是连殳寄来的。

这是从我离开S城以后他给我的第一封信。我知道他疏懒，本不以杳无消息为奇，但有时也颇怨他不给一点消息。待到接了这信，可又无端地觉得奇怪了，慌忙拆开来。里面也用了一样潦草的字体，写着这样的话：

　　"申飞……

　　"我称你什么呢？我空着。你自己愿意称什么，你自己添上去罢。我都可以的。

　　"别后共得三信，没有复。这原因很简单：我连买邮票的钱也没有。

　　"你或者愿意知道些我的消息，现在简直告诉你罢：我失败了。先前，我自以为是失败者，现在知道那并不，现在才真是失败者了。先前，还有人愿意我活几天，我自己也还想活几天的时候，活不下去；现在，大可以无须了，然而要活下去……

　　"然而就活下去么？

　　"愿意我活几天的，自己就活不下去。这人已被敌人诱杀了。谁杀的呢？谁也不知道。

　　"人生的变化多么迅速呵！这半年来，我几乎求乞了，实际，也可以算得已经求乞。然而我还有所为，我愿意为此求乞，为此冻馁，为此寂寞，为此辛苦。但灭亡是不愿意的。你看，有一个愿意我活几天的，那力量就这么大。然而现在是没有了，连这一个也没有了。同时，我自己也觉得不配活下去；别人呢？也不配的。同时，我自己又觉得偏要为不愿意我活下去的人们而活下去；好在愿意我好好地活下去的已经没有了，再没有谁痛心。使这样的人痛心，我是不愿意的。然而现在是没有了，连这一个也没有了。快活极了，舒服极了；我已经躬行我先前所憎恶所反对的一切，拒斥我先前所崇仰所主张的一切了。我已经真的失败——然而我胜利了。

"你以为我发了疯么？你以为我成了英雄或伟人了么？不，不的。这事情很简单；我近来已经做了杜师长的顾问，每月的薪水就有现洋八十元了。

"申飞……

"你将以我为什么东西呢，你自己定就是，我都可以的。

"你大约还记得我旧时的客厅罢，我们在城中初见和将别时候的客厅。现在我还用着这客厅。这里有新的宾客，新的馈赠，新的颂扬，新的钻营，新的磕头和打拱，新的打牌和猜拳，新的冷眼和恶心，新的失眠和吐血……

"你前信说你教书很不如意。你愿意也做顾问么？可以告诉我，我给你办。其实是做门房也不妨，一样地有新的宾客和新的馈赠，新的颂扬……

"我这里下大雪了。你那里怎样？现在已是深夜，吐了两口血，使我清醒起来。记得你竟从秋天以来陆续给了我三封信，这是怎样的可以惊异的事呵。我必须寄给你一点消息，你或者不至于倒抽一口冷气罢。

"此后，我大约不再写信的了，我这习惯是你早已知道的。何时回来呢？倘早，当能相见——但我想，我们大概究竟不是一路的；那么，请你忘记我罢。我从我的真心感谢你先前常替我筹划生计。但是现在忘记我罢；我现在已经'好'了。

连殳。十二月十四日。"

这虽然并不使我"倒抽一口冷气"，但草草一看之后，又细看了一遍，却总有些不舒服，而同时可又夹杂些快意和高兴；又想，他的生计总算已经不成问题，我的担子也可以放下了，虽然在我这一面始终不过是无法可想。忽而又想写一封信回答他，但又觉得没有话说，于是这意思也立即消失了。

我的确渐渐地在忘却他。在我的记忆中，他的面貌也不再时常出现。但得信之后不到十天，S城的《学理七日报》社忽然接续着邮寄他们的《学理七日报》来了。我是不大看这些东西的，不过既经寄到，也就随手翻翻。这却使我记起连殳来，因为里面常有关于他的诗文，如《雪夜谒连殳先生》，《连殳顾问高斋雅集》等等；有一回，《学理闲谭》里还津津地叙述他先前所被传为笑柄的事，称作"逸闻"，言外大有"且夫非常之人，必能行非常之事"的意思。

不知怎地虽然因此记起，但他的面貌却总是逐渐模胡；然而又似乎和我日加密切起来，往往无端感到一种连自己也莫明其妙的不安和极轻微的震颤。幸而到了秋季，这《学理七日报》就不寄来了；山阳的《学理周刊》上却又按期登起一篇长论文：《流言即事实论》。里面还说，关于某君们的流言，已在公正士绅间盛传了。这是专指几个人的，有我在内；我只好极小心，照例连吸烟卷的烟也谨防飞散。小心是一种忙的苦痛，因此会百事俱废，自然也无暇记得连殳。总之：我其实已经将他忘却了。

但我也终于敷衍不到暑假，五月底，便离开了山阳。

五

从山阳到历城，又到太谷，一总转了大半年，终于寻不出什么事情做，我便又决计回S城去了。到时是春初的下午，天气欲雨不雨，一切都罩在灰色中；旧寓里还有空房，仍然住下。在道上，就想起连殳的了，到后，便决定晚饭后去看他。我提着两包闻喜名产的煮饼，走了许多潮湿的路，让道给许多拦路高卧的狗，这才总算到了连殳的门前。里面仿佛特别明亮似的。我想，一做顾问，连寓里也格外光亮起来了，不觉在暗中一笑。但仰面一看，门旁却白白的，分明贴着一张斜角纸。我又想，大良们的祖母死了罢；同时也跨进门，一直向里面走。

微光所照的院子里，放着一具棺材，旁边站一个穿军衣的兵或是马弁，还有一个和他谈话的，看时却是大良的祖母；另外还闲站着几个短衣的粗人。我的心即刻跳起来了。她也转过脸来凝视我。

"阿呀！您回来了？何不早几天……"她忽而大叫起来。

"谁……谁没有了？"我其实是已经大概知道的了，但还是问。

"魏大人，前天没有的。"

我四顾，客厅里暗沉沉的，大约只有一盏灯；正屋里却挂着白的孝帏，几个孩子聚在屋外，就是大良二良们。

"他停在那里，"大良的祖母走向前，指着说，"魏大人恭喜之后，我把正屋也租给他了；他现在就停在那里。"

孝帏上没有别的，前面是一张条桌，一张方桌；方桌上摆着十来碗饭菜。我刚跨进门，当面忽然现出两个穿白长衫的来拦住了，瞪了死鱼似的眼睛，从中发出惊疑的光来，钉住了我的脸。我慌忙说明我和连殳的关系，大良的祖母也来从旁证实，他们的手和眼光这才逐渐弛缓下去，默许我近前去鞠躬。

我一鞠躬，地下忽然有人呜呜的哭起来了，定神看时，一个十多岁的孩子伏在草荐上，也是白衣服，头发剪得很光的头上还络着一大绺苎麻丝。

我和他们寒暄后，知道一个是连殳的从堂兄弟，要算最亲的了；一个是远房侄子。我请求看一看故人，他们却竭力拦阻，说是"不敢当"的。然而终于被我说服了，将孝帏揭起。

这回我会见了死的连殳。但是奇怪！他虽然穿一套皱的短衫裤，大襟上还有血迹，脸上也瘦削得不堪，然而面目却还是先前那样的面目，宁静地闭着嘴，合着眼，睡着似的，几乎要使我伸手到他鼻子前面，去试探他可是其实还在呼吸着。

一切是死一般静，死的人和活的人。我退开了，他的从堂兄弟却又来周旋，说"舍弟"正在年富力强，前程无限的时候，竟遽尔"作古"了，这不但是"衰宗"不幸，也太使朋友伤心。言外颇有替连殳道歉之意；这样地能说，在山乡中人是少有的。但此后也就沉默了，一切是死一般静，死的人和活的人。

我觉得很无聊，怎样的悲哀倒没有，便退到院子里，和大良们的祖母闲谈起来。知道入殓的时候是临近了，只待寿衣送到；钉棺材钉时，"子午卯酉"四生肖是必须躲避的。她谈得高兴了，说话滔滔地泉流似的涌出，说到他的病状，说到他生时的情景，也带些关于他的批评。

"你可知道魏大人自从交运之后，人就和先前两样了，脸也抬高起来，气昂昂的。对人也不再先前那么迂。你知道，他先前不是像一个哑子，见我是叫老太太的么？后来就叫'老家伙'。唉唉，真是有趣。人送他仙居术，他自己是不吃的，就摔在院子里——就是这地方——叫道，'老家伙，你吃去罢。'他交运之后，人来人往，我把正屋也让给他住了，自己便搬在这厢房里。他也真是一走红运，就与众不同，我们就常常这样说笑。要是你早来一个月，还赶得上看这里的热闹，三日两头的猜拳行令，说的说，笑的笑，唱的唱，做诗的做诗，打牌的打牌……

"他先前怕孩子们比孩子们见老子还怕，总是低声下气的。近来可也两样了，能说能闹，我们的大良们也很喜欢和他玩，一有空，便都到他的屋里去。他也用种种方法逗着玩；要他买东西，他就要孩子装一声狗叫，或者磕一个响头。哈哈，真是过得热闹。前两月二良要他买鞋，还磕了三个响头哩，哪，现在还穿着，没有破呢。"

一个穿白长衫的人出来了，她就住了口。我打听连殳的病症，她却不大清楚，只说大约是早已瘦了下去的罢，可是谁也没理会，因为他总是高高兴兴的。到一个多月前，这才听到他吐过几回血，但似乎也没有看医生；后来躺倒了；死去的前三天，就哑了喉咙，说不出一句话。十三大人从寒石山路远迢迢地上城来，问他可有存款，他一声也不响。十三大人疑心他装出来的，也有人说有些生痨病死的人是要说不出话来的，谁知道呢……

"可是魏大人的脾气也太古怪，"她忽然低声说，"他就不肯积蓄一点，水似的化钱。十三大人还疑心我们得了什么好处。有什么屁好处呢？他就冤里冤枉胡里胡涂地化掉了。譬如买东西，今天买进，明天又卖出，弄破，真不知道是怎么一回事。待到死了下来，什么也没有，都糟掉了。要不然，今天也不至于这样地冷静……

"他就是胡闹，不想办一点正经事。我是想到过的，也劝过他。这么年纪了，应该成家；照现在的样子，结一门亲很容易；如果没有门当户对的，先买几个姨太太也可以：人是总应该像个样子的。可是他一听到就笑起来，说道，'老家伙，你还是总替别人惦记着这等事么？'你看，他近来就浮而不实，不把人的好话当好话听。要是早听了我的话，现在何至于独自冷清清地在阴间摸索，至少，也可以听到几声亲人的哭声……"

一个店伙背了衣服来了。三个亲人便捡出里衣，走进帏后去。不多久，孝帏揭起了，里衣已经换好，接着是加外衣。这很出我意外。一条土黄的军裤穿上了，嵌着很宽的红条，其次穿上去的是军衣，金闪闪的肩章，也不知道是什么品级，那里来的品级。到入棺，是连殳很不妥帖地躺着，脚边放一双黄皮鞋，腰边

94

放一柄纸糊的指挥刀，骨瘦如柴的灰黑的脸旁，是一顶金边的军帽。

三个亲人扶着棺沿哭了一场，止哭拭泪；头上络麻线的孩子退出去了，三良也避去，大约都是属"子午卯酉"之一的。

粗人扛起棺盖来，我走近去最后看一看永别的连殳。

他在不妥帖的衣冠中，安静地躺着，合了眼，闭着嘴，口角间仿佛含着冰冷的微笑，冷笑着这可笑的死尸。

敲钉的声音一响，哭声也同时进出来。这哭声使我不能听完，只好退到院子里；顺脚一走，不觉出了大门了。潮湿的路极其分明，仰看太空，浓云已经散去，挂着一轮圆月，散出冷静的光辉。

我快步走着，仿佛要从一种沉重的东西中冲出，但是不能够。耳朵中有什么挣扎着，久之，久之，终于挣扎出来了，隐约像是长嗥，像一匹受伤的狼，当深夜在旷野中嗥叫，惨伤里夹杂着愤怒和悲哀。

我的心地就轻松起来，坦然地在潮湿的石路上走，月光底下。

一九二五年十月十七日毕

【赏读：《孤独者》是近代文学家鲁迅创作的短篇小说，发表于1926年，后收录于小说集《彷徨》中。

该小说讲述主人公魏连殳是一个独具个性的现代知识分子，他以逃避的方式活在自己亲手造就的"独头茧"中品味孤独，最终以"自戕式"的"复仇"向社会作绝望的反抗。

当整个世界都陷入深眠的时候，唯一醒着的人就会成为孤独者。鲁迅笔下的孤独者看似是由其本身一手造成了自己的悲惨命运，但其中蕴含的深意往往让人掩卷长思。因此，即使他们的死亡不可避免地带着几分自戕性，也让人不忍责备，不吝心痛。魏连殳式的孤独者之所以令人怜悯，是因为他们的孤独并非是性格内向怯懦、不擅交际等等世俗的孤独，而是来源于"众人皆醉我独醒"的深层悲哀，来源于空负一腔热血而无处泼洒的现实无奈，来源于出淤泥而不染、独善于云端的遗世独立。这类人通常就是鲁迅时代顾影自怜的知识分子，如"魏连殳"者，往往持有才干却无人赏识，一身抱负却处处羁绊无法施展，有心报国却无法改变这个俗世。这种有心杀贼却无力回天的痛苦所滋生的茫茫孤独，耗尽了一代又一代中国知识分子的良心和血性。那个时代的知识分子大多人微言轻，举步维艰，出路渺茫，至多是学而优则师或学而优则仕，教书先生和官员似乎永远是中国知识分子的宿命，魏连殳的命运也不过如此。小说在一定程度上，也表达了当年鲁迅自己内心的深度孤独和对当时那个社会的深深失望。】

伤 逝

——涓生的手记

如果我能够，我要写下我的悔恨和悲哀，为子君，为自己。

会馆里的被遗忘在偏僻里的破屋是这样地寂静和空虚。时光过得真快，我爱子君，仗着她逃出这寂静和空虚，已经满一年了。事情又这么不凑巧，我重来时，偏偏空着的又只有这一间屋。依然是这样的破窗，这样的窗外的半枯的槐树和老紫藤，这样的窗前的方桌，这样的败壁，这样的靠壁的板床。深夜中独自躺在床上，就如我未曾和子君同居以前一般，过去一年中的时光全被消灭，全未有过，我并没有曾经从这破屋子搬出，在吉兆胡同创立了满怀希望的小小的家庭。

不但如此。在一年之前，这寂静和空虚是并不这样的，常常含着期待；期待子君的到来。在久待的焦躁中，一听到皮鞋的高底尖触着砖路的清响，是怎样地使我骤然生动起来呵！于是就看见带着笑涡的苍白的圆脸，苍白的瘦的臂膊，布的有条纹的衫子，玄色的裙。她又带了窗外的半枯的槐树的新叶来，使我看见，还有挂在铁似的老干上的一房一房的紫白的藤花。

然而现在呢，只有寂静和空虚依旧，子君却决不再来了，而且永远，永远地！……

子君不在我这破屋里时，我什么也看不见。在百无聊赖中，随手抓过一本书来，科学也好，文学也好，横竖什么都一样；看下去，看下去，忽而自己觉得，已经翻了十多页了，但是毫不记得书上所说的事。只是耳朵却分外地灵，仿佛听到大门外一切往来的履声，从中便有子君的，而且橐橐地逐渐临近——但是，往往又逐渐渺茫，终于消失在别的步声的杂沓中了。我憎恶那不像子君鞋声的穿布底鞋的长班的儿子，我憎恶那太像子君鞋声的常常穿着新皮鞋的邻院的搽雪花膏的小东西！

莫非她翻了车么？莫非她被电车撞伤了么？……

我便要取了帽子去看她，然而她的胞叔就曾经当面骂过我。

蓦然，她的鞋声近来了，一步响于一步，迎出去时，却已经走过紫藤棚下，脸上带着微笑的酒窝。她在她叔子的家里大约并未受气；我的心宁帖了，默默地相视片时之后，破屋里便渐渐充满了我的语声，谈家庭专制，谈打破旧习惯，谈男女平等，谈伊孛生①，谈泰戈尔，谈雪莱……她总是微笑点头，两眼里弥漫着稚气的好奇的光泽。壁上就钉着一张铜板的雪莱半身像，是从杂

———————————

① 伊孛生：即易卜生，挪威剧作家，被称为"现代戏剧之父"。

志上裁下来的，是他的最美的一张像。当我指给她看时，她却只草草一看，便低了头，似乎不好意思了。这些地方，子君就大概还未脱尽旧思想的束缚——我后来也想，倒不如换一张雪莱淹死在海里的纪念像或是伊孛生的罢；但也终于没有换，现在是连这一张也不知那里去了。

"我是我自己的，他们谁也没有干涉我的权利！"

这是我们交际了半年，又谈起她在这里的胞叔和在家的父亲时，她默想了一会之后，分明地，坚决地，沉静地说了出来的话。其时是我已经说尽了我的意见，我的身世，我的缺点，很少隐瞒；她也完全了解的了。这几句话很震动了我的灵魂，此后许多天还在耳中发响，而且说不出的狂喜，知道中国女性，并不如厌世家所说那样的无法可施，在不远的将来，便要看见辉煌的曙色的。

送她出门，照例是相离十多步远；照例是那鲇鱼须的老东西的脸又紧帖在脏的窗玻璃上了，连鼻尖都挤成一个小平面；到外院，照例又是明晃晃的玻璃窗里的那小东西的脸，加厚的雪花膏。她目不邪视地骄傲地走了，没有看见；我骄傲地回来。

"我是我自己的，他们谁也没有干涉我的权利！"这彻底的思想就在她的脑里，比我还透澈，坚强得多。半瓶雪花膏和鼻尖的小平面，于她能算什么东西呢？

我已经记不清那时怎样地将我的纯真热烈的爱表示给她。岂但现在，那时的事后便已模胡，夜间回想，早只剩下一些断片了；同居以后一两月，便连这些断片也化作无可追踪的梦影。我只记得那时以前的十几天，曾经很仔细地研究过表示的态度，排列过措辞的先后，以及倘或遭了拒绝以后的情形。可是临时似乎都无用，在慌张中，身不由己地竟用了在电影上见过的方法了。

后来一想到，就使我很愧恧①，但在记忆上却偏只有这一点永远留遗，至今还如暗室的孤灯一般，照见我含泪握着她的手，一条腿跪了下去……

不但我自己的，便是子君的言语举动，我那时就没有看得分明；仅知道她已经允许我了。但也还仿佛记得她脸色变成青白，后来又渐渐转作绯红——没有见过，也没有再见的绯红；孩子似的眼里射出悲喜，但是夹着惊疑的光，虽然力避我的视线，张皇地似乎要破窗飞去。然而我知道她已经允许我了，没有知道她怎样说或是没有说。

她却是什么都记得：我的言辞，竟至于读熟了的一般，能够滔滔背诵；我的举动，就如有一张我所看不见的影片挂在眼下，叙述得如生，很细微，自然连那使我不愿再想的浅薄的电影的一闪。夜阑人静，是相对温习的时候了，我常是被质问，被考验，并且被命复述当时的言语，然而常须由她补足，由她纠正，像一个丁等的学生。

这温习后来也渐渐稀疏起来。但我只要看见她两眼注视空中，出神似的凝想着，于是神色越加柔和，笑窝也深下去，便知道她又在自修旧课了，只是我很怕她看到我那可笑的电影的一闪。但我又知道，她一定要看见，而且也非看不可的。

然而她并不觉得可笑。即使我自己以为可笑，甚而至于可鄙的，她也毫不以为可笑。这事我知道得很清楚，因为她爱我，是这样地热烈，这样地纯真。

去年的暮春是最为幸福，也是最为忙碌的时光。我的心平静下去了，但又有别一部分和身体一同忙碌起来。我们这时才在路

---

① 愧恧（nù）：惭愧。

上同行，也到过几回公园，最多的是寻住所。我觉得在路上时时遇到探索，讥笑，猥亵和轻蔑的眼光，一不小心，便使我的全身有些瑟缩，只得即刻提起我的骄傲和反抗来支持。她却是大无畏的，对于这些全不关心，只是镇静地缓缓前行，坦然如入无人之境。

寻住所实在不是容易事，大半是被托辞拒绝，小半是我们以为不相宜。起先我们选择得很苛酷——也非苛酷，因为看去大抵不像是我们的安身之所；后来，便只要他们能相容了。看了二十多处，这才得到可以暂且敷衍的处所，是吉兆胡同一所小屋里的两间南屋；主人是一个小官，然而倒是明白人，自住着正屋和厢房。他只有夫人和一个不到周岁的女孩子，雇一个乡下的女工，只要孩子不啼哭，是极其安闲幽静的。

我们的家具很简单，但已经用去了我的筹来的款子的大半；子君还卖掉了她唯一的金戒指和耳环。我拦阻她，还是定要卖，我也就不再坚持下去了；我知道不给她加入一点股份去，她是住不舒服的。

和她的叔子，她早经闹开，至于使他气愤到不再认她做侄女；我也陆续和几个自以为忠告，其实是替我胆怯，或者竟是嫉妒的朋友绝了交。然而这倒很清静。每日办公散后，虽然已近黄昏，车夫又一定走得这样慢，但究竟还有二人相对的时候。我们先是沉默的相视，接着是放怀而亲密的交谈，后来又是沉默。大家低头沉思着，却并未想着什么事。我也渐渐清醒地读遍了她的身体，她的灵魂，不过三星期，我似乎于她已经更加了解，揭去许多先前以为了解而现在看来却是隔膜，即所谓真的隔膜了。

子君也逐日活泼起来。但她并不爱花，我在庙会时买来的两盆小草花，四天不浇，枯死在壁角了，我又没有照顾一切的闲暇。然而她爱动物，也许是从官太太那里传染的罢，不一月，我们的眷属便骤然加得很多，四只小油鸡，在小院子里和房主人的十多只在一同走。但她们却认识鸡的相貌，各知道那一只是自家的。还有一只花白的叭儿狗，从庙会买来，记得似乎原有名字，子君却给它另起了一个，叫作阿随。我就叫它阿随，但我不喜欢这名字。

这是真的，爱情必须时时更新，生长，创造。我和子君说起这，她也领会地点点头。

唉唉，那是怎样的宁静而幸福的夜呵！

安宁和幸福是要凝固的，永久是这样的安宁和幸福。我们在会馆里时，还偶有议论的冲突和意思的误会，自从到吉兆胡同以来，连这一点也没有了；我们只在灯下对坐的怀旧谭中，回味那时冲突以后的和解的重生一般的乐趣。

子君竟胖了起来，脸色也红活了；可惜的是忙。管了家务便连谈天的工夫也没有，何况读书和散步。我们常说，我们总还得雇一个女工。

这就使我也一样地不快活，傍晚回来，常见她包藏着不快活的颜色，尤其使我不乐的是她要装作勉强的笑容。幸而探听出来了，也还是和那小官太太的暗斗，导火线便是两家的小油鸡。但又何必硬不告诉我呢？人总该有一个独立的家庭。这样的处所，是不能居住的。

我的路也铸定了，每星期中的六天，是由家到局，又由局到家。在局里便坐在办公桌前钞，钞，钞些公文和信件；在家里是和她相对或帮她生白炉子，煮饭，蒸馒头。我的学会了煮饭，就在这时候。

但我的食品却比在会馆里时好得多了。做菜虽不是子君的特长，然而她于此却倾注着全力；对于她的日夜的操心，使我也不能不一同操心，来算作分甘共苦。况且她又这样地终日汗流满

101

面，短发都粘在脑额上；两只手又只是这样地粗糙起来。

况且还要饲阿随，饲油鸡……都是非她不可的工作。

我曾经忠告她：我不吃，倒也罢了；却万不可这样地操劳。她只看了我一眼，不开口，神色却似乎有点凄然；我也只好不开口。然而她还是这样地操劳。

我所豫期的打击果然到来。双十节的前一晚，我呆坐着，她在洗碗。听到打门声，我去开门时，是局里的信差，交给我一张油印的纸条。我就有些料到了，到灯下去一看，果然，印着的就是——

奉

局长谕史涓生着毋庸到局办事

秘书处启　十月九号

这在会馆里时，我就早已料到了；那雪花膏便是局长的儿子的赌友，一定要去添些谣言，设法报告的。到现在才发生效验，已经要算是很晚的了。其实这在我不能算是一个打击，因为我早就决定，可以给别人去钞写，或者教读，或者虽然费力，也还可以译点书，况且《自由之友》的总编辑便是见过几次的熟人，两月前还通过信。但我的心却跳跃着。那么一个无畏的子君也变了色，尤其使我痛心；她近来似乎也较为怯弱了。

"那算什么。哼，我们干新的。我们……"她说。

她的话没有说完；不知怎地，那声音在我听去却只是浮浮的；灯光也觉得格外黯淡。人们真是可笑的动物，一点极微末的小事情，便会受着很深的影响。我们先是默默地相视，逐渐商量起来，终于决定将现有的钱竭力节省，一面登"小广告"去寻求钞写和教读，一面写信给《自由之友》的总编辑，说明我目下的遭遇，请他收用我的译本，给我帮一点艰辛时候的忙。

"说做，就做罢！来开一条新的路！"

我立刻转身向了书案，推开盛香油的瓶子和醋碟，子君便送过那黯淡的灯来。我先拟广告；其次是选定可译的书，迁移以来未曾翻阅过，每本的头上都满漫着灰尘了；最后才写信。

我很费踌蹰，不知道怎样措辞好，当停笔凝思的时候，转眼去一瞥她的脸，在昏暗的灯光下，又很见得凄然。我真不料这样微细的小事情，竟会给坚决的、无畏的子君以这么显著的变化。她近来实在变得很怯弱了，但也并不是今夜才开始的。我的心因此更缭乱，忽然有安宁的生活的影像——会馆里的破屋的寂静，在眼前一闪，刚刚想定睛凝视，却又看见了昏暗的灯光。

许久之后，信也写成了，是一封颇长的信；很觉得疲劳，仿佛近来自己也较为怯弱了。于是我们决定，广告和发信，就在明日一同实行。大家不约而同地伸直了腰肢，在无言中，似乎又都感到彼此的坚忍崛强的精神，还看见从新萌芽起来的将来的希望。

外来的打击其实倒是振作了我们的新精神。局里的生活，原如鸟贩子手里的禽鸟一般，仅有一点小米维系残生，决不会肥胖；日子一久，只落得麻痹了翅子，即使放出笼外，早已不能奋飞。现在总算脱出这牢笼了，我从此要在新的开阔的天空中翱翔，趁我还未忘却了我的翅子的扇动。

小广告是一时自然不会发生效力的；但译书也不是容易事，先前看过，以为已经懂得的，一动手，却疑难百出了，进行得很慢。然而我决计努力地做，一本半新的字典，不到半月，边上便有了一大片乌黑的指痕，这就证明着我的工作的切实。《自由之友》的总编辑曾经说过，他的刊物是决不会埋没好稿子的。

可惜的是我没有一间静室，子君又没有先前那么幽静，善于体贴了，屋子里总是散乱着碗碟，弥漫着煤烟，使人不能安心做事，但是这自然还只能怨我自己无力置一间书斋。然而又加以阿随，加以油鸡们。加以油鸡们又大起来了，更容易成为两家争吵的引线。

加以每日的"川流不息"的吃饭；子君的功业，仿佛就完全建立在这吃饭中。吃了筹钱，筹来吃饭，还要喂阿随，饲油鸡；她似乎将先前所知道的全都忘掉了，也不想到我的构思就常常为了这催促吃饭而打断。即使在坐中给看一点怒色，她总是不改变，仍然毫无感触似的大嚼起来。

使她明白了我的作工不能受规定的吃饭的束缚，就费去五星期。她明白之后，大约很不高兴罢，可是没有说。我的工作果然从此较为迅速地进行，不久就共译了五万言，只要润色一回，便可以和做好的两篇小品，一同寄给《自由之友》去。只是吃饭却依然给我苦恼。菜冷，是无妨的，然而竟不够；有时连饭也不够，虽然我因为终日坐在家里用脑，饭量已经比先前要减少得多。这是先去喂了阿随了，有时还并那近来连自己也轻易不吃的羊肉。她说，阿随实在瘦得太可怜，房东太太还因此嗤笑我们了，她受不住这样的奚落。

于是吃我残饭的便只有油鸡们。这是我积久才看出来的，但同时也如赫胥黎的论定"人类在宇宙间的位置"一般，自觉了我在这里的位置：不过是叭儿狗和油鸡之间。

后来，经多次的抗争和催逼，油鸡们也逐渐成为看馔，我们和阿随都享用了十多日的鲜肥；可是其实都很瘦，因为它们早已

104

每日只能得到几粒高粱了。从此便清静得多。只有子君很颓唐，似乎常觉得凄苦和无聊，至于不大愿意开口。我想，人是多么容易改变呵！

但是阿随也将留不住了。我们已经不能再希望从什么地方会有来信，子君也早没有一点食物可以引它打拱或直立起来。冬季又逼近得这么快，火炉就要成为很大的问题；它的食量，在我们其实早是一个极易觉得的很重的负担。于是连它也留不住了。

倘使插了草标到庙市去出卖，也许能得几文钱罢，然而我们都不能，也不愿这样做。终于是用包袱蒙着头，由我带到西郊去放掉了，还要追上来，便推在一个并不很深的土坑里。

我一回寓，觉得又清静得多多了；但子君的凄惨的神色，却使我很吃惊。那是没有见过的神色，自然是为阿随。但又何至于此呢？我还没有说起推在土坑里的事。

到夜间，在她的凄惨的神色中，加上冰冷的分子了。

"奇怪——子君，你怎么今天这样儿了？"我忍不住问。

"什么？"她连看也不看我。

"你的脸色……"

"没有什么——什么也没有。"

我终于从她言动上看出，她大概已经认定我是一个忍心的人。其实，我一个人，是容易生活的，虽然因为骄傲，向来不与世交来往，迁居以后，也疏远了所有旧识的人，然而只要能远走高飞，生路还宽广得很。现在忍受着这生活压迫的苦痛，大半倒是为她，便是放掉阿随，也何尝不如此。但子君的识见却似乎只是浅薄起来，竟至于连这一点也想不到了。

我拣了一个机会，将这些道理暗示她；她领会似的点头。然而看她后来的情形，她是没有懂，或者是并不相信的。

天气的冷和神情的冷，逼迫我不能在家庭中安身。但是往那里去呢？大道上，公园里，虽然没有冰冷的神情，冷风究竟也刺得人皮肤欲裂。我终于在通俗图书馆里觅得了我的天堂。

那里无须买票；阅书室里又装着两个铁火炉。纵使不过是烧着不死不活的煤的火炉，但单是看见装着它，精神上也就总觉得有些温暖。书却无可看：旧的陈腐，新的是几乎没有的。

好在我到那里去也并非为看书。另外时常还有几个人，多则十余人，都是单薄衣裳，正如我，各人看各人的书，作为取暖的口实。这于我尤为合式。道路上容易遇见熟人，得到轻蔑的一瞥，但此地却决无那样的横祸，因为他们是永远围在别的铁炉旁，或者靠在自家的白炉边的。

那里虽然没有书给我看，却还有安闲容得我想。待到孤身枯坐，回忆从前，这才觉得大半年来，只为了爱——盲目的爱——而将别的人生的要义全盘疏忽了。第一，便是生活。人必生活着，爱才有所附丽。世界上并非没有为了奋斗者而开的活路；我也还未忘却翅子的扇动，虽然比先前已经颓唐得多……

屋子和读者渐渐消失了，我看见怒涛中的渔夫，战壕中的兵士，摩托车中的贵人，洋场上的投机家，深山密林中的豪杰，讲台上的教授，昏夜的运动者和深夜的偷儿……子君——不在近旁。她的勇气都失掉了，只为着阿随悲愤，为着做饭出神；然而奇怪的是倒也并不怎样瘦损……

冷了起来，火炉里的不死不活的几片硬煤，也终于烧尽了，已是闭馆的时候。又须回到吉兆胡同，领略冰冷的颜色去了。近来也间或遇到温暖的神情，但这却反而增加我的苦痛。记得有一夜，子君的眼里忽而又发出久已不见的稚气的光来，笑着和我谈到还在会馆时候的情形，时时又很带些恐怖的神色。我知道我近来的超过她的冷漠，已经引起她的忧疑来，只得也勉力谈笑，想给她一点慰藉。然而我的笑貌一上脸，我的话一出口，却即刻变为空虚，这空虚又即刻发生反响，回向我的耳目里，给我一个难堪的恶毒的冷嘲。

子君似乎也觉得的，从此便失掉了她往常的麻木似的镇静，虽然竭力掩饰，总还是时时露出忧疑的神色来，但对我却温和得多了。

我要明告她，但我还没有敢，当决心要说的时候，看见她孩子一般的眼色，就使我只得暂且改作勉强的欢容。但是这又即刻来冷嘲我，并使我失却那冷漠的镇静。

她从此又开始了往事的温习和新的考验，逼我做出许多虚伪的温存的答案来，将温存示给她，虚伪的草稿便写在自己的心上。我的心渐被这些草稿填满了，常觉得难于呼吸。我在苦恼中常常想，说真实自然须有极大的勇气的；假如没有这勇气，而苟安于虚伪，那也便是不能开辟新的生路的人。不独不是这个，连这人也未尝有！

子君有怨色，在早晨，极冷的早晨，这是从未见过的，但也许是从我看来的怨色。我那时冷冷地气愤和暗笑了；她所磨练的思想和豁达无畏的言论，到底也还是一个空虚，而对于这空虚却并未自觉。她早已什么书也不看，已不知道人的生活的第一着是求生，向着这求生的道路，是必须携手同行，或奋身孤往的了，倘使只知道捶着一个人的衣角，那便是虽战士也难于战斗，只得一同灭亡。

我觉得新的希望就只在我们的分离；她应该决然舍去——我也突然想到她的死，然而立刻自责，忏悔了。幸而是早晨，时间正多，我可以说我的真实。我们的新的道路的开辟，便在这一遭。

我和她闲谈，故意地引起我们的往事，提到文艺，于是涉及外国的文人，文人的作品：《诺拉》，《海的女人》称扬诺拉的果决……也还是去年在会馆的破屋里讲过的那些话，但现在已经变成空虚，从我的嘴传入自己的耳中，时时疑心有一个隐形的坏孩子，在背后恶意地刻毒地学舌。

她还是点头答应着倾听，后来沉默了。我也就断续地说完了我的话，连余音都消失在虚空中了。

"是的。"她又沉默了一会，说，"但是……涓生，我觉得你近来很两样了。可是的？你——你老实告诉我。"

我觉得这似乎给了我当头一击，但也立即定了神，说出我的意见和主张来：新的路的开辟，新的生活的再造，为的是免得一同灭亡。

临末，我用了十分的决心，加上这几句话——

"……况且你已经可以无须顾虑，勇往直前了。你要我老实说；是的，人是不该虚伪的。我老实说罢：因为，因为我已经不爱你了！但这于你倒好得多，因为你更可以毫无挂念地做事……"

我同时豫期着大的变故的到来，然而只有沉默。她脸色陡然变成灰黄，死了似的；瞬间便又苏生，眼里也发了稚气的闪闪的光泽。这眼光射向四处，正如孩子在饥渴中寻求着慈爱的母亲，但只在空中寻求，恐怖地回避着我的眼。

我不能看下去了，幸而是早晨，我冒着寒风径奔通俗图书馆。

在那里看见《自由之友》，我的小品文都登出了。这使我一惊，仿佛得了一点生气。我想，生活的路还很多——但是，现在这样也还是不行的。

我开始去访问久已不相闻问的熟人，但这也不过一两次；他们的屋子自然是暖和的，我在骨髓中却觉得寒冽。夜间，便蜷伏在比冰还冷的冷屋中。

冰的针刺着我的灵魂，使我永远苦于麻木的疼痛。生活的路还很多，我也还没有忘却翅子的扇动，我想——我突然想到她的死，然而立刻自责，忏悔了。

在通俗图书馆里往往瞥见一闪的光明，新的生路横在前面。她勇猛地觉悟了，毅然走出这冰冷的家，而且——毫无怨恨的神色。我便轻如行云，漂浮空际，上有蔚蓝的天，下是深山大海，广厦高楼，战场，摩托车，洋场，公馆，晴明的闹市，黑暗的夜……

而且，真的，我豫感得这新生面便要来到了。

我们总算度过了极难忍受的冬天，这北京的冬天；就如蜻蜓落在恶作剧的坏孩子的手里一般，被系着细线，尽情玩弄，虐待，虽然幸而没有送掉性命，结果也还是躺在地上，只争着一个迟早之间。

写给《自由之友》的总编辑已经有三封信，这才得到回信，信封里只有两张书券：两角的和三角的。我却单是催，就用了九分的邮票，一天的饥饿，又都白挨给于己一无所得的空虚了。

然而觉得要来的事，却终于来到了。

这是冬春之交的事，风已没有这么冷，我也更久地在外面徘徊；待到回家，大概已经昏黑。就在这样一个昏黑的晚上，我照常没精打采地回来，一看见寓所的门，也照常更加丧气，使脚步放得更缓。但终于走进自己的屋子里了，没有灯火；摸火柴点起来时，是异样的寂寞和空虚！

正在错愕中，官太太便到窗外来叫我出去。

"今天子君的父亲来到这里，将她接回去了。"她很简单地说。

这似乎又不是意料中的事，我便如脑后受了一击，无言地站着。

"她去了么？"过了些时，我只问出这样一句话。

"她去了。"

"她——她可说什么？"

"没说什么。单是托我见你回来时告诉你，说她去了。"

我不信；但是屋子里是异样的寂寞和空虚。我遍看各处，寻觅子君；只见几件破旧而黯淡的家具，都显得极其清疏，在证明着它们毫无隐匿一人一物的能力。我转念寻信或她留下的字迹，也没有；只是盐和干辣椒，面粉，半株白菜，却聚集在一处了，旁边还有几十枚铜元。这是我们两人生活材料的全副，现在她就郑重地将这留给我一个人，在不言中，教我借此去维持较久的生活。

我似乎被周围所排挤，奔到院子中间，有昏黑在我的周围；正屋的纸窗上映出明亮的灯光，他们正在逗着孩子玩笑。我的心也沉静下来，觉得在沉重的迫压中，渐渐隐约地现出脱走的路径：深山大泽，洋场，电灯下的盛筵，壕沟，最黑最黑的深夜，利刃的一击，毫无声响的脚步……

心地有些轻松，舒展了，想到旅费，并且嘘一口气。

躺着，在合着的眼前经过的豫想的前途，不到半夜已经现尽；暗中忽然仿佛看见一堆食物，这之后，便浮出一个子君的灰黄的脸来，睁了孩子气的眼睛，恳托似的看着我。我一定神，什么也没有了。

110

但我的心却又觉得沉重。我为什么偏不忍耐几天，要这样急急地告诉她真话的呢？现在她知道，她以后所有的只是她父亲——儿女的债主——的烈日一般的严威和旁人的赛过冰霜的冷眼。此外便是虚空。负着虚空的重担，在严威和冷眼中走着所谓人生的路，这是怎么可怕的事呵！而况这路的尽头，又不过是——连墓碑也没有的坟墓。

我不应该将真实说给子君，我们相爱过，我应该永久奉献她我的说谎。如果真实可以宝贵，这在子君就不该是一个沉重的空虚。谎语当然也是一个空虚，然而临末，至多也不过这样地沉重。

我以为将真实说给子君，她便可以毫无顾虑，坚决地毅然前行，一如我们将要同居时那样。但这恐怕是我错误了。她当时的勇敢和无畏是因为爱。

我没有负着虚伪的重担的勇气，却将真实的重担卸给她了。她爱我之后，就要负了这重担，在严威和冷眼中走着所谓人生的路。

我想到她的死……我看见我是一个卑怯者，应该被摈于强有力的人们，无论是真实者，虚伪者。然而她却自始至终，还希望我维持较久的生活……

我要离开吉兆胡同，在这里是异样的空虚和寂寞。我想，只要离开这里，子君便如还在我的身边；至少，也如还在城中，有一天，将要出乎意料地访我，像住在会馆时候似的。

然而一切请托和书信，都是一无反响；我不得已，只好访问一个久不问候的世交去了。他是我伯父的幼年的同窗，以正经出名的拔贡①，寓京很久，交游也广阔的。

———

① 拔贡：挑选地方秀才进京考试，合格者可担任官职。

大概因为衣服的破旧罢，一登门便很遭门房的白眼。好容易才相见，也还相识，但是很冷落。我们的往事，他全都知道了。

　　"自然，你也不能在这里了，"他听了我托他在别处觅事之后，冷冷地说，"但那里去呢？很难——你那，什么呢，你的朋友罢，子君，你可知道，她死了。"

　　我惊得没有话。

　　"真的？"我终于不自觉地问。

　　"哈哈。自然真的。我家的王升的家，就和她家同村。"

　　"但是——不知道是怎么死的？"

　　"谁知道呢。总之是死了就是了。"

　　我已经忘却了怎样辞别他，回到自己的寓所。我知道他是不说谎话的；子君总不会再来的了，像去年那样。她虽是想在严威和冷眼中负着虚空的重担来走所谓人生的路，也已经不能。她的命运，已经决定她在我所给与的真实——无爱的人间死灭了！

　　自然，我不能在这里了；但是，"那里去呢？"

　　四围是广大的空虚，还有死的寂静。死于无爱的人们的眼前的黑暗，我仿佛一一看见，还听得一切苦闷和绝望的挣扎的声音。

　　我还期待着新的东西到来，无名的，意外的。但一天一天，无非是死的寂静。

　　我比先前已经不大出门，只坐卧在广大的空虚里，一任这死的寂静侵蚀着我的灵魂。死的寂静有时也自己战栗，自己退藏，于是在这绝续之交，便闪出无名的，意外的，新的期待。

　　一天是阴沉的上午，太阳还不能从云里面挣扎出来，连空气都疲乏着。耳中听到细碎的步声和咻咻的鼻息。使我睁开眼。大致一看，屋子里还是空虚；但偶然看到地面，却盘旋着一匹小小的动物，瘦弱的，半死的，满身灰土的……

我一细看，我的心就一停，接着便直跳起来。

那是阿随。它回来了。

我的离开吉兆胡同，也不单是为了房主人们和他家女工的冷眼，大半就为着这阿随。但是，"那里去呢？"新的生路自然还很多，我约略知道，也间或依稀看见，觉得就在我面前，然而我还没有知道跨进那里去的第一步的方法。

经过许多回的思量和比较，也还只有会馆是还能相容的地方。依然是这样的破屋，这样的板床，这样的半枯的槐树和紫藤，但那时使我希望，欢欣，爱，生活的，却全都逝去了，只有一个虚空，我用真实去换来的虚空存在。

新的生路还很多，我必须跨进去，因为我还活着。但我还不知道怎样跨出那第一步。有时，仿佛看见那生路就像一条灰白的长蛇，自己蜿蜒地向我奔来，我等着，等着，看看临近，但忽然便消失在黑暗里了。

初春的夜，还是那么长。长久的枯坐中记起上午在街头所见的葬式，前面是纸人纸马，后面是唱歌一般的哭声。我现在已经知道他们的聪明了，这是多么轻松简截的事。

然而子君的葬式却又在我的眼前，是独自负着虚空的重担，在灰白的长路上前行，而又即刻消失在周围的严威和冷眼里了。

我愿意真有所谓鬼魂，真有所谓地狱，那么，即使在孽风怒吼之中，我也将寻觅子君，当面说出我的悔恨和悲哀，祈求她的饶恕；否则，地狱的毒焰将围绕我，猛烈地烧尽我的悔恨和悲哀。

我将在孽风和毒焰中拥抱子君，乞她宽容，或者使她快意……

但是，这却更虚空于新的生路；现在所有的只是初春的夜，竟还是那么长。我活着，我总得向着新的生路跨出去，那第一步——却不过是写下我的悔恨和悲哀，为子君，为自己。

我仍然只有唱歌一般的哭声，给子君送葬，葬在遗忘中。

我要遗忘；我为自己，并且要不再想到这用了遗忘给子君送葬。

我要向着新的生路跨进第一步去，我要将真实深深地藏在心的创伤中，默默地前行，用遗忘和说谎做我的前导……

一九二五年十月二十一日毕

【赏读：《伤逝》是现代文学家鲁迅于 1925 年创作的，是鲁迅唯一的以青年男女恋爱婚姻为题材的小说。

《伤逝》不同于当时流行歌颂恋爱至上的作品，也不同于传统名著中以死殉情的悲剧。鲁迅用小说形式，把妇女婚姻和青年知识分子的问题跟整个社会制度和经济制度的变革联系起来，以启示广大青年追求个性解放和摆脱个人束缚，探索新的路。

《伤逝》以主人公涓生哀婉悲愤的内心独白的方式，讲述了他和子君冲破封建势力的重重阻碍，追求婚姻自主建立起了一个温馨的家庭，但不久爱情归于失败，最终以一"伤"一"逝"结局。

小说通过对涓生和子君的爱情、婚姻及其悲剧的描写，探索了妇女解放的道路问题和小资产阶级知识分子的人生追求问题；揭示了离开社会改革，妇女追求个人自由幸福是很难实现的这一道理；形象地指出只有认识现实，抛掉幻想，才能在严酷的现实中站稳脚跟。

同时，《伤逝》也揭示了涓生和子君爱情悲剧产生的原因，社会的压迫是其社会原因，更重要的是涓生和子君的个性解放思

想不够彻底是造成其悲剧的另一个原因。】

弟 兄

　　公益局一向无公可办，几个办事员在办公室里照例的谈家务。秦益堂捧着水烟筒咳得喘不过气来，大家也只得住口。久之，他抬起紫涨着的脸来了，还是气喘吁吁的，说：

　　"到昨天，他们又打起架来了，从堂屋一直打到门口。我怎么喝也喝不住。"他生着几根花白胡子的嘴唇还抖着。"老三说，老五折在公债票上的钱是不能开公账的，应该自己赔出来……"

　　"你看，还是为钱，"张沛君就慷慨地从破的躺椅上站起来，两眼在深眼眶里慈爱地闪烁。"我真不解自家的弟兄何必这样斤斤计较，岂不是横竖都一样？……"

　　"像你们的弟兄，那里有呢。"益堂说。

　　"我们就是不计较，彼此都一样。我们就将钱财两字不放在心上。这么一来，什么事也没有了。有谁家闹着要分的，我总是将我们的情形告诉他，劝他们不要计较。益翁也只要对令郎开导开导……"

　　"那——里……"益堂摇头说。

　　"这大概也怕不成。"汪月生说，于是恭敬地看着沛君的眼，"像你们的弟兄，实在是少有的；我没有遇见过。你们简直是谁也没有一点自私自利的心思，这就不容易……"

　　"他们一直从堂屋打到大门口……"益堂说。

　　"令弟仍然是忙？……"月生问。

　　"还是一礼拜十八点钟功课，外加九十三本作文，简直忙不过来。这几天可是请假了，身热，大概是受了一点寒……"

　　"我看这倒该小心些，"月生郑重地说，"今天的报上就说，

115

现在时症流行……"

"什么时症呢？"沛君吃惊了，赶忙地问。

"那我可说不清了。记得是什么热罢。"

沛君迈开步就奔向阅报室去。

"真是少有的，"月生目送他飞奔出去之后，向着秦益堂赞叹着。"他们两个人就像一个人。要是所有的弟兄都这样，家里那里还会闹乱子。我就学不来……"

"说是折在公债票上的钱不能开公账……"益堂将纸煤子插在纸煤管子里，恨恨地说。

办公室中暂时的寂静，不久就被沛君的步声和叫听差的声音震破了。他仿佛已经有什么大难临头似的，说话有些口吃了，声音也发着抖。他叫听差打电话给普悌思普大夫，请他即刻到同兴公寓张沛君那里去看病。

月生便知道他很着急，因为向来知道他虽然相信西医，而进款不多，平时也节省，现在却请的是这里第一个有名而价贵的医生。于是迎了出去，只见他脸色青青的站在外面听听差打电话。

"怎么了？"

"报上说……说流行的是猩……猩红热。我……我午后来局的时，靖甫就是满脸通红……已经出门了么？请……请他们打电话找，请他即刻来，同兴公寓，同兴公寓……"

他听听差打完电话，便奔进办公室，取了帽子。汪月生也代为着急，跟了进去。

"局长来时，请给我请假，说家里有病人，看医生……"他胡乱点着头，说。

"你去就是。局长也未必来。"月生说。

但是他似乎没有听到，已经奔出去了。

他到路上，已不再较量车价如平时一般，一看见一个稍微壮大，似乎能走的车夫，问过价钱，便一脚跨上车去，道，"好。只要给我快走！"

公寓却如平时一般，很平安，寂静；一个小伙计仍旧坐在门外拉胡琴。他走进他兄弟的卧室，觉得心跳得更利害，因为他脸上似乎见得更通红了，而且发喘。他伸手去一摸他的头，又热得炙手。

"不知道是什么病？不要紧罢？"靖甫问，眼里发出忧疑的光，显系他自己也觉得不寻常了。

"不要紧的……伤风罢了。"他支梧着回答说。

他平时是专爱破除迷信的，但此时却觉得靖甫的样子和说话都有些不祥，仿佛病人自己就有了什么豫感。这思想更使他不安，立即走出，轻轻地叫了伙计，使他打电话去问医院：可曾找到了普大夫？

"就是啦，就是啦。还没有找到。"伙计在电话口边说。

沛君不但坐不稳，这时连立也不稳了；但他在焦急中，却忽而碰着了一条生路：也许并不是猩红热。然而普大夫没有找到……同寓的白问山虽然是中医，或者于病名倒还能断定的，但是他曾经对他说过好几回攻击中医的话：况且追请普大夫的电话，他也许已经听到了……

然而他终于去请白问山。

白问山却毫不介意，立刻戴起玳瑁边墨晶眼镜，同到靖甫的房里来。他诊过脉，在脸上端详一回，又翻开衣服看了胸部，便从从容容地告辞。沛君跟在后面，一直到他的房里。

他请沛君坐下，却是不开口。

"问山兄，舍弟究竟是……"他忍不住发问了。

"红斑痧。你看他已经'见点'了。"

"那么，不是猩红热？"沛君有些高兴起来。

"他们西医叫猩红热，我们中医叫红斑痧。"

这立刻使他手脚觉得发冷。

"可以医么？"他愁苦地问。

"可以。不过这也要看你们府上的家运。"

他已经胡涂得连自己也不知道怎样竟请白问山开了药方，从他房里走出；但当经过电话机旁的时候，却又记起普大夫来了。他仍然去问医院，答说已经找到了，可是很忙，怕去得晚，须待明天早晨也说不定的。然而他还叮嘱他要今天一定到。

他走进房去点起灯来看，靖甫的脸更觉得通红了，的确还现出更红的点子，眼睑也浮肿起来。他坐着，却似乎所坐的是针毡；在夜的渐就寂静中，在他的翘望中，每一辆汽车的汽笛的呼啸声更使他听得分明，有时竟无端疑为普大夫的汽车，跳起来去迎接。但是他还未走到门口，那汽车却早经驶过去了；惘然地回身，经过院落时，见皓月已经西升，邻家的一株古槐，便投影地上，森森然更来加浓了他阴郁的心地。

突然一声乌鸦叫。这是他平日常常听到的；那古槐上就有三四个乌鸦窠。但他现在却吓得几乎站住了，心惊肉跳地轻轻地走进靖甫的房里时，见他闭了眼躺着，满脸仿佛都见得浮肿；但没有睡，大概是听到脚步声了，忽然张开眼来，那两道眼光在灯光中异样地凄怆地发闪。

"信么？"靖甫问。

"不，不。是我。"他吃惊，有些失措，吃吃地说，"是我。我想还是去请一个西医来，好得快一点。他还没有来……"

靖甫不答话，合了眼。他坐在窗前的书桌旁边，一切都静寂，只听得病人的急促的呼吸声，和闹钟的札札地作响。忽而远远地有汽车的汽笛发响了，使他的心立刻紧张起来，听它渐近，渐近，大概正到门口，要停下了罢，可是立刻听出，驶过去了。这样的许多回，他知道了汽笛声的各样：有如吹哨子的，有如击鼓的，有如放屁的，有如狗叫的，有如鸭叫的，有如牛吼的，有如母鸡惊啼的，有如呜咽的……他忽而怨愤自己：为什么早不留心，知道，那普大夫的汽笛是怎样的声音的呢？

对面的寓客还没有回来，照例是看戏，或是打茶围①去了。但夜却已经很深了，连汽车也逐渐地减少。强烈的银白色的月光，照得纸窗发白。

他在等待的厌倦里，身心的紧张慢慢地弛缓下来了，至于不再去留心那些汽笛。但凌乱的思绪，却又乘机而起；他仿佛知道靖甫生的一定是猩红热，而且是不可救的。那么，家计怎么支持呢，靠自己一个？虽然住在小城里，可是百物也昂贵起来了……自己的三个孩子，他的两个，养活尚且难，还能进学校去读书么？只给一两个读书呢，那自然是自己的康儿最聪明——然而大家一定要批评，说是薄待了兄弟的孩子……

后事怎么办呢，连买棺木的款子也不够，怎么能够运回家，只好暂时寄顿在义庄②里……。

忽然远远地有一阵脚步声进来，立刻使他跳起来了，走出房去，却知道是对面的寓客。

"先帝爷，在白帝城……"

他一听到这低微高兴的吟声，便失望，愤怒，几乎要奔上去叱骂他。但他接着又看见伙计提着风雨灯，灯光中照出后面跟着的皮鞋，上面的微明里是一个高大的人，白脸孔，黑的络腮胡

---

① 打茶围：旧时指到青楼喝酒取乐。

② 义庄：旧时公益设立供人暂时寄存灵柩的地方。

子。这正是普悌思。

他像是得了宝贝一般，飞跑上去，将他领入病人的房中。两人都站在床面前，他擎了洋灯，照着。

"先生，他发烧……"沛君喘着说。

"什么时候，起的?"普悌思两手插在裤侧的袋子里，凝视着病人的脸，慢慢地问。

"前天。不，大……大大前天。"

普大夫不作声，略略按一按脉，又叫沛君擎高了洋灯，照着他在病人的脸上端详一回；又叫揭去被卧，解开衣服来给他看。看过之后，就伸出手指在肚子上去一摩。

"Measles……"普悌思低声自言自语似的说。

"疹子么?"他惊喜得声音也似乎发抖了。

"疹子。"

"就是疹子? ……"

"疹子。"

"你原来没有出过疹子? ……"

他高兴地刚在问靖甫时，普大夫已经走向书桌那边去了，于是也只得跟过去。只见他将一只脚踏在椅子上，拉过桌上的一张信笺，从衣袋里掏出一段很短的铅笔，就桌上飕飕地写了几个难以看清的字，这就是药方。

"怕药房已经关了罢?"沛君接了方，问。

"明天不要紧。明天吃。"

"明天再看? ……"

"不要再看了。酸的，辣的，太咸的，不要吃。热退了之后，拿小便，送到我的，医院里来，查一查，就是了。装在，干净的，玻璃瓶里；外面，写上名字。"

普大夫且说且走，一面接了一张五元的钞票塞入衣袋里，一径出去了。他送出去，看他上了车，开动了，然后转身，刚进店门，只听得背后 go go 的两声，他才知道普悌思的汽车的叫声原来是牛吼似的。但现在是知道也没有什么用了，他想。

房子里连灯光也显得愉悦；沛君仿佛万事都已做讫，周围都很平安，心里倒是空空洞洞的模样。他将钱和药方交给跟着进来的伙计，叫他明天一早到美亚药房去买药，因为这药房是普大夫指定的，说惟独这一家的药品最可靠。

"东城的美亚药房！一定得到那里去。记住：美亚药房！"他跟在出去的伙计后面，说。

院子里满是月色，白得如银；"在白帝城"的邻人已经睡觉了，一切都很幽静。只有桌上的闹钟愉快而平匀地札札地作响；虽然听到病人的呼吸，却是很调和。他坐下不多久，忽又高兴起来。

"你原来这么大了，竟还没有出过疹子？"他遇到了什么奇迹似的，惊奇地问。

"……"

"你自己是不会记得的。须得问母亲才知道。"

"……"

"母亲又不在这里。竟没有出过疹子。哈哈哈！"

沛君在床上醒来时，朝阳已从纸窗上射入，刺着他朦胧的眼睛。但他却不能即刻动弹，只觉得四肢无力，而且背上冷冰冰的还有许多汗，而且看见床前站着一个满脸流血的孩子，自己正要去打她。

但这景象一刹那间便消失了，他还是独自睡在自己的房里，没有一个别的人。他解下枕衣来拭去胸前和背上的冷汗，穿好衣服，走向靖甫的房里去时，只见"在白帝城"的邻人正在院子里漱口，可见时候已经很不早了。

靖甫也醒着了，眼睁睁地躺在床上。

"今天怎样？"他立刻问。

"好些……"

"药还没有来么？"

"没有。"

他便在书桌旁坐下，正对着眠床；看靖甫的脸，已没有昨天那样通红了。但自己的头却还觉得昏昏的，梦的断片，也同时闪闪烁烁地浮出：

——靖甫也正是这样地躺着，但却是一个死尸。他忙着收殓，独自背了一口棺材，从大门外一径背到堂屋里去。地方仿佛是在家里，看见许多熟识的人们在旁边交口赞颂……

——他命令康儿和两个弟妹进学校去了；却还有两个孩子哭嚷着要跟去。他已经被哭嚷的声音缠得发烦，但同时也觉得自己有了最高的威权和极大的力。他看见自己的手掌比平常大了三四倍，铁铸似的，向荷生的脸上一掌批过去……

他因为这些梦迹的袭击，怕得想站起来，走出房外去，但终于没有动。也想将这些梦迹压下，忘却，但这些却像搅在水里的鹅毛一般，转了几个圈，终于非浮上来不可：

——荷生满脸是血，哭着进来了。他跳在神堂上……那孩子后面还跟着一群相识和不相识的人。他知道他们是都来攻击他的……

——"我决不至于昧了良心。你们不要受孩子的诳话的骗……"他听得自己这样说。

——荷生就在他身边，他又举起了手掌……

他忽而清醒了，觉得很疲劳，背上似乎还有些冷。靖甫静静

122

地躺在对面，呼吸虽然急促，却是很调匀。桌上的闹钟似乎更用了大声札札地作响。

他旋转身子去，对了书桌，只见蒙着一层尘，再转脸去看纸窗，挂着的日历上，写着两个漆黑的隶书：廿七。

伙计送药进来了，还拿着一包书。

"什么？"靖甫睁开了眼睛，问。

"药。"他也从惝恍中觉醒，回答说。

"不，那一包。"

"先不管它。吃药罢。"他给靖甫服了药，这才拿起那包书来看，道，"索士寄来的。一定是你向他去借的那一本：《Sesame and Lilies》①。"

靖甫伸手要过书去，但只将书面一看，书脊上的金字一摩，便放在枕边，默默地合上眼睛了。过了一会，高兴地低声说——

"等我好起来，译一点寄到文化书馆去卖几个钱，不知道他们可要……"

这一天，沛君到公益局比平日迟得多，将要下午了；办公室里已经充满了秦益堂的水烟的烟雾。汪月生远远地望见，便迎出来。

"嗄！来了。令弟全愈了罢？我想，这是不要紧的；时症年年有，没有什么要紧。我和益翁正惦记着呢；都说：怎么还不见来？现在来了，好了！但是，你看，你脸上的气色，多少……是的，和昨天多少两样。"

沛君也仿佛觉得这办公室和同事都和昨天有些两样，生疏了。虽然一切也还是他曾经看惯的东西：断了的衣钩，缺口的唾

---

① 《Sesame and Lilies》：中译名为《芝麻与百合》，作者为英国评论家罗斯金。

壶，杂乱而尘封的案卷，折足的破躺椅，坐在躺椅上捧着水烟筒咳嗽而且摇头叹气的秦益堂……

"他们也还是一直从堂屋打到大门口……"

"所以呀，"月生一面回答他，"我说你该将沛兄的事讲给他们，教他们学学他。要不然，真要把你老头儿气死了……"

"老三说，老五折在公债票上的钱是不能算公用的，应该……应该……"益堂咳得弯下腰去了。

"真是'人心不同'……"月生说着，便转脸向了沛君，"那么，令弟没有什么？"

"没有什么。医生说是疹子。"

"疹子？是呵，现在外面孩子们正闹着疹子。我的同院住着的三个孩子也都出了疹子了。那是毫不要紧的。但你看，你昨天竟急得那么样，叫旁人看了也不能不感动，这真所谓'兄弟怡怡①。'"

"昨天局长到局了没有？"

"还是'杳如黄鹤'。你去簿子上补画上一个'到'就是了。"

"说是应该自己赔。"益堂自言自语地说。"这公债票也真害人，我是一点也莫名其妙。你一沾手就上当。到昨天，到晚上，也还是从堂屋一直打到大门口。老三多两个孩子上学，老五也说他多用了公众的钱，气不过……"

"这真是愈加闹不清了！"月生失望似的说。"所以看见你们弟兄，沛君，我真是'五体投地'。是的，我敢说，这决不是当面恭维的话。"

沛君不开口，望见听差的送进一件公文来，便迎上去接在手

---

① 兄弟怡怡：语出《论语·子路》，指兄弟之间和气亲切。

里。月生也跟过去，就在他手里看着，念道：

"'公民郝上善等呈：东郊倒毙无名男尸一具请饬分局速行拨棺抬埋以资卫生而重公益由'。我来办。你还是早点回去罢，你一定惦记着令弟的病。你们真是'鹡鸰在原'①……"

"不！"他不放手，"我来办。"

月生也就不再去抢着办了。沛君便十分安心似的沉静地走到自己的桌前，看着呈文，一面伸手去揭开了绿锈斑斓的墨盒盖。

一九二五年十一月三日

【赏读：《弟兄》是近代文学家鲁迅创作的短篇小说，最初发表于1926年2月10日北京《莽原》半月刊，后收录于小说集《彷徨》中。

《弟兄》主要叙述主人公张沛君的弟弟生病后带来的一系列影响，张沛君承受着同事对兄弟关系猜测议论的压力，以及是否要抚养侄子的生活重担，于是无法化解的矛盾出现了。这个矛盾就是：自己在同事心目中的高大形象的一方与不得不放弃侄子的权益以维护自己儿女的优越生存条件之间的，完全不可化解的矛盾。

《弟兄》通过对主人公的心理刻画，生动地展现人物的虚荣与自私，以及对人性的深刻剖析。

该小说的主旨是说明生活拮据状况给人们带来感情上微妙的变化，表现出在一切以金钱为转移的社会里，维护正当的兄弟感情之难。这种状况甚至连那些原来是"兄弟怡怡"的人也不免受到考验。

《弟兄》的主旨是在于提供一个"伪善者"的形象，更不是对

---

① 鹡鸰（jí líng）在原：出自《诗经·小雅》，比喻兄弟在急难中要互相帮助。

126

知识分子虚伪面貌的揭露，恰恰是表现出经济状况对人们思想、情感的制约。暴露了病态社会对正常人伦关系的冲击乃至破坏。】

离　婚

"阿阿，木叔！新年恭喜，发财发财！"

"你好，八三！恭喜恭喜！……"

"唉唉，恭喜！爱姑也在这里……"

"阿阿，木公公！……"

庄木三和他的女儿——爱姑——刚从木莲桥头跨下航船去，船里面就有许多声音一齐嗡的叫了起来，其中还有几个人捏着拳头打拱；同时，船旁的坐板也空出四人的坐位来了。庄木三一面招呼，一面就坐，将长烟管倚在船边；爱姑便坐在他左边，将两只钩刀样的脚正对着八三摆成一个"八"字。

"木公公上城去?"一个蟹壳脸的问。

"不上城，"木公公有些颓唐似的，但因为紫糖色脸上原有许多皱纹，所以倒也看不出什么大变化，"就是到庞庄去走一遭。"

合船都沉默了，只是看他们。

"也还是为了爱姑的事么?"好一会，八三质问了。

"还是为她……这真是烦死我了，已经闹了整三年，打过多少回架，说过多少回和，总是不落局……"

"这回还是到慰老爷家里去? ……"

"还是到他家。他给他们说和也不止一两回了，我都不依。这倒没有什么。这回是他家新年会亲，连城里的七大人也在……"

"七大人?"八三的眼睛睁大了。"他老人家也出来说话了么? ……那是……其实呢，去年我们将他们的灶都拆掉了，总算已经出了一口恶气。况且爱姑回到那边去，其实呢，也没有什么味儿……"他于是顺下眼睛去。

"我倒并不贪图回到那边去，八三哥！"爱姑忿忿地昂起头，说，"我是赌气。你想，'小畜生'姘上了小寡妇，就不要我，事情有这么容易的？'老畜生'只知道帮儿子，也不要我，好容易呀！七大人怎样？难道和知县大老爷换帖，就不说人话了么？他不能像慰老爷似的不通，只说是'走散好走散好'。我倒要对他说说我这几年的艰难，且看七大人说谁不错！"

八三被说服了，再开不得口。

只有潺潺的船头激水声；船里很静寂。庄木三伸手去摸烟管，装上烟。

斜对面，挨八三坐着的一个胖子便从肚兜里掏出一柄打火刀，打着火绒，给他按在烟斗上。

"对对。"木三点头说。

"我们虽然是初会，木叔的名字却是早已知道的。"胖子恭敬地说。"是的，这里沿海三六十八村，谁不知道？施家的儿子姘上了寡妇，我们也早知道。去年木叔带了六位儿子去拆平了他家的灶，谁不说应该？……你老人家是高门大户都走得进的，脚步开阔，怕他们甚的！……"

"你这位阿叔真通气，"爱姑高兴地说，"我虽然不认识你这位阿叔是谁。"

"我叫汪得贵。"胖子连忙说。

"要撇掉我，是不行的。七大人也好，八大人也好。我总要闹得他们家败人亡！慰老爷不是劝过我四回么？连爹也看得赔贴的钱有点头昏眼热了……"

"你这妈的！"木三低声说。

"可是我听说去年年底施家送给慰老爷一桌酒席哩，八公公。"蟹壳脸道。

128

"那不碍事。"汪得贵说，"酒席能塞得人发昏么？酒席如果能塞得人发昏，送大菜又怎样？他们知书识理的人是专替人家讲公道话的，譬如，一个人受众人欺侮，他们就出来讲公道话，倒不在乎有没有酒喝。去年年底我们敝村的荣大爷从北京回来，他见过大场面的，不像我们乡下人一样。他就说，那边的第一个人物要算光太太，又硬……"

"汪家汇头的客人上岸哩！"船家大声叫着，船已经要停下来。

"有我有我！"胖子立刻一把取了烟管，从中舱一跳，随着前进的船走在岸上了。

"对对！"他还向船里面的人点头，说。

船便在新的静寂中继续前进；水声又很听得出了，潺潺的。八三开始打瞌睡了，渐渐地向对面的钩刀式的脚张开了嘴。前舱中的两个老女人也低声哼起佛号来，她们擷着念珠，又都看爱姑，而且互视，努嘴，点头。

爱姑瞪着眼看定篷顶，大半正在悬想将来怎样闹得他们家败人亡；"老畜生"，"小畜生"，全都走投无路。慰老爷她是不放在眼里的，见过两回，不过一个团头团脑的矮子：这种人本村里就很多，无非脸色比他紫黑些。

庄木三的烟早已吸到底，火逼得斗底里的烟油吱吱地叫了，还吸着。他知道一过汪家汇头，就到庞庄；而且那村口的魁星阁也确乎已经望得见。庞庄，他到过许多回，不足道的，以及慰老爷。他还记得女儿的哭回来，他的亲家和女婿的可恶，后来给他们怎样地吃亏。想到这里，过去的情景便在眼前展开，一到惩治他亲家这一局，他向来是要冷冷地微笑的，但这回却不，不知怎的忽而横梗着一个胖胖的七大人，将他脑里的局面挤得摆不整齐了。

船在继续的寂静中继续前进；独有念佛声却宏大起来；此外一切，都似乎陪着木叔和爱姑一同浸在沉思里。

　　"木叔，你老上岸罢，庞庄到了。"

　　木三他们被船家的声音警觉时，面前已是魁星阁了。

　　他跳上岸，爱姑跟着，经过魁星阁下，向着慰老爷家走。朝南走过三十家门面，再转一个弯，就到了，早望见门口一列地泊着四只乌篷船。

　　他们跨进黑油大门时，便被邀进门房去；大门后已经坐满着两桌船夫和长年。爱姑不敢看他们，只是溜了一眼，倒也并不见有"老畜生"和"小畜生"的踪迹。

　　当工人搬出年糕汤来时，爱姑不由得越加局促不安起来了，连自己也不明白为什么。"难道和知县大老爷换帖，就不说人话么？"她想。"知书识理的人是讲公道话的。我要细细地对七大人说一说，从十五岁嫁过去做媳妇的时候起……"

　　她喝完年糕汤；知道时机将到。果然，不一会，她已经跟着一个长年，和她父亲经过大厅，又一弯，跨进客厅的门槛去了。

　　客厅里有许多东西，她不及细看；还有许多客，只见红青缎子马褂发闪。在这些中间第一眼就看见一个人，这一定是七大人了。虽然也是团头团脑，却比慰老爷们魁梧得多；大的圆脸上长着两条细眼和漆黑的细胡须；头顶是秃的，可是那脑壳和脸都很红润，油光光地发亮。爱姑很觉得稀奇，但也立刻自己解释明白了：那一定是擦着猪油的。

　　"这就是'屁塞'，就是古人大殓的时候塞在屁股眼里的。"七大人正拿着一条烂石似的东西，说着，又在自己的鼻子旁擦了两擦，接着道，"可惜是'新坑'。倒也可以买得，至迟是汉。你看，这一点是'水银浸'……"

　　"水银浸"周围即刻聚集了几个头，一个自然是慰老爷；还

130

有几位少爷们，因为被威光压得像瘪臭虫了，爱姑先前竟没有见。

她不懂后一段话：无意，而且也不敢去研究什么"水银浸"，便偷空向四处一看望，只见她后面，紧挨着门旁的墙壁，正站着"老畜生"和"小畜生"。虽然只一瞥，但较之半年前偶然看见的时候，分明都见得苍老了。

接着大家就都从"水银浸"周围散开；慰老爷接过"屁塞"，坐下，用指头摩弄着，转脸向庄木三说话。

"就是你们两个么？"

"是的。"

"你的儿子一个也没有来？"

"他们没有工夫。"

"本来新年正月又何必来劳动你们。但是，还是只为那件事，……我想，你们也闹得够了。不是已经有两年多了么？我想，冤仇是宜解不宜结的。爱姑既然丈夫不对，公婆不喜欢……也还是照先前说过那样：走散的好。我没有这么大面子，说不通。七大人是最爱讲公道话的，你们也知道。现在七大人的意思也这样：和我一样。可是七大人说，两面都认点晦气罢，叫施家再添十块钱：九十元！"

"……"

"九十元！你就是打官司打到皇帝伯伯跟前，也没有这么便宜。这话只有我们的七大人肯说。"

七大人睁起细眼，看着庄木三，点点头。

爱姑觉得事情有些危急了，她很怪平时沿海的居民对他都有几分惧怕的自己的父亲，为什么在这里竟说不出话。她以为这是大可不必的；她自从听到七大人的一段议论之后，虽不很懂，但不知怎的总觉得他其实是和蔼近人，并不如先前自己所揣想那样的可怕。

"七大人是知书识理，顶明白的；"她勇敢起来了。"不像我们乡下人。我是有冤无处诉；倒正要找七大人讲讲。自从我嫁过去，真是低头进，低头出，一礼不缺。他们就是专和我作对，一个个都像个'气杀钟馗'①。那年的黄鼠狼咬死了那匹大公鸡，那里是我没有关好吗？那是那只杀头癞皮狗偷吃糠拌饭，拱开了鸡橱门。那'小畜生'不分青红皂白，就夹脸一嘴巴……"

七大人对她看了一眼。

"我知道那是有缘故的。这也逃不出七大人的明鉴；知书识理的人什么都知道。他就是着了那滥婊子的迷，要赶我出去。我是三茶六礼定来的，花轿抬来的呵！那么容易吗？……我一定要给他们一个颜色看，就是打官司也不要紧。县里不行，还有府里呢……"

"那些事是七大人都知道的。"慰老爷仰起脸来说。"爱姑，你要是不转头，没有什么便宜的。你就总是这模样。你看你的爹多少明白；你和你的弟兄都不像他。打官司打到府里，难道官府就不会问问七大人么？那时候是，'公事公办'，那是……你简直……"

"那我就拼出一条命，大家家败人亡。"

"那倒并不是拼命的事，"七大人这才慢慢地说了。"年纪青青。一个人总要和气些：'和气生财'。对不对？我一添就是十块，那简直已经是'天外道理'了。要不然，公婆说'走'！就得走。莫说府里，就是上海北京，就是外洋，都这样。你要不信，他就是刚从北京洋学堂里回来的，自己问他去。"于是转脸向着一个尖下巴的少爷道，"对不对？"

"的的确确。"尖下巴少爷赶忙挺直了身子，必恭必敬地低声说。

———————————

① 气杀钟馗（kuí）：形容人相貌难看。

爱姑觉得自己是完全孤立了；爹不说话，弟兄不敢来，慰老爷是原本帮他们的，七大人又不可靠，连尖下巴少爷也低声下气地像一个瘪臭虫，还打"顺风锣"。但她在胡里胡涂的脑中，还仿佛决定要作一回最后的奋斗。

"怎么连七大人……"她满眼发了惊疑和失望的光。"是的……我知道，我们粗人，什么也不知道。就怨我爹连人情世故都不知道，老发昏了。就专凭他们'老畜生''小畜生'摆布；他们会报丧似的急急忙忙钻狗洞，巴结人……"

"七大人看看，"默默地站在她后面的"小畜生"忽然说话了。"她在大人面前还是这样。那在家里是，简直闹得六畜不安。叫我爹是'老畜生'，叫我是口口声声'小畜生'，'逃生子'。"

"那个'娘滥十十万人生'的叫你'逃生子'？"爱姑回转脸去大声说，便又向着七大人道，"我还有话要当大众面前说说哩。他那里有好声好气呵，开口'贱胎'，闭口'娘杀'。自从结识了那婊子，连我的祖宗都入起来了。七大人，你给我批评批评，这……"

她打了一个寒噤，连忙住口，因为她看见七大人忽然两眼向上一翻，圆脸一仰，细长胡子围着的嘴里同时发出一种高大摇曳的声音来了。

"来——兮！"七大人说。

她觉得心脏一停，接着便突突地乱跳，似乎大势已去，局面都变了；仿佛失足掉在水里一般，但又知道这实在是自己错。

立刻进来一个蓝袍子黑背心的男人，对七大人站定，垂手挺腰，像一根木棍。

全客厅里是"鸦雀无声"。七大人将嘴一动，但谁也听不清说什么。然而那男人，却已经听到了，而且这命令的力量仿佛又已钻进了他的骨髓里，将身子牵了两牵，"毛骨耸然"似的；一面答应道：

"是。"他倒退了几步，才翻身走出去。

爱姑知道意外的事情就要到来，那事情是万料不到，也防不了的。她这时才又知道七大人实在威严，先前都是自己的误解，所以太放肆，太粗卤了。她非常后悔，不由的自己说：

"我本来是专听七大人吩咐……"

全客厅里是"鸦雀无声"。她的话虽然微细得如丝，慰老爷却像听到霹雳似的了；他跳了起来。

"对呀！七大人也真公平；爱姑也真明白！"他夸赞着，便向庄木三，"老木，那你自然是没有什么说的了，她自己已经答应。我想你红绿帖是一定已经带来了的，我通知过你。那么，大家都拿出来……"

爱姑见她爹便伸手到肚兜里去掏东西；木棍似的那男人也进来了，将小乌龟模样的一个漆黑的扁的小东西递给七大人。爱姑怕事情有变故，连忙去看庄木三，见他已经在茶几上打开一个蓝布包裹，取出洋钱来。

七大人也将小乌龟头拔下，从那身子里面倒一点东西在掌心上；木棍似的男人便接了那扁东西去。七大人随即用那一只手的一个指头蘸着掌心，向自己的鼻孔里塞了两塞，鼻孔和人中立刻黄焦焦了。他皱着鼻子，似乎要打喷嚏。

庄木三正在数洋钱。慰老爷从那没有数过的一沓里取出一点来，交还了"老畜生"；又将两份红绿帖子互换了地方，推给两面，嘴里说道：

"你们都收好。老木，你要点清数目呀。这不是好当玩意儿的，银钱事情……"

"呃啾"的一声响，爱姑明知道是七大人打喷嚏了，但不由得转过眼去看。只见七大人张着嘴，仍旧在那里皱鼻子，一只手的两个指头却撮着一件东西，就是那"古人大殓的时候塞在屁股眼里的"，在鼻子旁边摩擦着。

好容易，庄木三点清了洋钱；两方面各将红绿帖子收起，大家的腰骨都似乎直得多，原先收紧着的脸相也宽懈下来，全客厅顿然见得一团和气了。

"好！事情是圆功了。"慰老爷看见他们两面都显出告别的神气，便吐一口气，说。"那么，嗡，再没有什么别的了。恭喜大吉，总算解了一个结。你们要走了么？不要走，在我们家里喝了新年喜酒去：这是难得的。"

"我们不喝了。存着，明年再来喝罢。"爱姑说。

"谢谢慰老爷。我们不喝了。我们还有事情……"庄木三，"老畜生"和"小畜生"，都说着，恭恭敬敬地退出去。

"唔？怎么？不喝一点去么？"慰老爷还注视着走在最后的爱姑，说。

"是的，不喝了。谢谢慰老爷。"

一九二五年十一月六日

【赏读：《离婚》是鲁迅除历史小说以外的最后一篇小说创作，在鲁迅小说中有着特殊的地位与价值。鲁迅本人也十分看重这篇小说，在晚年回顾自己的小说创作时，曾经提到《离婚》等小说，"技巧稍为圆熟，刻划也稍加深切"，同时又指出它因此而"减少了热情，不为读者们所注意了"。的确如鲁迅所说，《离婚》等几篇小说，对青年读者来说，是不如《狂人日记》等早期作品那样激动人心了。但这并不意味《离婚》的思想与艺术水准的下降，因为在整个《彷徨》创作中，鲁迅将注意力转向挖掘旧社会病根时，"战斗的意气却冷得不少"。这种"冷"应理解为他更多地表现了黑暗势力的强大，而不再像《呐喊》中的小说那样，为"显出若干亮色"而不惜"删削些黑暗，装点些欢容"。

在《离婚》中，鲁迅将自己卓越的观察力投向一位普通农村妇女的婚姻争端，从中解答了辛亥革命究竟给中国社会带来了什么，中国社会性质有无实质性变化的大问题。

《离婚》深刻反映了当时中国封建思想的根深蒂固和对女权的欺压，投射了女性在传统的封建思想压迫下所形成的思想意识中的"奴性"和"愚弱"。文章从场景的选取，深刻传神的心理描写以及个性化的语言动作等方面对作品进行了解读，使读者领略了鲁迅言简意赅、见微知著的艺术功力。】

鲁迅家书精选

广平兄：

十九日信今天到，十六的信没有收到，怕是遗失了，所以终于不知寄信的地方，此信也不知能收到否？我于十二上午寄一信，此外尚有十六，二十一两信，均寄学校。

前日得郁达夫及逢吉信，十四日发的，似于中大颇不满，都走了。次日又得中大委员会十五来信，言所定"正教授"只我一人，催我速往。那么，恐怕是主任了。不过我仍只能结束了学期再走，拟即复信说明，但伏园大概已经替我说过。至于主任，我想不做，只要教教书就够了。

这里一月十五考起，阅卷完毕，当在廿五左右，等薪水，所以至早恐怕要在一月廿八才可以动身罢。我想先住客栈，此后如何，看情形再说，现在可以不必预先酌定。

电灯坏了，洋烛所余无几，只得睡了。倘此信能收到，可告我更详确的地址，以便写信面。

迅　十二月廿三夜

怕此信失落，另写一封寄学校。

广平兄：

今日得十九来信，十六日信终于未到，所以我不知你住址，但照信面所写的发了一信，不知能到否？因此另写一信，挂号寄学校，冀两信有一信可到。

前日得郁达夫及逢吉信，说当于十五离粤，似于中大颇不满。又得中大委员会信，十五发，催我速往，言正教授只我一人。然则当是主任。拟即作复，说一月底才可以离厦，但也许伏园已替我说明了。

我想不做主任，只教书。

厦校一月十五考试，阅卷及等薪水等等，恐至早须廿八九才得动身。我想先住客栈，此后则看形情〔情形〕再定。

我除十二，十三，各寄一信外，十六，二十一，又俱发信，不知收到否？

电灯坏了，洋烛已短，又无处买添，只得睡觉，这学校真是不便极了。

此地现颇冷，我白天穿夹袍，夜穿皮袍，其实棉袍已够，而我懒于取出。

迅　十二月廿三夜

告我通信地址。

广平兄：

昨日（廿三）得十九日信，而十六日信待到今晨还没有到，以为一定遗失的了，因写两信，一寄高第街，照信封上所写；一挂号寄学校，内容是一样的，上午寄出，想该有一封可以收到。

138

但到下午，十六日发的一封信竟收到了，一共走了九天，真是奇特的邮政。

学校现状，可见学生之愚，和教职员之巧，独做傻子，实在不值得，实不如暂逃回家，不闻不问。这种事我遇过好几次，所以世故日深，而有量力为之，不拼死命之说。因为别人太巧，看得生气也。伏园想早到粤，已见过否？他曾说要为你向中大一问。

郁达夫已走了，有信来。又听说成仿吾①也要走。创造社中人，似乎与中大有什么不协似的，但这不过是我的推测。达夫遇安则信上确有怨言。我则不管，旧历年底仍往粤，倘薪水能早取，就仅一个月略余几天了，容易敷衍过去。

中大委员会来信言正教授止〔只〕我一个，不知何故。如足，则有做主任的危险，那种烦重的职务，我是不干的，大约当俟到后再看。现在在此倒还没有什么不舒服，因为横竖不远就走，什么都心平气和了。今晚去看了一回电影。川岛夫妇已到；我处常有学生来，也不大能看书，有几个还要转学广州，他们总是迷信我，真无法可想。长虹则专一攻击我，面红耳赤，可笑也，他以为将我打倒，中国便要算他。

陈仪独立是不确的，廿二日被孙〔传芳〕缴械了，此人真无用。而国民一军则似乎确已过陕州而至观音堂，北京报上亦载。

北京报又记傅铜等十教授与林素园大闹，辞职了，继任教务长是高一涵。群犬终于相争，而得利的还是现代评论派，正人君

---

① 成仿吾（1889—1984）：原名成灏，湖南新化人。与郭沫若、郁达夫等人1921在7月在日本东京建立著名的革命文学团体创造社。

子之本领如此。罗静轩已走出，报上有一篇文章①，可笑。

玉堂大约总弄不下去，然而国学院是不会倒的，不过是不死不活。一班江苏人正与此校相宜，黄坚与校长尤洽，他们就会弄下去。后天校长请客，我在知单上写了一个"敬谢"，这是在此很少先例的，他由此知道我无留意，听说后天要来访我，我当避开。再谈。

迅　十二月二十四日灯下

（电灯）修好了。

广平兄：

廿五日寄一函，想已到。今天以为当得来信，而竟没有，别的粤信，都到了。伏园已寄来一函，今附上，可借知中大情形。季黻与你的地方，大概都极易设法。我一面已写信通知季黻，他本在杭州，目下不知怎样。

看来中大似乎等我很急，所以我想就与玉堂商量，能早走则早走，自然另外也还有原因。此外，则厦大与我，太格格不入，所以我也不必拘拘于约束，为之收束学期也。但你信只管发，即我已走，也有人代收寄回。

厦大是废物，不足道了。中大如有可为，我也想为之出一点力，但自然以不损自己之身心为限。我来厦门，本意是休息几时，及有些豫〔预〕备，而有些人以为我放下兵刃了，不再有发表言论的便利，即翻脸攻击，自逞英雄；北京似乎也有流言，和

---

① 时任北京女子一学院舍务主任的罗静轩，因学校失火烧死学生事件引咎辞职。报上文章中有"静轩虽不才，鬻（yù）文为生，尚足养母"等语。

在上海所闻者相似，且说长虹之攻击我，乃为此。用这样的手段，想来征服我，是不行的。我先前的不甚竞争，乃是退让，何尝是无力战斗。现在就偏出来做点事，而且索性在广州，住得更近点，看他们卑劣诸公其奈我何？然而这也是将计就计，其实是即使并无他们的闲话，也还是到广州的。

再谈。

迅　十二月廿七日灯下

广平兄：

自从十二月廿三四日得十九，六信后，久不得信，真是好等，今天（一月二日）上午总算接到十二月廿四的来信了。伏园想或已见过，他到粤所说的事情，我已于三十日所寄函中将他的信附上，收到了罢。至于刊物，十一月廿一日之后，我又寄过两次，一是十二月三日，大约已遗失；一是十二月十四日，挂号的，也许还会到。学校门房行为①如此，真可叹，所以工人地位升高，总还须有教育才行。幸而那些刊物不过是些期刊之流，没有什〔么〕签名盖印的，失掉了倒也还没有什么。

毛成这人听说倒很好的，他有本家在这里；信中的话，似乎也恳切，伏园至多大约不过作了一个小怪②，随他去；但连人家的名字都写错，可谓粗心。云章似乎好名，他被《狂飚》批评后，还写信去辩，真是上当。至于长虹，则现在竭力攻击我，似

---

① 许广平在 12 月 23 日信中告诉鲁迅，广东女师大的门房常私自扣留鲁迅寄给她的刊物。

② 指孙伏园将鲁迅与许广平相恋之事告诉女师大校医毛子震。

141

乎非我死他便活不成，想起来真好笑。近来也很回敬了他几杯辣酒。我从前竭力帮忙，退让，现在躲在孤岛上，他们以为我精力都被他们用尽，不行了，翻脸就攻击。其实还太早了一些，以他们的一点破碎的思想的力量，还不能将我打死。不过使我此后见人更有戒心。

前天，十二月卅一日，我已将正式的辞职书提出，截至当日止，辞去一切职务。这事很给厦大一点震动，因为我在此，与学校的名气有些相关，他们怕以后难于聘人，学生也要减少，所以颇为难。为虚名计，想留我，为干净，省得捣乱计，愿放走我。但无论如何，总取得后者的结果的。因为我所不满意的是校长，所以无可调和。今天学生会也举代表来留，自然是具文而已，接着大概是送别会，那时是听我的攻击厦大的演说。他们对于学校并不满足，但风潮是不会有的，因为四年前曾经失败过一次。

我这一走，搅动了空气不少，总有一二十个也要走的学生，他们或往广州，或向武昌，倘有二十余人，就是十分之一，因为这里一总只有二百余人。这么一来，我到广州后，便又粘带了十来个学生，大约又将不胜其烦，即在这里，也已经应接不暇。但此后我想定一会客时间，否则，是不得了的，将有在北京那时的一样忙碌。将来攻击我的人，也许其中也有。

上月的薪水，听说后天可发；我现在是在看试卷，两三天可完。此后我便收拾行李；想于十日前，至迟十四五日以前，离开厦门，坐船向广州。但其时恐怕已有学生跟着的了，须为之转学安顿。所以此信到后，不必再寄信来，其已经寄出的，也无妨，因为有人代收。至于器具，我除几种铝制的东西之外，没有什么，当带着，恭呈钧览。

不到半年，总算又将厦门大学捣乱了一通，跑掉了。我的旧性似乎并不很改。听说这回我的搅乱，给学生的影响颇不小；但我知道，校长是决不会改悔的。他对我虽然很恭敬，但我讨厌他，总觉得他不像中国人，像英国人。

玉堂想到武昌，他总带〔待〕不久的。至于现代系人，却可以在，他们早和别人连〔联〕络了。

我近来很沉静而大胆，颓唐的气息全没有了，大约得力于有一个人的训示。我想二十日以前，一定可以见面了。你的作工〔工作〕的地方，那是当不成问题，我想同在一校无妨，偏要同在一校，管他妈的。

今天照了一个照相，是在草木丛中，坐在一个洋灰的坟的祭桌上，像一个皇帝，不知照得好否，要后天才知道。

迅　〔一九二七年〕一月二日下午

广平兄：

伏园想已见过了，他于十二月廿九日给我一封信，今裁出一部分附上，未知以为何如。我想助教是不难做的，并不必授功课，而给我做助教，尤其容易，我可以少摆教授架子。

这几天"名人"做得太苦了，赴了几处送别会，都有我那照例的古怪演说。这真奇怪，我的辞职消息一传出，竟惹起了不小的波动，许多学生颇愤慨，有些人很慨叹，有些人很恼怒。有的是借此攻击学校，而被攻击的是竭力要将我的人说得坏些，因以减轻罪孽。所以谣言颇多，我但袖手旁观着，煞是好看。这里是死海，经这一搅，居然也有小乱子，总算还不愧为"挑剔风潮"的学匪。然而于学校，是仍然无益的，这学校除彻底扫荡之外，没有良法。

不过于物质上，也许受点损失。伏园走后，十二月上半月的

143

薪水，不给他了。我的十二月份薪水，也未给，因为他们恨极，或许从中捣鬼。我须看他几天，所以十日以前，大约一定走不成，当在十五日前后。不过拿不到也不要紧，这一个对于他们狐鬼的打击，足以偿我的损失而有余了，他们听到鲁迅两字，从此要头痛。

学生至少有二十个被我带走。我确也不能不走了，否则害人不浅。因为我在这里，竟有从河南中州大学转学而来的，而学校是这样，我若再给他们做招牌，岂非害人？所以我一面又做了一则通信，登《语丝》，说明我已离厦。我不知何以忽然成为偶象〔像〕，这里的几个学生力劝我回骂长虹，说道，你不是你自己的了，许多青年等着听你的话。我为之吃惊，我成了他们的公物，那是不得了的，我不愿意。我想，不得已，再硬做"名人"若干时之后，还不如倒下去，舒服得多。

此信以后，我在厦门大约不再发信了，好在不远就到广州。中大的职务，我似乎并不轻，我倒想再暂时肩着"名人"的招牌，好好的做一做试试看。如果文科办得还像样，我的目的就达了。我近来变了一点态度，于诸事都随手应付，不计利害，然而也不很认真，倒觉得办事很容易，也不疲劳。

再谈。

迅　一月五日午后

广平兄：

五日寄一信，想当先到了。今天得十二月卅日信，所以再写几句。

伏园为你谋作〔做〕助教，我想并非捉弄你的，观我前回附

144

上之两信便知，因为这是李遇安的遗缺，较好。北大和厦大的助教，平时并不授课；厦大是教授请假半年或几月时，间或由助教代课，但这样是极少的事，我想中大当不至于特别罢，况且教授编而助教讲，也太不近情理，足下所闻，殆谣言也。即非谣言，亦有法想，似乎无须神经过敏。未发聘书，想也不至于中变，其于季黻亦然，中大似乎有许多事等我到才做似的。我的意思，附中聘书可无须受，即有中变，我当勒令寻找出地方来。

至于引为同事，恐牵连到自己，那我可不怕。我被各人用各色名号相加，由来久了，所以无论被怎么说都可以。这回我的去厦，这里也有各种谣言，我都不管，专用徐世昌哲学：听其自然。

害马又想跑往武昌去了，谋事逼之欤？十二月卅日写的信，而云"打算下半年在广州"，殊不可解，该打手心。

我十日以前走不成了，因为十二月分〔份〕薪水，要明后天才能取得。但无论如何，十五日以前是必动身的。他们不早给我薪水，使我不能早走，失策了。校内似乎要有风潮，现在正在酝酿，两三日内要爆发，但已由挽留运动转为改革厦大运动，与我不相干。不过我早走，则学生们少一刺激，或者不再举动，现在是不行了。但我却又成为放火者，然而也只得听其自然，放火者就放火者罢。

这一两天内苦极，赴会和饯行，说话和喝酒，大约这样的还有两三天。自从被勒做"名人"以来，真是苦恼。这封信是夜三点写的，因为赴会后回来是十点钟，睡了一觉起来，已是三点了。

这些请吃饭的人，有的是佩服我的，在这里，能不顾每月四百元的钱而捣乱的人，已经算英雄。有的是憎而且怕我的，想以酒食封我的嘴，所以席上的情形，煞是好看，简直像敷衍一个恶鬼一样。前天学生送别会上，为厦大未有之盛举，有唱歌，有颂词，忽然将我造成一个连自己也想不到的大人物，于是黄坚也称我为"吾师"，而宣言曰"我乃他之学生也，感情自然很好的"。令人绝倒。今人义办酒给我饯行。

这里的恶势力，是积四五年之久而弥漫的，现在学生们要借我的四个月的魔力来打破它，不知结果如何。

迅　一月六日灯下

广平兄：

五日与七日的两函，今天（十一）上午一同收到了。这封挂号信，却并无要事，不过我因为想发议论，倘被遗失，未免可惜，所以宁可做得稳当些。

这里的风潮似乎还在蔓延，不过结果是不会好的。有几个人还想利用这机会高升，或则向学生方面讨好，或则向校长方面讨好，真令人看得可叹。我的事情大略已了，本可以动身了，而今天有一只船，来不及坐，其次，只有星期六有船，所以于十五日才能走。这封信大约要和我同船到粤，但姑且先行发出。我大概十五上船，也许十六才开，则到广州当在十九或二十日。我拟先住广泰来栈，和骝先接洽之后，便姑且搬入学校，房子是大钟楼，据伏园来信说，他所住的一间就留给我。

助教是伏园去谋来的，俺何敢自以为"恩典"，容易"爆发"①也好，容易"发暴"也好，我就是这样，横竖种种谨慎，还是被人逼得不能做人。我就来自画招供，自说消息，看他们其奈我何。我

---

① 许广平 1927 年 1 月 7 日致鲁迅信中说，鲁迅到广州与她相聚，在北京的亲属可能会立即"爆发"矛盾。

对于"来者"，先是抱给与〔予〕的普惠，而惟独其一，是独自求得的心情。（这一段也许我误解了原意，但已经写下，不再改了。）这其一即使是对头，是敌手，是枭蛇鬼怪，要推我下来，我即甘心跌下来，我何尝愿意站在台上。我就爱枭蛇鬼怪，我要给他践踏我的特权。我对于名誉、地位，什么都不要，我只要枭蛇鬼怪够了。但现存之所以只透一点消息于人间者，（一）为己，足还念及生计问题；（二）为人，是可以暂以我为偶象〔像〕，而作改革运动。但要我兢兢业业，专为这两事牺牲，是不行了。我牺牲得够了，我从前的生活，都已牺牲，而受者还不够，必要我奉献全部的生命。我现在不肯了，我爱"对头"，我反抗他们。

这是你知道的，我这三四年来，怎样地为学生，为青年拼〔拼〕命，并无一点坏心思，只要可给与〔予〕的便给与〔予〕。然而男的呢，他们互相嫉妒，争起来了，一方面不满足，就想打杀我，给那〔哪〕方面也无所得。看见我有女生在坐，他们便造流言。这些流言，无论事之有无，他们是在所必造的，除非我和女人不见面。他们貌作新思想，其实都是暴君酷吏，侦探，小人。倘使顾忌他们，他们更要得步进步。我蔑视他们了。我有时自己惭愧，怕不配爱那一个人；但看看他们的言行思想，便觉得我也并不算坏人，我可以爱。

那流言，最初是韦漱园通知我的，说是沉钟社中人所说，《狂飙》上有一首诗，太阳是自比，我是夜，月是她。今天打听川岛，才知此种流言早已有之，传播的是品青，伏园，衣萍，小峰，二太太①……他们又说我将她带在厦门了，这大约伏园不在

---

① 二太太：即周作人之妻羽太信子（1888—1962），日本人。

内，而送我上车的人们所流布的。黄坚从北京接家眷来此，又将这流言带到厦门，为攻击我起见，广布于人，说我之不肯留，乃为月亮不在之故。在送别会上，陈万里且故意说出，意图中伤。不料完全无效，风潮并不稍减。我则十分坦然，因为此次风潮，根株甚深，并非由我一人而起。况且如果是"夜"，当然要有月亮，倘以此为错，是逆天而行也。

现在是夜二时，校中暗暗熄了电灯，帖〔贴〕出放假条告，当被学生发见〔现〕，撕掉了。从此将从驱逐秘书运动，转为毁坏学校运动。

《生财有大道》那一篇，看笔法似乎是刘半农①做的。老三不回去了，听说今年总当回京一次，至迟以暑假为度。但他不至于散布流言。我现在真自笑我说话往往刻薄，而对人则太厚道，我竟从不疑及衣萍之流到我这里来是在侦探我；并且今天才知道我有时请他们在客厅里坐，他们也不高兴，说我在房里藏了月亮，不容他们进去了。我托羡苏买了几株柳，种在后园，拔去了几株玉蜀黍，母亲也大不以为然，向八道湾②鸣不平，听说二太太也大放谣言，说我纵容学生虐待她。现在是往来很亲密了，老年人容易受骗。所以我早说，我一出西三条，能否复返，是一问题，实非神经过敏之谈。

但这些都由它去，我自走我的路。不过这回厦大风潮，我又

---

① 刘半农（1891—1934）：江苏江阴人，中国新文化运动先驱。早年参加《新青年》编辑工作，曾任教北京大学。其诗歌《教我如何不想她》流传甚广：天上飘着些微云，地上吹着些微风。啊！微风吹动了我头发，教我如何不想她？月光恋爱着海洋，海洋恋爱着月光……

② 八道湾：周作人在北京的寓所，此处代指周作人夫妇。

成了中心，正如去年之女师大一样。许多学生，或则跟到广州，或往武昌，为他们计，是否还应该留几片铁甲在身上，再过一年半载，此刻却还未能决定。这只好于见到时商量。不过不必连助教都怕做，对语〔话〕都避忌，倘如此，那真成了流言的囚人了。

迅 一月十一日

广平兄：

现在是十七夜十时，我在"苏州"船中，泊在香港海上。此船大约明晨九时开，午后四时可到黄浦〔埔〕，再坐小船到长堤，怕要八九点钟了。

这回一点没有风浪，平稳如在长江船上，明天是内海，更不成问题。想起来真奇怪，我在海上，竟历来不大遇到风波，但昨天也有人躺下不能起来的，或者我比较的不晕船也难说。

我坐的是"唐餐间①"，两人一房，一个人到香港上去了，所以此刻是独霸一间。至于到广州后先住那〔哪〕一个客栈，此刻不能决定。因为有一个侦探性的学生跟住我。这人大概是厦大校长所派，侦探消息的，因为那边的风潮未平，他怕我帮助学生，在广州活动。我在船上用各种方法斥拒，至于疾声厉色，令他不堪。但是不成功，他终于嬉皮笑脸，谬托知己，并不远离。大约此后的手段是和我住同一客栈，时时在我房中，探听中大情形。所以明天我当相机行事，能将他撇下便撇下，否则再设法。

此外还有三个学生，是广东人，要进中大的，我已通知他们

---

① 唐餐间：指供应中餐的船舱。

一律戒严，所以此人在船上，是不能探得消息。

讯　一月十七日

乖姑！小刺猬！

　　在沪宁车上，总算得了一个坐位；渡江上了平浦通车，也居然定着一张卧床。这就好了。吃过一元半的夜饭，十一点睡觉，从此一直睡到第二天十二点钟，醒来时，不但已出江苏境，并且通过了安徽界蚌埠①，到山东界了。不知道刺猬可能如此大睡，我怕她鼻子冻冷，不能这样。

　　车上和渡江的船上，遇见许多熟人，如马幼渔的侄子，齐寿山的朋友，未名社的一伙；还有几个阔人，说是我的学生，但我不识他们了。那么，我的到北平，昨今两日，必已为许多人所知道。

　　今天午后到前门站，一切大抵如旧，因为正值妙峰山香市，所以倒并不冷静。正大风，饱餐了三年未吃的灰尘。下午发一电，我想，倘快，则十六日下午可达上海了。

　　家里一切如旧，母亲精神形貌仍如三年前，她说，害马为什么不同来呢？我答以有点不舒服②。其实我在车上曾想过，这种震动法，于乖姑是不相宜的。但母亲近来的见闻范围似很窄，她总是同我谈八道湾，这于我是毫无关心的，所以我也不想多说我们的事，因为恐怕于她也不见得有什么兴趣。平常似常常有客来住，多至四五个月，连我的日记本子也都打开过，这非常可

----

　　① 蚌埠（bèng bù）：安徽省第一个设市的地级市。
　　② 此时许广平已怀有身孕。

150

恶，大约是姓车的男人①所为。他的女人，廿六七又要来了，那自然，这就使我不能多住。

不过这种情形，我倒并不气，也不高兴，久说必须回家一趟，现在是回来了，了却一件事，总是好的。此刻是十二点，却很静，和上海大不相同。我不知乖姑睡了没有？我觉得她一定还未睡着，以为我正在大谈三年来的经历了。其实并未大谈，我现在只望乖姑要乖，保养自己，我也当平心和气，渡〔度〕过豫〔预〕定的时光，不使小刺猬忧虑。

今天就是这样罢，下回再谈。

〔一九二九年〕五月十五夜

小刺猬：

昨天从老三转上一信，想已到。今天下午我访了未名社一趟，又去看幼渔，他未回，马珏②是因疮进病院多日了。一路所见，倒并不怎样萧条，大约所减少的不过是南方籍的官僚而已。

关于咱们的故事，闻南北统一以后，此地忽然盛传，研究者也很多，但大抵知不确切。上午，令弟〔妹〕③告诉我一件故事。她说，大约一两月，某太太④对母亲说，她做了一个梦，梦见我带了一个孩子回家，自己因此很气忿。而母亲大不以气忿之举为

---

① 指车耕南（1888—1967），鲁迅二姨的女婿。

② 马珏（jué）（1910—1994）：北大载授马幼逢之女，1910 年出生于东京，当时在北京大学预科学习，因相貌甜美出众，被誉为校花。与鲁迅通过一段时间的书信。

③ 令弟〔妹〕指许羡苏。当时住在鲁迅的北平家中，帮助鲁迅母亲料理家事。

④ 指朱安（1878—1947）：浙江绍兴人。鲁迅的第一任妻子。

然，因告诉她外间真有种种传说，看她怎样。她说，已经知道。问何从知道。她说，是二太太告诉她的。我想，老太太所闻之来源，大约也是二太太。而南北统一后，忽然盛传者，当与陆晶清之入京有关。我因以小白象之事①告知令弟〔妹〕，他并不以为奇，说，这是也在意中的。午前，我就告知母亲，说八月间，我们要有小白象了。她很高兴，说，我想也应该有了，因为这屋子里，早应该有小孩子走来走去。这种"应该"的理由，和我们是另一种思想，但小白象之出现，则可见世界上已以为当然矣。

不过我却并不愿意小白象在这房子里走来走去，这里并无抚育白象那么广大的森林。北平倘不荒芜下去，似乎还适于居住，但为小白象计，是须另选处所的。这事俟将来再议。

北平很暖，可穿单衣了。明天拟去访徐旭生。此外再看几个熟人，另外也无事可做。我觉得日子实在太长，但愿速到月底，不过那时，恐怕须走海道回了。

这里和上海不同，寂静得很。尹默凤举②，往往终日倾心政治。尹默之汽车，昨天和电车冲突，他臂膊碰肿了，明天拟去看他，并还草帽。台静农在和孙祥偈讲恋爱，日日替她翻电报号码（因为她是新闻通讯员），忙不可当。林卓凤③在西山调养胃病。

我的身体是好的，和在上海时一样。据潘妈④说，模样和出京时相同。我在小心于卫生，勿念；但刺猬也应该留心保养，令

---

① 指许广平怀孕一事。
② 即沈尹默（1883—1971），祖籍浙江湖州人。曾任北京大学教授和校长。凤举：即张定璜（1895—1986），江西南昌人，著名作家，创造社重要成员。
③ 林卓凤：许广平在女师大的校友。
④ 潘妈：鲁迅母亲雇用的保姆。

我放心。我相信她正是如此。

附笺一纸，可交与赵公①。又告诉老三，我当于一两日内寄书一包（约四五本）给他，其实是托他转交赵公的，到时即交去。

讯　五月十七夜

小刺猬：

听说上海北平之间的信件，最快是六天，但我于昨天（十八）晚上姑且去看看信箱——这是我们出京后所设的——竟得到了十四日发的小刺猬信，这使我怎样地高兴呀。未曾四条胡同②，尤其令我放心，我还希望你善自消遣，能食能睡。写给谢君的信，是很好的，但说得我太好了一点。看现在的情形，我们的前途似乎毫无障碍，但即使有，我也决计要同小刺猬跨过它而前进的，绝不畏缩。

母亲的记忆力坏了些了，观察力注意力也略减，有些脾气，近于小孩子了。对于我们的感情是好的。也希望老三回来，但其实是毫无事情。

前天马幼渔来看我，要我往北大教书，当即谢绝。同日又看见李秉中，他是万不料我也在京的，非常高兴。他们明天在来今雨轩结婚，听听口气，两人的感情似乎好起来了。我想于上午去公园一趟，今天托令弟买了绸子衣料一件，价十一元余，作为贺礼带去。女的是女大的学生，音乐系。

----

① 赵公：指柔石（1902—1931），原名平福，后改赵平复，化名少雄，浙江宁海人。曾任《语丝》编辑，并与鲁迅先生同办朝花社。

② 四条胡同：鲁迅戏指女性哭泣。

林卓凤问令弟，听说鲁迅有要好的人了，结过婚了没有？但未提那"人"是谁。令弟答以不知道。这是细事，不足深考，顺便谈谈而已。她往西山养病，自云胃病，我想，恐怕是肺病罢，否则，何必到西山去养呢？

昨晚探到你的来信后，正看着，车家的男女又来了，见我已回，大吃一惊，男的便到客栈去，女的今天也走了。我对他们很冷淡，因为我又知道了车男寓客厅时，又曾将我的书厨〔橱〕的锁弄破，开开了门。

以上十九日之夜十一点写

二十日上午，小刺猬十六日所发的信也收到了，也很快。但老三汇款之信，至今未到，大约因为挂号之故罢。小刺猬的生活法，据报告，很使我放心。我也好的，看见的人，都说我样子比出京时稍好，精神则好得多了。这里天气很热，已穿纱衣，我于空气中的灰尘，已不习惯，大约就如鱼之在浑水里一般，此外却并无不舒服。

昨天午前往中央公园贺李秉中，他很高兴。在那里看见刘文典①，谈了一通。新人一到，我就走了。她比李短一点，并不美，但也不丑，适中的人。下午访沈尹默，略谈了一些时，又访兼士、凤举、徐祖正、徐旭生，都没有会见。就这样的过了一天。夜九点钟，就睡着了，直至今天七点才醒。上午想理些带出的书籍，但头绪纷繁，无从下手，也许终于理不成功的，恐怕《中国字体变迁史》也不是在上海所能作罢。

---

① 刘文典（1889—1958）：现代杰出的文史大师，安徽合肥人。1929年任清华大学国文系教授、主任，同时在北大兼课。

今天下午我仍要出去访人，明天是往燕大讲演，我这回本来不想多说话，但因为在那边是现代派太出风头了，所以想去讲几句。倘交通如故，我于月初要走了，但决不冒险，千万不要担心，因为我是知道冒险主权，并不是全权在我的。《冰块》留下两本，其余可送赵公们。《奔流》来稿，可请赵公写回信寄还他们，措辞和上次一样。小刺猬，你千万好好保养，下回再谈。

以上二十一日午后一时写
你的小白象

小刺猬：

　　二十一日午后发了一封信，晚上便收到十七日来信，今天上午又收到十八日来信，每信五天，好像交通十分准确似的。但我赴沪时想坐船，据凤举说，倭船并不坏，二等六十元，不过比火车为慢而已。至于风浪，则夏季一向很平静。但究竟如何，则须俟十天以后看情形决定。不过我是总想于六月四五日动身的，所以此信到时，倘是廿八九，那就不必写信来了。

　　我到北平，已一星期，其间无非是吃饭睡觉，访人，陪客，此外无事可为。文章是没有一句。昨天访了几个教育部旧同事，都穷透了，没有事做，又不能回家。今天和张凤举谈了两点钟天，傍晚往燕京大学讲演了一点钟，听的人很多。我照例从成仿吾一直骂到徐志摩，燕大是现代派信徒居多——大约因为冰心在此之故——给我一骂，很吃惊。有些人说，燕大是有钱而请不到好教员，说我可以来此教书了。我答以我奔波多年，现已心粗气浮，不能教书了。小刺猬，我想，这些优缺，还是让他们绅士们去占有罢，咱们还是漂流几天再说的好。沈士远也在那里做教授，

155

全家住在那里，但我并不去访他。

今天寄到一本《红玫瑰》，陈曲滢和凌叔华的照片都登上了，胡适之的诗载于《礼拜六》，他们的像见于《红玫瑰》，真是"物以类聚"。

云南腿已经将近吃完，是很好的，肉多，油也足，可惜这里的做法千篇一律，总是蒸。听说明天要吃蒋〔酱〕腿了，但大约也还是蒸。每天饭菜，大同小异，实在吃得厌烦了，不过饭量并不减，你不要神经过敏为要。鱼肝油带来的已吃完，买了一瓶，这里的价钱是二元二角。

吕云章未到西三条来，所以不知道她住在何处；小鹿①也没有来过。

这里很热，可穿纱衫了，雨是久已不下，比之南方的梅天，真是大不相同。所有带来的夹衣，都已无用，何况绒衫。我从明天起，想去看牙齿，大约有一星期，总可以补好了。至于时局，若以询人，则因其人之派别，而所答不同，所以我也并不深究，总之，到下月初，京津车总该是可走的，那么，就可以了。

小刺猬，这里的空气，真是沉静，和上海的动荡烦扰，大不相同，所以我是平安的；但只因为欠缺一件事，因而也静不下，惟看来信，知道小刺猬在上海也很乖，于是也就暂自宽慰了。小刺猬要这样继续摄生，万勿疏懈才好。

转告老三：汇票到了，但取款须用印章，今名字写错，不知能取出否。两三天内当去一试，看结果再说。

小白象　五月廿二夜一时

---

① 小鹿：即女作家陆晶清。

小刺猬：

　　此刻是二十三日之夜十点半，我独自坐在靠壁的桌前，这旁边，先前是小刺猬常常坐着的，而她此刻却在上海。我只好来写信算谈天了。

　　今天上午，来了六个北大国文系的代表，要我去教书，我即谢绝了。后来他们承认我回上海，只要豫〔预〕定下几门功课，何时来京，便何时开始，我也没有答应他们。我总结的话，是今之L，已非三年前之L，我有缘故，但此刻不说，将来或许会知道，总之是不想做教授了云云。他们只得回去，而希望我有一回讲演，我已约于下星期三去讲。

　　午后出街，将寄给乖而小的刺猬的信投入邮箱中。其次是往牙医寓，拔去一齿，毫不疼痛，他约我于廿七上午去补好，大约只要一次就可以了。其次是到商务印书馆，将老三的汇款取出，倒也并不麻烦。其次是走了三家纸铺，搜得中国纸的印笺数十种，化〔花〕钱约七元，也并无什么妙品，如此信所用这一种，要算是很漂亮的了。还有两三家未去，便中当再去走一趟，大约再用四五元，即将琉璃厂略佳之笺收备矣。

　　计到北平，已将十日，除车钱外，自己只化〔花〕了十五元，一半买信笺，一半是买碑帖的。至于旧书，则仍然很贵，所以一本也不买。

　　明天仍当出门，为侍桁①的饭碗去设设法；将来又想往西山一趟，看看素园②，听他朋友的口气，恐怕总是医不好的了。韦

————————

　　①　即韩侍桁（héng）（1908—1987），天津人，鲁迅曾请朋友为他谋职。

　　②　即韦素园，诗人，翻译家，鲁迅曾写《忆韦素园君》一文。

丛芜①却长大了一点。待廿九日往北大讲演后，便当作回沪之准备，听说日本船有一只叫"天津丸"的，是从天津直航上海，并不绕来绕去，但不知向沪的时候，能否相值耳。

今天路过前门车站，看见很扎着些素彩牌坊了，但这些典礼②，似乎只有少数人在忙。

我这次回来，正值暑假将近，所以很有几处想送我饭碗，但我对于此种地位，总是漠然。为安闲计，北平是不坏的，但因为和南方太不同了，所以几有世外桃源之感，我来此虽已十天，几乎毫无刺戟〔激〕，略不小心，确有落伍之惧的。上海虽烦扰，但也别有生气。

再〔下〕次再谈罢。我是很好的。

小白象　五，二三

小刺猬：

昨天上午寄老三信，内附上一函，想已收到了。十点左右有沉钟社的人来访我，至午邀我到中央公园吃饭，一直谈到五点才散。内有一人名郝荫潭，是女师大学生，但是新的，你未必认识，她说，马云也在回校读书了。这一类人，偏都回校来读书，可叹。中央公园昨天是开放的，但到下午为止，游人不多，风景大略如旧，芍药已开过，将谢了，此外"公理战胜"的牌坊上，添了许多蓝地〔底〕白字的标语。

从公园回来以后，未名社的人来访我了，谈了一点钟。他们

---

① 韦丛芜（1905—1978）：安徽霍邱县人。韦素园的弟弟。

② 即"奉安典礼"：1929年5月26日，孙中山的灵柩由北京西山墓地移往南京紫金山中山陵。

去后，就接到小刺猬的十九，二十所写的两函。自然，看来信，小刺猬是很乖的，鼻子不再冻冷，也令我放心。不过勒令我的鼻子垂下，却未免专制。我的鼻子，虽然有时不免为刺猬所拉下，但不至于常如橡皮象那样也。

我毫不"拼命干，写，做，想……"至今为止，什么也不干，写……昨天因为说话太多了，十点钟便睡觉，一点醒了一次，即刻又睡，再醒已是早上七点钟，躺到九点，便是现在，就起来写这信。

达夫们所说关于北新的话，大概即受玉堂们影响的。北新门市每日不到百元，一月已有一千余元，足够上海开支了，此外还有外埠批发，不至于支持不下。但这是就理论而言，至于事实，也许真糟，我在此所见的人，都说北新不给版税，不给回信，和北新感情很坏，这样下去，自然也很不好的。

至于开明之股本，则我们知道得很明白，号称六万元，而其中之二万五千，是章雪村①弟兄之旧底子；一万是一个绍兴人的，他自己月取薪水百元，又荐了五个人，则其余之二万五千，也可想而知矣。大约达夫不知此种底细，所以听到从绍兴集了资本来，便疑为大有神秘也。

绍原②的信，吞吞吐吐，其意思盖想他的译稿，由我为之设法出售，或给北新，或登《奔流》，而又要装腔作势，不肯自己开口。我是决不来做这样傻子的了，拟不答复，或者胡里胡涂〔糊里糊涂〕的答几句。

此地天气很好，已穿纱衫。我是好的，能食能睡，加以小刺

---

① 章雪村：即章锡琛。当时是开明书店经理。
② 绍原：即江绍原（1898—1983），安徽旌德人。20世纪中国民俗学界领袖之一。

猬报告她的近状，知道非常之乖，更令我放心。今天尚无客来，这信安安静静写到这里，要说的也大略说过了，下次再谈罢。

五月廿五日上午十点正〔整〕

小刺猬：

此刻是二十五日之夜的一点钟，我是十点钟睡着的，十二点醒来了，喝了两碗茶，还不想睡，就来写几句。今天下午，我出门时，将寄你的一封信，投入邮筒，接着看见邮局门外帖〔贴〕着条子道："奉安典礼放假两天"。那么，我的那一封信，须在二十七日才会上车的了。所以我明天不再寄信，且待"奉安典礼"完毕之后罢。刚才我是被炮声惊醒的，数起来共有百余响，亦"奉安典礼"之一也。

我今天的出门，是为侍桁寻地方去的，和幼渔接洽，已有头绪，访凤举却未遇。途次往孔德学校，去看旧书，遇钱玄同，恶其噜苏〔啰唆〕，给碰了一个钉子，遂逡巡避去；少顷，则顾颉刚叩门而入，见我即踌躇不前，目光如鼠，终即退出，状极可笑也。他此来是为觅饭碗而来的，志在燕大，但未必请他，因燕大颇想请我；闻又在钻营清华，倘罗家伦不走，或有希望也。

傍晚往未名社闲谈，知道燕大学生又在运动我去教书，先令韦丛芜游说，我即拒绝。从芜吞吞吐吐说，彼校国文系主任（幼渔之弟，但非马衡）早疑我未必肯去，因为在南边有唔唔唔……我答以原因并不在"因为在南边有唔唔唔"，那是也可以同到北边的，我之谢绝，只因为不愿意做教员。因即告以我在厦门时长虹之流言，及现在你之在上海，惟于那一小白象事，却尚秘而不宣。

161

丛芜因告诉我，长虹写给冰心情书，已阅三年，成一大捆。今年冰心结婚后，将该捆交给她的男人，他于旅行时，随看随抛入海中，数日而毕云。

从芜又指《冰块》之封面画告诉我云："这是我的朋友画的，燕人女生……很要好……"

明天是星期日，恐怕来访之客必多，我要睡了。现在已两点钟，遥想小刺猬或在南边也已醒来，但我想，因为她乖，一定也即睡着的。

二十五夜

星期日上午，是因为葬式的行列，道路几乎断绝交通，下午是可以走了，但只有宋紫佩①一人来谈，所以我能够十分休息。夜十点入睡，此刻两点，又醒了，吸一支烟，照例是便能睡着的。明天十点要去镶牙，所以就将闹钟拨在九点上。

看现在的情形，下月之初，火车大概是还可以走的，倘如此，我想坐六月三日的通车回沪，即使有迟到之事，六日总该可以到了罢——如果不去访季黻。但这仍须俟临时再决定，因为距今还有十来天，倘觉不妥，便一定坐船。总之，我必当筹一稳妥之走法，打听明白，决不冒险，你可以放心。

明天想当有信来，但此信我当于上午先行发出。

二十六夜二点半

---

① 宋紫佩：即宋琳（1887—1952），字子佩，又作紫佩，浙江绍兴人，鲁迅的学生。

162

小刺猬：

今天——二十七日——下午，果然收到你廿一日所发信。我十五日信所选的两张笺纸，确也有一点意思的，大略如你所推测。莲蓬中有莲子，尤是我所以取用的原因。但后来各笺，也并非幅幅含有义理，小刺猬不要求之过深，以致神经过敏为要。

阿ブ①如此吃苦，实为可怜，但是出牙，则也无法可想，现在必已全好了罢。编辑费可先托老三取出，那边寄来之收条，则暂存，待我到时填写。你的大妹的头痛，我想还是身体衰弱之故，最好是吃补剂，如鱼肝油之类（我所吃的这一种），你可由这回的来款中划出百元之谱，买而寄之，我辈有余而她不足，补助亦所当为。寄以现款，原也很好，但大抵是要移作家用，不以自奉的，但倘能使之精神舒服，则听其自由支配，亦佳。一切由你酌定就是。

姑母来②沪，即不发表亦将发见〔现〕，自以发表为宜，结果如何，可以不必顾虑。我对于一切外间传言，即最消极也不过不辩，而大抵以是认之时为多，是是非非，都由他们去，总之我们是有小白象了。

计我回北平以来，已两星期，除应酬之外，读书作文，一点也不做，且也做不出来。那间后房，一切如旧，而小刺猬不坐在床沿上，是使我最觉得不满足的，幸而来此已两星期，距回沪之期渐近了。新租的屋，已说明为堆什物及寓客之用，客厅之书不动，也不住人。

---

① 阿ブ：即周建人之女，阿苦。
② 姑母：许广平的姑母。下文“发表”，指公开许广平怀孕的事。

今天已将牙齿补好，只化〔花〕了五元，据云将就一二年，须全盘做过了。但现在试用，尚觉合式〔适〕。晚间是徐旭生张凤举等在中央公园邀我吃饭，十时才回寓。总算为侍桁寻得了一个饭碗。同席约有十人，他们已都知道我因"唔唔唔"而不肯留北。

旭生说，今天女师大因两派对于一教员之排斥和挽留，甲以钱袋击乙之头，致乙昏厥过去，抬入医院。小姐们之挥拳，似以此为嚆矢①云。

明天拟往东城探听船期，晚则幼渔邀我吃饭；后天北大讲演；大后天拟往西山看韦素园。这三天中较忙，大约未必能写什么详信了。

此刻小刺猬＝小莲蓬＝小莲子不知是睡着还是醒着。计此信到时，我在这里距启行之日也已不远了。这是使我高兴的。但我仍然静心保养，并不焦躁，小刺猬千万放心，并且也自保重为要。

　　　　　　　　　　　　　　你的小白象　五月廿七夜十二时

小刺猬：

廿一日所发的信，是前天收到的，昨天写了一封回信（由老三转的）寄出。昨今两天，都未曾收到来信，我想，这一定是因为葬式的缘故，火车被耽搁了。

昨天下午去问日本船，知道从天津开行后，因须泊大连两三

---

①　嚆（hāo）矢：响箭。因发射时声先于箭而到，故常用以比喻事物的开端。

天，至快要六天才到上海。我看现在，坐车还很可以，所以想于六月三日动身，带便看看季黻，而于八日或九日回沪。如果到下月初发见〔现〕不宜于坐车，那时再改走海道，不过到沪又要迟几天了。总之，我当看最妥当的方法办理，你可以放心。

昨天又买了些笺纸，这便是其一种，北京的信笺搜集①，总算告一段落了。晚上是在幼渔家里吃饭，马珏还在生病，未见，病也不轻，但据说可以没有危险。谈了些天，回寓时已九点半。十一点睡去，一直睡到今天七点钟。

此刻是上午九点半，闲坐无事，写了这些。午后要到未名社去，七点起是在北大讲演。讲毕之后，似乎还有沈尹默之流邀袭，拉去吃饭。倘如此，则回寓时又要十点左右了。

小刺猬和小莲子，我是好的，很能睡，饭量和在上海时一样，酒喝得极少，不过壹小杯蒲陶〔葡萄〕酒而已。家里有一瓶别人送的汾酒，连瓶也没有开。倘如我的豫〔预〕计，那么，再有十天便可以面谈了。小莲蓬，愿你安好，保重为要。

你的　五月二十九日

小刺猬：

此刻是二十九夜十二点，原以为可得你的来信的了，因为我料定你于廿一日的信以后，必已发了昨今可到的两三信，但今未得，这一定是被奉安列车耽搁了，听说星期一的通车，还没有到哩。

今天上午来了一个客。下午到未名社去，晚上他们邀我去吃

---

① 鲁迅与郑振铎准备编选《北平笺谱》，该书于 1934 年 1 月出版。

晚饭，在东安市场的森隆饭店；七点钟到北大第二院演讲一小时，听者有千余人，大礼堂为之满，大约北平寂寞已久，所以学生们很以这类事为新鲜了。八时尹默凤举等又为我饯行，仍在森隆，不得不赴，但吃得少些，十一点才回寓。现已吃了三粒消化丸，写了这一张信，便将睡觉了，因为明天早晨，便当往西山看素园去。

听说，燕大的有几个教员，怕学生留我教书，发生恐怖了。你看，这和厦门大学何异？但我何至于"与鸡鹜①争食"乎？

今天虽因得不到来信，略觉怅怅，但我知道迟延的原因，所以睡得着的，并遥祝小刺猬在上海也睡得安适。

二十九夜

三十日午后二时，我从西山看韦素园回来，果然得到小刺猬的廿三及廿五日两封信，彼此都为邮局送信的忽迟忽早所捉弄，真是令人生气。但我知道小刺猬已经得到我的信，略得安慰，也就稍稍得到安慰了。

今天我是早晨八点钟上山的，用的是摩托车，并霁野②等共五人。素园还不准起坐，也很瘦，但精神却好，他很喜欢，谈了许多闲天。据丛芜说，关于我们的事，他闻之于马季铭（燕大国文系主任），马则云周作人所说的。其实不过是怕我去抢饭碗，即我们不住一处，他们也当另觅排斥的理由。然而我流宕三年了，何至于忽而去抢饭碗呢？这些地方，我觉得他们实在比我小气。

---

① 鸡鹜（wù）：鸡和鸭。比喻小人或平庸的人。
② 李霁野（1904—1997）：安徽霍丘人，现代著名翻译家，鲁迅的学生。

今天得小峰信，云因战事，书店生意皆不佳，但汇给（由分店）我二百元，不过此款现在还未送来。

你廿五的信，今天到了，似交通尚好，但四五日后，却不一定了。三日能走则走，否则当改海道，不过到沪当在十日前后了。总之，我当择最稳当而舒服的走法，决不冒险，使我的小莲蓬担心的。现在精神也很好，千万放心，我决不肯将小刺猬的小白象，独在北平而有一点损失，使小刺猬心疼。

你的　五月卅日下午五点

小莲蓬而小刺猬：

现在是三十日之夜一点钟，我快要睡了，下午已寄出一信，但我还想讲几句话，所以再写一点。

前几天，董秋芳给我一信，说他先前的事，要我查考鉴察。我那〔哪〕有这些工夫来查考他的事状呢，置之不答。下午从西山回，他却等在客厅中，并且知道他还先向母亲房里乱攻，空气甚为紧张。我立即出而大骂之，他竟毫不反抗，反说非常甘心。我看他未免太无刚骨，然而他自说其实是勇士，独对于我，却不反抗。我说我却愿意人对我来反抗。他却道正因如此，所以佩服而不反抗者也。我也为之好笑，乃笑而送出之。大约此后当不再来缠绕了罢。

晚上来了两个人，一个是为孙祥偈翻电报之台〔静农〕，一个是帮我校《唐宋传奇集》之魏〔建功〕，同吃晚饭，谈得很畅快。和上午之纵谈于西山，都是近来快事。他们对于北平学界现状，俱颇不满。我想，此地之先前和"正人君子"战斗之诸公，倘不自己小心，怕就也要变成"正人君子"了。各种劳劳，从我看来，很可不必。我自从到北平后，觉得非常自在，于他们一切言动，甚为漠然；即下午之面斥董公，事后也毫不气忿，因叹在寂寞之世界里，虽欲得一可以对垒之敌人，亦不易也。

小刺猬，我们之相处，实有深因，它们以它们自己的心，来相窥探猜测，那〔哪〕里会明白呢？我到这里一看，更确知我们之并不渺小。

这两星期以来，我一点也不颓唐，但此刻遥想小刺猬之采办布帛之类，豫〔预〕为小小白象经营，实是乖得可怜，这种性质，真是怎么好呢。我应该快到上海，去管住她。

三十日夜一点半

小刺猬，三十一日早晨，被母亲叫醒，睡眠时间少了一点，所以晚上九点钟便睡去，一觉醒来，此刻已是三点钟了。冲了一碗茶，坐在桌前，遥想小刺猬大约是躺着，但不知是睡着还是醒着。五月三十一这天，没有什么事。但下午有三个日本人来看我所藏的关于佛教石刻拓本，颇诧异于收集之多，力劝我作目录。这自然也是我所能为之一，我以外，大约别人也未必做得了，然而我此刻也并无此意。晚间，宋紫佩已为我购得车票，是三日午后二时开，他在报馆中，知道车还可以坐，至多不过误点（迟到）而已。所以我定于三日启行，有一星期，就可以面谈了，此信发后，拟不再寄信，倘在南京停留，自然当从那里再发一封。

六月一日黎明前三点

哥姑：

写了以上的几行信以后，又写了几封给人的回信，天也亮起来了，还有一篇讲演稿要改，此刻大约不能睡了，再来写几句。

我自从到此以后，综计各种感受，似乎我于新文学和旧学问各

168

方面，凡我所着手的，便给别人一种威吓——有些旧朋友自然除外——所以所得到的非攻击排斥便是"敬而远之"。这种情形，使我更加大胆阔步，然而也使我不复专于一业，一事无成。而且又使小刺猬常常担心，"眼泪往肚子里流"。所以我也对于自己的坏脾气，常常痛心；但有时也觉得惟其如此，所以我配获得我的小莲蓬兼小刺猬。此后仍当四面八方地闹呢，还是暂且静静，作一部冷静的专门的书呢，倒是一个问题。好在我们就要见面了，那时再谈。

我的有莲子的小莲蓬，你不要以为我在这里时时如此彻夜呆想，我是并不如此的。这回不过因为睡够了，又有些高兴，所以随便谈谈。吃了午饭以后，大约还要睡觉。加以行期在即，自然也忙些。小米（小刺猬吃的），镑〔棒〕子面（同上），果脯等，昨天都已买齐了。

这信封的下端，是因为加添这一张，我自己拆过的。

六月一日晨五时

乖姑：

我已于十三日午后二时到家①，路上一切平安，眠食有加。

母亲是好的，看起来不要紧。自始至现在，止〔只〕看了两回医生，我想于明天再请来看看。

你及海婴②好吗，为念。

迅上　〔一九三二年〕十一月十三下午

---

① 指回到北平旧寓，鲁迅此去为探望母病。
② 鲁迅与许广平的儿子。

乖姑：

到后草草寄出一信，先到否？看母亲情形，并无妨碍，大约因年老力衰，而饮食不慎，胃不消化，则突然精力不济，遂现晕眩状态，明日当延医再诊，并问养生之法，倘肯听从，必可全〔痊〕愈也。

我一路甚好，每日食两餐，睡整夜，亦无识我者，但车头至廊坊附近而坏，至误点两小时，故至前门站时，已午后二时半矣。

北平似一切如旧，西三条亦一切如旧，我仍坐在靠壁之桌前，而止〔只〕一人，于百静中，自然不能不念及乖姑及小乖姑，或不至于嚷"要 PaPa"乎。

其实我在此亦无甚事可为，大约俟疗至母亲可以自己坐立，则吾事毕矣。

存款尚有八百余，足够疗治之用，故上海可无须寄来，看将来用去若干，或任之，或补足，再定。

此地甚暖和，水尚未冰，与上海仿佛，惟木叶已槁而未落，可知无大风也。

你们母子近况如何？望告知，勿隐。

迅　十一月十三夜一时

乖姑：

十三、十四各寄一信，想已到。今十五日午后得十二日所发信，甚喜。十一、二《申报》亦到。你不太自行劳苦，正如我之所愿，海婴近如何？仍念。母亲说，以后不得称之为狗屁也。

170

昨请同仁医院之盐泽博士来，为母亲诊察，与之谈，知实不过是慢性之胃加答①，因不卫生而发病，久不消化，遂至衰弱耳，决无危险，亦无他疾云云。今日已好得多了。明日仍当诊察，大约好好的调养一星期，即可起坐。但这老太太颇发脾气，因其学说为："医不好，则立刻死掉，医得好，即立刻好起。"故殊为焦躁也，而且今日头痛方愈，便已偷偷的卧而编毛绒小衫矣。

午后访小峰，知已回沪，版税如无消息，可与老三商追索之法，北平之百元，则已送来了。访齐寿山，门房云已往兰州，或滦州，听不清楚；访幼渔，则不在家，投名片而出。访人之事毕矣。

我很好，一切心平气和，眠食俱佳，可勿念。现在是夜二时，未睡，因母亲服泻药，起来需人扶持，而她不肯呼人，有自己起来之虑，故需轮班守之也，但我至三时亦当睡矣。此地仍暖，颇舒服，岂因我惯于北方，故不觉其寒欤。

迅　十五夜

十三日所发信十六下午到。海婴已愈否？但其甚乖，为慰。重看校稿，校正不少，殊可嘉尚，我不料其乖至于此也。

今日盐泽博士来，云母亲已好得多了，允许其吃挂面，但此后食品，须永远小心云云。我看她再有一星期，便可以坐立了。

我并不操心，劳碌，几乎终日无事，只觉无聊，上午整理破书，拟托子佩去装订，下午马幼渔来，谈了一通，甚快。此地盖

---

① 胃加答：即胃炎。

亦乌烟瘴气，惟朱老夫子①已为学生所排斥，被邹鲁聘往广州中大去了。

闻吕云章为师大校女生部舍监。

川岛因父病回家，孙在北平。

此地北新的门面，红墙白字，难看得很。

天气仍暖和，但静极，与上海较，真如两个世界，明年春天大家来玩个把月罢。某太太②于我们颇示好感，闻当初二太太曾来鼓动，劝其想得开些，多用些钱，但为老太太③纠正。后又谣传 H. M. 肚子又大了，二太太曾愤愤然来报告，我辈将生孩子而她不平，可笑也。

再谈。

L. 十一月十六日夜十时半

乖姑：

此刻是十九日午后一时半，我和两乖姑离开，已是九天了。现在闲坐无事，就来写几句。

十七日寄出一信，想已达。昨得十五日来信，我相信乖姑的话，所以很高兴，小乖姑大约总该好起来了。我也很好；母亲也好得多了，但她又想吃不消化的东西，真是令人为难，不过经我一劝，也就停止了。她和我谈的，大抵是二三十年前的和邻居的事情，我不大有兴味，但也只得听之。她和我们的感情很好，海婴的照片放在床头，逢人即献出，但二老爷的孩子们的照相则挂

---

① 朱老夫子：即朱希祖。
② 某太太：指朱安。
③ 老太太：指鲁迅的母亲鲁瑞。

在墙上，初，我颇不平，但现在乃知道这是她的一种外交手段，所以便无芥蒂了。二太太将其父母迎来，而虐待得真可以，至于一见某太太，二老人也不免流涕云。

这几天较有来客，前天霁野、静农、建功来。昨天又来，且请我在同和居吃饭，兼士亦至，他总算不变政客，所以也不得意。今天幼渔邀我吃夜饭，拟三点半去，此外我想不应酬了。

周启明颇昏，不知外事，废名①是他荐为大学讲师的，所以无怪攻击我，狗能不为其主人吠乎？刘复②之笑话不少，大家都和他不对，因为他捧住李石曾之后，早不理大家了。

这里真是和暖得很，外出可以用不着外套，本地人还不穿皮袍，所以我带来的衣服，还不必都穿在身上也。

现在是夜九点半，我从幼渔家吃饭回来了，同席还是昨天那些人，所讲的无非是笑话。现在这里是"现代"派拜帅了，刘博士已投入其麾下，闻彼一作校长，其夫人即不理二太太，因二老爷不过为一教员而已云。

再谈。

迅　十一月二十日

乖姑：

今（廿日）晨刚寄一函，晚即得十七日信，海婴之乖与就痊，均使我很欢喜。我是极自小心的，每餐（午、晚）只喝一杯黄酒，饭仍一碗，惟昨下午因取书，触一板倒，打在脚趾上，颇

---

① 废名：原名冯文炳（1901—1967），湖北黄梅人，视周作人为师，亦尊重鲁迅。周氏兄弟失和后，废名对鲁迅的态度变化微妙。

② 刘复：即刘半农。

173

痛，即搽兜安氏止痛药，至今晨已全好了。

那张照片，我确放在内山店，见其收入门口帐〔账〕桌之中央抽斗中，上写"MR. K. Chow"者即是，后来我取信，还见过几次，今乃大索不得，殊奇。至于另一张，我已记不清放在那〔哪〕里，恐怕是在桌灯旁边的一叠纸堆里，亦未可知，可一查，如查得，则并附上之一条纸一并交出，否则，只好由它去了。

我到此后，紫佩，静农，寄〔霁〕野，建功，兼士，幼渔，皆待我甚好，这种老朋友的态度，在上海势利之邦是看不见的。我已应允他们于星期二（廿二）到北大、辅仁大学各讲演一回，又要到女子学院去讲一回，日子未定。至于所讲，那不消说是平和的，也必不离于文学，可勿远念。

此地并不冷，报上所说，并非事实，且谓因冷而火车误点，亦大可笑，火车莫非也怕冷吗？我在这里，并不觉得比上海冷（但夜间在屋外则颇冷），当然不至于感冒也。

母亲虽然还未起床，但是好的，我在此不过作翻译，余无别事，所以住至月底，我想走了，倘不收到我延期之信，你至二十六止，便可以不寄信来。

再谈。

"哥"　十一月二十日夜八点

我现在睡得早，至迟十一点，因无事也。

乖姑：

二十一日寄一函，想已到。昨得十九所寄信，今午又得二十日信，俱悉。关于信件，你随宜处分，甚好，岂但"原谅"，还该嘉奖的。

174

北京不冷，仍无需外套，真奇。我亦很好，昨天往北大讲半点钟，听者七八百，因我要求以国文系为限，而不料尚有此数；次即往辅仁大学讲半点钟，听者千一二百人，将夕，兼士即在东兴楼招宴，同席十一人，多旧相识，此地人士，似尚存友情，故颇欢畅，殊不似上海文人之反脸不相识也。

明日拟至女子学院讲半点钟，此外即不再往了。

母亲已日见其好起来，但仍看医生，我拟请其多服药几天也。坪井先生①甚可感，有否玩具可得，拟至西安市场一看再说，但恐必窳劣②，无佳品耳。"雪景"亦未必佳。山本夫人③拟买信笺送之，至于少爷，恐怕只可作罢。

我独坐靠墙之桌边，虽无事，而亦静不下，不能作小说，只可观翻旧责，看看而已。夜眠甚安，酒已不喝，因赴宴时须喝，恐太多，故平时节去也。

云章④为师大舍监，正在被逐，今剪报附上，她不知我在此也。

L. 十一月廿三下午

①　坪井先生：即坪井芳治（1898—1960），儿科医生，曾为海婴诊病。

②　窳（yǔ）劣：恶劣、粗劣。

③　山本夫人：即山本初枝（1898—1966），日本女诗人。1917 年随丈夫在上海居住，1931 年与鲁迅相识于内山书店。

④　即吕云章，许广平在女师大的同学。

175

乖姑：

　　二十三日下午发一信，想已到。昨天到女子学院讲演，都是一些"毛丫头"，盖无一相识者。明日又有一处讲演，后天礼拜，而因受师大学生之坚邀，只得约于下午去讲。我本拟星期一启行，现在看来，恐怕至早于星期二才能走，因为紫佩以太太之病，忙得瘦了一半，而我在这几天中，忙得连往旅行社去的工夫也没有也。但我现在的意思，星二（廿九）是必走的。

　　二十二发的信，今日收到。观北新办法，盖还要弄下去，其对我们之态度，亦尚佳，今日下午我走过支店门口，店员将我叫住，付我百元，则小峰之说非谎，我想，本月版税，就这样算了罢。

　　川岛夫人好意可感，但她的住处，我竟打听不出来，无从面谒，只得将来另想办法了。

　　我今天出去，是想买些送人的东西，结果一无所得。西单商场很热闹了，而玩具铺只有两家，"雪景"无之，他物皆恶劣，不买一物，而被扒手窃去二元余，盖我久不惯于围巾手套等，万分臃肿，举动木然，故贼一望而知为乡下佬也。现但有为小狗屁而买之小物件三种，皆得之商务印书馆，别人实无法可想．不得已，则我想只能后日往师大讲演后，顺便买些蜜饯，携回上海，每家两合〔盒〕，聊以塞责，而或再以"请吃饭"补之了。

　　现在这里的天气还不冷，无需外套，真奇。旧友对我，亦甚好，殊不似上海之专以利害为目的，故倘我们移居这里，比上海是可以较为有趣的。但看这几天的情形，则我一北来，学生必又要迫我去教书，终或招人忌恨，其结果将与先前之非离北京不可〔相同〕。所以，这就又费踌躇了。但若于春未来玩几天，则无害。

　　母亲尚未起床，但是好的，前天医生来，已宣告无须诊察，只连续服约一星期即得，所以她也很高兴了。我也好的，在家不喝酒，勿念为要。

吕云章还在被逐中，剪报附上，此公真是"倭支葛搭"① 的一世。我若是星期二能走，那么在这里就不再发信了。

"哥"   十一月廿五夜八点半

【赏读：鲁迅先生在人后也有温情而浪漫的一面。他与许广平的通信，第一封信里用的称呼还是"广平兄"，内容也是些关于人生、战斗、社会的大话题。但渐渐地称呼变了，这感觉很微妙，"广平兄"变成了"乖姑"和"小刺猬"，信里讲述的也都是生活琐碎，如"牙齿补好了，只花了五元"，也如"吃了一元半的夜饭，十一点睡觉，从此一直睡到第二天十二点钟。"又如"我现在只望乖姑要乖，保养自己，我也当平心和气，渡过豫定的时光，不使小刺猬忧虑"。他的署名也在不断变换，从"鲁迅"到"迅"再到"你的小白象"。

二人通信期间，鲁迅是比较稳定的，而许广平则在急速的变化之中，北京时期，许是一个浑身是刺的学潮分子，内心充满苦闷。广州时期，许广平担任学校的训导主任，逐渐走向成熟和务实——从另外一个角度，也是日渐走向平庸。

而在上海，鲁迅回北京探亲，许广平在这时已经怀孕了，每天的生活就是打打毛衣，吃吃饭，散散步，连书都很少看了。所以，上海和北京的通信，几乎是鲁迅的独白，两个人谈不上深入的交流，许广平信里汇报的，都是一个孕妇每天的琐事。不过我们也温暖地看到，鲁迅在这时也充满温情，他写信的信纸，都是费劲心思去买的，花了很多钱。而快要返沪时，他特意把许广平

_____

① "倭支葛搭"：绍兴方言，意为窝窝囊囊。

177

喜欢吃的东西都买齐了。

有时候想，多亏有一个许广平，要不鲁迅真的太凄凉了。

但是，他们之间的通信，也可以当作爱情小说来读，爱情经过了开始的美好，中间的深刻，到最后的平淡。生了孩子之后的许广平，想必不可能再和鲁迅有那么深入的交流的。鲁迅过的几乎是成都商报夜班编辑的生活，熬夜，很多时候到天亮才睡——这时，许广平就会醒一下，她养成了生物钟，鲁迅回北京时，她也会在这个时候醒来，这也是爱的证明吧。但是，如果没有鲁迅这短暂的离开，可能连审视自己感情的机会都没有。

很有意思的是，鲁迅当初那么讨厌北京，等1929年他重回北京时，忽然觉得北京一切都可爱起来，这时他又觉得上海太喧嚣了。他心里肯定再次想到了离开——是不是两地反而更好一点？但他还是很理智地拒绝了几个大学让他当教授的哀求，回到上海，迎接儿子的出生。

《两地书》中收录的最后一封信，是鲁迅在北京写给许广平的，他感叹：D. H.，你看，我们到哪里去呢？我们还是隐姓埋名，到什么小村里去，一声也不响，大家玩玩吧。

他真的想到了逃离，但这时鲁迅已经48岁了，这之后，他只活了7年。两个人终于还是相濡以沫，度过了最后的时光。】

母亲大人膝下，敬禀者：

十七日寄奉一函，想已到。现男等已于十九日回寓①，见寓中

---

① 一·二八事变中鲁迅寓所陷于战火，鲁迅于1月30日举家避难，至3月19日回寓。

窗户，亦被弹碎片穿破四处，震碎之玻璃，有十一块之多。当时虽有友人代为照管，但究不能日夜驻守，故衣服什物，已有被窃去者，计害马衣服三件，海婴衣裤袜子手套等十件，皆系害马用毛线自编，厨房用具五六件，被一条，被单五六张，合共值洋七十元，损失尚算不多。两个用人，亦被窃去值洋二三十元之物件。惟男则除不见了一柄洋伞之外，其余一无所失，可见书籍及破衣服，偷儿皆看不入眼也。

老三①旧寓，则被炸毁小半，门窗多粉碎，但老三之物，则除木器颇被炸破之外，衣服尚无大损，不过房子已不能住，所以他搬到法租界去了。

海婴疹子见点之前一天，尚在街上吹了半天风，但次日却发得很好，移至旅馆，又值下雪而大冷，亦并无妨碍，至十八夜，热已退净，遂一同回寓。现在胃口很好，人亦活泼，而更加顽皮，因无别个孩子同玩，所以只在大人身边吵嚷，令男不能安静。所说之话亦更多，大抵为绍兴话，且喜吃咸，如霉豆腐、盐菜之类。现已大抵吃饭及粥，牛乳只吃两回矣。

男及害马，全都安好，请勿念。淑卿小姐久不见，但闻其肚子已很大，不久便将生产，生后则当与其男人同回四川云。

专此布达，恭请

金安。

　　　　　　　　男树　叩上　〔一九三二年〕三月二十日夜

母亲大人膝下，敬禀者：

顷接到六月二十六日来信，敬悉一切。海婴现已全愈，且又胖

---

① 即鲁迅的三弟周建人。

起来，与生病以前相差无几，但还在吃粥，明后天就要给他吃饭了。他很喜欢玩耍，日前给他买了一套孩子玩的木匠家生〔方言，工具〕，所以现在天天在敲钉，不过不久就要玩厌的。近来也常常领他到公园去，因为在家里也实在闹得令人心烦。附上照片一张，是我们寓所附近之处，房屋均已修好，已经看不出战事的痕迹来，站在中间的是害马抱着海婴，但因为照得太小，所以看不清楚了。

上海已逐渐暖热，霍乱曾大流行，现已较少，大约从此可以消灭下去。男及害马均安好，请勿念。

老三已经回到上海，下半年去否未定，男则以为如别处有事可做，总以不去为是，因为现在的学校，几乎没有一个可以安稳教书吃饭也。

专此布达，恭请
金安。

　　　　　　　　　　男树　叩上　害马及海婴随叩　七月二日
母亲大人膝下，敬禀者：

七月四日的信，已经收到，前一信也收到了。家中既可没有问题，甚好，其实以现在生活之艰难，家中历来之生活法，也还要算是中上，倘还不能相谅，大惊小怪，那真是使人为难了。现既特雇一人，专门伏侍，就这样试试再看罢。

男一切如常，但因平日多讲话，毫不客气，所以怀恨者颇多，现在不大走出外面去，只在寓里看看书，但也仍做文章，因为这是吃饭所必需，无法停止也，然而因此又会遇到危险，真是无法可想。害马虽忙，但平安如常，可释远念。

海婴是更加长大了，下巴已出在桌面之上，因为搬了房子，

180

常在明堂里游戏，或到田野间去，所以身体也比先前好些。能讲之话很多，虽然有时要撒野，但也能听大人的话。许多人都说他太聪明，还欠木一点，男想这大约因为常与大人在一起，没有小朋友之故，耳濡目染，知道的事就多起来，所以一到秋凉，想送他到幼稚园去了。上海近数日大热，屋内亦有九十度〔约 32 摄氏度〕，不过数日之后，恐怕还要凉的。

专此布达，恭请

金安。

　　　男树　叩上　广平及海婴同叩　〔一九三三年〕七月十一日

母亲大人膝下，敬禀者：

　　十一月六日信已收到。心梅叔①地址，系"绍兴城内大路，元泰纸店"，不必写门牌，即可收到。修坟已择定旧历九月廿八日动工，共需洋三十元，又有亩捐，约需洋二十元，大约连太爷之祭田在内，已由男汇去五十元，倘略有不足，俟细账开来后，当补寄，请勿念。

　　上海天气亦已颇冷，但幸而房子朝南，所以白天尚属温暖。男及害马均安好，但男眼已渐花，看书写字，皆戴眼镜矣。海婴很好，脸已晒黑，身体亦较去年强健，且近来似较为听话，不甚无理取闹，当因年纪渐大之故，惟每晚必须听故事，讲狗熊如何生活，萝卜如何长大等等，颇为费去不少工夫耳。

_____

① 即鲁迅的堂叔周秉钧（1864—1939），是鲁迅的本家前辈，周心梅与鲁迅的父亲周伯宜，是同以周佩兰为高祖的从兄弟，他们都是周佩兰的玄孙。

余容续禀，专此，恭请

金安。

男树　叩上　广平及海婴随叩　十一月十二日

母亲大人膝下，敬禀者：

十二月二日的来信，早已收到。心梅叔有信寄老三，云修坟已经动工，细账等完工后再寄。此项经费，已由男预先寄去五十元，大约已所差无几，请大人不必再向八道湾提起，免得因为一点小事，或至于淘气也①。

海婴仍不读书，专在家里捣乱，拆破玩具，但比上半年懂事得多，且较为听话了。男及害马均安好，并请勿念。上海天气渐冷，可穿棉袍，夜间更冷，寓中已于今日装置火炉矣。

余容续禀，专此布达，恭请

金安。

男树　叩上　十二月十九日

母亲大人膝下，敬禀者：

久未得来示为念。近闻天津报上，有登男生脑炎症者，全系谣言，请勿念为要。害马亦好，惟海婴于十日前患伤风发热，即经延医诊治，现已渐愈矣。和苏②兄不知已动身否？至今未见其来访也。

---

①　鲁迅独自承担维修祖坟费用，不愿因此事与周作人夫妇发生经济纠纷。

②　和苏：即阮和孙（1880—1959），鲁迅大姨之子。

专此布达，恭请

金安。

　　男树　叩上　广平及海婴随叩　〔一九三四年〕三月十五夜

母亲大人膝下，敬禀者：

　　得来示，知大人亦患伤风，现已全愈，甚慰。海婴亦已复元，胃口很开了。上海本已和暖，但近几天忽又下雨发风，冷如初冬，仍非生火炉不可。惟寓中均安，可请放心。

　　老三亦好，只是公司〔商务印书馆〕中每日须办公八点钟，未免过于劳苦；至于寄信退回，据云系因信面上写号之故，因为公司门房仅知各人之名，此后可写书名〔学名〕，即不至收不到了。

　　专此布达，恭请

金安。

　　　　　　　　男树　叩　广平及海婴随叩　三月廿九夜

母亲大人膝下，敬禀者：

　　四月七日来信，今已收到，知京寓一切平安，甚喜甚慰。和森及紫佩①，均未见过，想须由家中出来过上海时，始来相访了。海婴早已复元，医生在给他吃一种丸药，每日二粒，云是补剂，近日胃口极开，而终不见胖，大约如此年龄，终日玩〔顽〕皮，不肯安静，是未必能胖的了。医生又谓在今年夏天，须令常晒太

————————

　　① 即阮和森。紫佩，即宋琳，鲁迅的学生。

阳，将皮肤晒黑，但此事须在海边或野外，沪寓则殊不便，只得临时再想方法耳。

今年此地天气极坏，几乎每日风雨，且颇冷。害马多年想看南镇及禹陵，今年亦因香市时适值天冷且雨，竟不能去，现在夜间亦尚可穿棉袄也。害马安好，男亦安，惟近日胃中略痛，此系老病，服药数天即愈，乞勿远念为要。

专此布达，恭请
金安。

男树　叩上　广平海婴随叩　四月十三日

母亲大人膝下，敬禀者：

四月十六日来示，早经收到。和森兄因沪地生疏，又不便耽搁，未能晤谈，真是可惜。紫佩亦尚未来过，大约在家中多留了几天。今年南方天气太冷，果菜俱迟，新笋干尚未上市，不及托紫佩带回，只能将来由邮局寄送了。男胃病先前虽不常发，但偶而作痛的时候，一年中也或有的，不过这回时日较长，经服药约一礼拜后，已渐痊愈，医言只要再服三日，便可停药矣，请勿念为要。

害马亦好。海婴则已颇健壮，身子比去年长得不少，说话亦大进步，但不肯认字，终日大声叱咤，玩耍而已。今年夏天，拟设法令晒太阳，则皮肤可以结实，冬天不致于容易受寒了。

老三亦如常，但每日作事八点钟，未免过于劳苦而已。

余容续禀。专此布达，恭请
金安。

男树　叩上　广平及海婴随叩　四月二十五日

母亲大人膝下，敬禀者：

四月三十日来示，顷已收到。紫佩已来过，托其带上桌布一条，枕头套二个，肥皂一盒，想已早到北平矣。男胃痛现已医好，但还在服药，医生言因吸烟太多之故，现拟逐渐少，至每日只吸十支，惟不知能否做得到耳。

害马亦安好。海婴则日见长大，每日要讲故事，脾气已与去年不同，有时亦懂道理，容易教训了。

大人想必还记得李秉中君，他近因公事在上海，见了两回，闻在南京做教练官，境况似比先前为佳矣。

余容续禀，敬请
金安。

男树　叩上　广平及海婴同叩　五月四日

母亲大人膝下，敬禀者：

紫佩已早到北平，当已经见过矣。咋闻三弟说，笋干已买来，即可寄出。又，三日前曾买《金粉世家》一部十二本，又《美人恩》一部三本，皆张恨水①所作，分二包，由世界书局寄上，想已到，但男自己未曾看过，不知内容如何也。上海已颇温

---

① 张恨水（1895—1967）：安徽潜山人，通俗小说家。原名心远，恨水是笔名，取南唐李煜词《相见欢》"自是人生长恨水长东"之意。张恨水是著名章回小说家，也是鸳鸯蝴蝶派代表作家，被尊称为现代文学史上的"章回小说大家"和"通俗文学大师"第一人。代表作有《春明外史》《金粉世家》《啼笑因缘》《八十一梦》《水浒新传》。

暖，寓中一切平安，请勿念为要。

专此布达，恭请

会安。

男树　叩上　广平及海婴同叩　五月十六日

母亲大人膝下，敬禀者：

　　五月十六日来函，早已收到。胃痛大约很与香烟有关，医生说亦如此，但减少颇不容易，拟逐渐试办，且已改吸较好之烟卷矣。至于痛，则早已全愈，停药已有两星期之久了，请勿念。害马及海婴均安好，惟海婴日见长大，自有主意，常出门外与一切人捣乱，不问大小，都去冲突，管束颇觉吃力耳。

　　十六日函中，并附有太太〔朱安〕来信，言可铭①之第二子，在上海作事，力不能堪，且多病，拟招至京寓，一面觅事，问男意见如何。可铭之子，三人均在沪，其第三子由老三荐入印刷厂中，第二子亦曾力为设法，但终无结果。男为生活计，只能漂浮于外，毫无恒产，真所谓做一日，算一日，对于自己，且不能知明日之办法，京寓离开已久，更无从知道详情及将来，所以此等事情，可请太太自行酌定，男并无意见，且亦无从有何主张也。以上乞转告为祷。

专此布达，恭请

金安。

男树　叩上　广平及海婴同叩　五月廿九日

---

① 可铭：朱鸿猷（1880—1931），字可铭，浙江绍兴人，朱安之兄。

187

母亲大人膝下，敬禀者：

　　来信已经收到。海婴这几天不到外面去闹事了，他又到公园和乡下去。而且日见其长，但不胖，议论极多，在家时简直说个不歇。动物是不能给他玩的，他有时优待，有时则要虐待，寓中养着一匹老鼠，前几天他就用蜡烛将后脚烧坏了。至于学校，则今年拟不给他去，因为四近实无好小学，有些是骗钱的，教员虽然打扮得很时髦，却无学问；有些是教会开的，常要讲教，更为讨厌。海婴虽说是六岁，但须到本年九月底，才是十足五岁，所以不如暂且任他玩着，待到足六岁时再看罢。

　　上海从今天起，已入了梅雨天，虽然比绍兴好，但究竟也颇潮湿。一面则苍蝇蚊子，都出来了。男胃病已愈，害马亦安好，可请勿念。李秉中君在南京办事，家眷即住在南京，他自己则有时出外，因为他是在陆军里做训育事务的，所以有时要跟着走，上月见过一回，比先前胖得多了。

　　余容续禀，专此布达，恭请
金安。

　　　　　　　　男树　叩上　广平及海婴同叩　六月十三日

母亲大人膝下，敬禀者：

　　久不得来信了，今日上午，始收到一函，甚慰。但大人牙痛，不知已否全愈，至以为念。牙既作痛，恐怕就要摇动，一摇动，即易于拔去，故男以为俟稍凉似可与一向看惯之牙医生一商量，倘他说可保无痛，则不如拔去，另装全口假牙，不便也不过

188

一二十天，用惯之后，即与真牙无异矣。

说到上海今年之热，真是利害，晴而无雨，已有半月以上，每日虽房内也总有九十一二至九十五六度〔约在 32.7～35.5 摄氏度之间〕，半夜以后，亦不过八十七八度〔约 31 摄氏度〕，大人睡不着，邻近的小孩，也整夜的叫。但海婴却好的，夜里虽然多醒一两次，而胃口仍开，活泼亦不减，白天仍然满身流汗的忙着玩耍。现于他的饮食衣服，皆加意小心，请释念为要。

害马亦还好；男亦如常，惟生了许多痱子，搽痱子药亦无大效，盖旋好旋生，非秋凉无法可想也。为销夏起见，在喝啤酒；王贤桢①小姐的家里又送男杨梅烧一坛，够吃一夏天了。

上海报上，亦说北平大热，今得来函，始知不如报章所传之甚。而此地之炎热，则真是少见，大家都在希望下雨，然直至此刻，天上仍无片云也。

专此布复，恭请

金安。

　　　　　　　　男树　叩上　广平及海婴同叩　七月十二日

母亲大人膝下，敬禀者：

七月十六日信，早已收到。现在信上笔迹，常常不同，大约俞小姐她们②不大来，所以只好随时托人了罢。上海在七八

---

　　①　王贤桢：即王蕴如，浙江上虞人，周建人夫人。
　　②　指俞芳、俞藻姐妹，浙江绍兴人。当时俞芳是北京师范大学数学系学生，经常去鲁迅母亲家，代她给鲁迅写信。

天前，因有大风，凉了几日，此刻又热起来了，但时亦有雨，比先前要算好的。男因在风中睡熟，生了两天小伤风，现已痊愈。

害马海婴都好。但海婴因大起来，心思渐野，在外面玩的时候多，只在肚饥之时，才回家里，在家里亦从不静坐，连看看也吃力的。前天给他照了一张相，大约八月初头可晒〔洗〕好，那时当寄上。他又要写信给母亲，令广平照钞〔抄〕，今亦附上，内有几句上海话，已在旁边注明。

女工又换了一个，是绍兴人，年纪很大，大约可以做得较为长久；领海婴的一个则照旧，人虽固执，但从不虐待小孩，所以我们是不去回复他的。

专此，恭请

金安。

男树　叩上　七月三十日

母亲大人膝下，敬禀者：

六日的信，已收到。给海婴的信，也读给他听了，他非常高兴。他的照片，想必现在已经寄到，其实他平常是没有照片上那样的老实的。今年我们本想在夏初来看母亲，后来因为男走不开，广平又不愿男独自留在上海，牵牵扯扯，只好中止了。但将来我们总想找机会北上一次。

老三是好的，但他公司里的办公时间太长，所以颇吃力。所得的薪水，好像每月也被八道湾逼去一大半，而上海物价，每月只是贵起来，因此生活也颇窘的。不过这些事他决不肯对别人说，只有他自己知道。男现只每星期六请他吃饭并代付两个孩子的学费，此外什么都不帮，因为横竖他去献给八道湾，何苦来呢？八道湾是永远填不满的。钦文①出来了，见过两回，他说以后大约没有事了。

余容续禀，恭请
金安。

男树 叩上 广平及海婴同叩 八月十二日

母亲大人膝下，敬禀者：

十五日来信，前日收到。张恨水们的小说，已托人去买去了，大约不出一礼拜之内，当可由书局直接寄上。

海婴的痢疾，长久不发，看来是断根了；不过容易伤风，但也是小毛病，数日即愈。今年大热，孩子大抵生病或生疮，他却只伤风了一回，此外都很好，所以，他是没有什么病的。

但他大约总不会胖起来。他每天约七点钟起身，不肯睡午觉，直至夜八点钟，就没有静一静的时候。要吃东西，要买玩具，闹个不休。客来他要陪（其实是来吃东西的），小事也要管，怎么还会胖呢？他只怕男一个人，不过在楼下闹，也仍使男不能安心看书，真是没有法子想。

上海近来又热起来，每天总在九十度〔约 32 摄氏度〕以上，夜间较凉，可以安睡。男及广平均好，三弟亦好，大约每礼拜可以见一回，并希勿念为要。

---

① 许钦文（1897—1984），原名许绳尧，生于浙江山阴，作家。1933年 8 月许钦文因"组织共产党"，"窝藏叛徒"罪名被捕，经鲁迅转托蔡元培营救于本年 7 月 10 日出狱。

专此布复，敬请

金安。

男树　叩上　广平海婴同叩　八月二十一日

母亲大人膝下，敬禀者：

　　八月廿三及廿八日两信，均已收到。海婴这人，其实平常总是很顽皮的，这回照相，却显得很老实。现在已去添晒〔洗〕，下星期内可寄出，到时请转交。

　　小说已于前日买好，即托书店寄出，计程瞻庐①作的二种，张恨水作的三种，想现在当已早到了。

　　何小姐②确是男的学生，与害马同班，男在家时，她曾来过两三回，所以母亲觉得面熟。如果到上海来，我们是可以看见的，当向她道谢。近几天，上海时常下雨，所以颇为凉爽了，不过于旱灾已经无可补救，江浙乡下，确有抢米的事情。上海平安，惟米价已贵至每石〔dàn，十斗为一石〕十二元六角。男及害马海婴均安好，请勿念。

　　专此布达，恭请

金安。

男树　叩上　广平及海婴同叩　八月三十一日

---

① 程瞻庐（1879—1943）：名文梭，号瞻庐，江苏吴县人，小说家。
② 何小姐：指何昭容，广东人，曾是北京女子师范大学国文系学生。

192

母亲大人膝下，敬禀者：

来信已收到。给老三的信，亦于前日收到，当即转寄了。长连①所要的照相，因要寄紫佩书籍，便附在里面，托其转交大人，想不久即可收到矣。

张恨水的小说，定价虽贵，但托熟人去买，可打对折，其实是不贵的。即如此次所寄五种，一看好像要二十元，实则连邮费不过十元而已。

何小姐已到上海来，曾当面谢其送母亲东西，但那照相，却因光线不好，所以没有照好，男是原想向她讨一张的，现在竟讨不到。

上海久旱，昨夜下了一场大雨，但于秋收恐怕没什么益处了。合寓都平安如常，请勿念。

海婴也好的，他要他母亲写了一张信，今附上。他是喜欢夏天的孩子，今年如此之热，别的孩子大抵瘦落，或者生疮了，他却一点也没有什么。天气一冷，却容易伤风。现在每天很忙，专门吵闹，以及管闲事。

专此布达，恭请
金安。

男树　叩上　广平及海婴随叩　九月十六日

母亲大人膝下，敬禀者：

来信收到。秉中不肯说明地址，即因恐怕送礼之故，他日相见，当面谢之。海婴照相，系便中寄与紫佩，托其转交，并有一

---

　① 长连：即阮善先，鲁迅的姨表侄。

193

信。今紫佩并无信来言不收到，想必不至于遗失。近见《申报》，往郑州开国语统一会之北平代表，有紫佩名，然则他近日盖不在北平也。

海婴近来较为听话，今日为他出世五周年之生日，但作〔做〕少许小菜，大家吃了一餐，算是庆祝，并不请客也。

专此布达，恭请

金安。

男树　叩上　广平及海婴同叩　九月廿七日

母亲大人膝下，敬禀者：

十月十三日来示，已经收到，这之前的一封信，也收到的。上海出版的有些小说，内行人去买，价钱就和门市不同，譬如张恨水的小说，在世界书店本店去买是对折或六折，但贩到别处，就要卖十足了。不过书店生意，还是不好，这是因为大家都穷起来，看书的人也少了的缘故。

海婴渐大，懂得道理了，所以有些事情已经可以讲通，比先前好办，良心也还好，好客，不小气，只是有时要欺侮人，尤其是他自己的母亲，对男却较为客气。明年本该进学校了，但上海实在无好学校，所以想缓一年再说。有一封他口讲，广平写下来的信，今附呈。上海天气尚温和，男及广平均好，请勿念为要。

专此布达，恭请

金安。

男树　叩上　广平及海婴同叩　十月二十日

194

母亲大人膝下，敬禀者：

十月二十五日信并照相两张，均已收到，老三的一张，当于星期六交给他，因为他只在星期六夜或星期日才有闲空，会来谈天的。这张相照的很好，看起来，与男前年回家的时候，模样并无什么不同，不胜欣慰。海婴已看过，他总算第一回认识娘娘①了。现在他日夜顽皮，女仆的话简直不听，但男的话却比较的肯听，道理也讲得通了，不小气，不势利，性质还总算好的。现身体亦好，因为将届冬天，所以遵医生的话，在吃鱼肝油了。

上海天气尚未大冷，男及害马亦均好，请勿念。和森之女北来，母亲拟令其住在我家，可以热闹一些，男亦以为是好的。

专此布复，恭请

金安。

　　　　　男树　叩上　广平及海婴同叩　十月三十日

母亲大人膝下，敬禀者：

来信并小包两个，均于昨日下午收到。这许多东西，海婴高兴得很，他奇怪道：娘娘怎么会认识我的呢？

老三刚在晚间来寓，即将他的一份交给他了，满载而归，他的孩子们一定很高兴的。

给海婴的外套，此刻刚刚可穿，内衬绒线衣及背心各一件；冬天衬衣一多，即太小，但明年春天还可以穿的。他的身材好像

---

　　①　娘娘：绍兴方言，指祖母。

比较的高大，昨天量了一量，足有三尺了，而且是上海旧尺，倘是北京尺，就有三尺三寸。不知道底细的人，都猜他是七岁。

男因发热，躺了七八天，医生也看不出什么毛病，现在好起来了。大约是疲劳之故，和在北京与章士钊闹的时候的病一样的。卖文为活，和别的职业不同，工作的时间总不能每天一定，闲起来整天玩，一忙就夜里也不能多睡觉，而且就是不写的时候，也不免在想想，很容易疲劳的。此后也很想少做点事情，不过已有这样的一个局面，恐怕也不容易收缩，正如既是新台门周家①，就必须撑这样的空场面相同。至于广平海婴，都很好，并请勿念。

上海还不见很冷，火炉也未装，大约至少还可以迟半个月。

专此布达，恭请

金安。

男树　叩上　广平海婴随叩　十一月十八日

母亲大人膝下，敬禀者：

十一月二十六日来信，早已收到。男这回生了二十多天病，算是长的，但现在已经好起来了，胃口渐开，精神也恢复了不少，服药亦停止，可请勿念。害马也好的。海婴很好，因为医生说给他吃鱼肝油（清的），从一月以前起，每餐后就给他吃一点，腥气得很，而他居然也能吃。现在胖了，抱起来，重得像一块石头，我们现在才知道鱼肝油有这样的力量，但麦精鱼肝油及男在

---

①　新台门周家：指鲁迅在绍兴东昌坊口的故居。

北平时所吃的那一种，却似乎没有这么有力。

他现在整天的玩，从早上到睡觉，没有休息，但比以前听话。外套稍小，但明年春天还可以穿一回，以后当给与老三的孩子，他们目下还用不着，大的穿起来太小，小的穿又太大。

上海总算是冷了，寓中已装火炉，昨晚生了火，热得睡不着，可见南边虽说是冷，总还暖和，和北方是比不来的。

专此布达，恭请

金安。

　　　　　　　男树　叩上　广平海婴随叩　十二月六日

母亲大人膝下，敬禀者：

海婴要写信给母亲，由广平写出，今寄上。话是嘴里讲的，夹着一点上海话，已由男在字旁译注，可以懂了。他现在胖得圆圆的，比先前听话，这几天最得意的有三件事，一，是亦能陪客（其实是来捣乱），二是自来水龙头要修的时候，他认识工人的住处，能去叫来，三是刻了一块印章。在信后面说的就是。但字却不大愿意认，说是每天认字，也不确的。

母亲寄给我们的照相，现已配好镜框，挂在房中，和三年前见面的时候，并不两样，而且样子很自然，要算照得最好的了。男病已愈，胃口亦渐开；广平亦好，请勿念为要。

专此布达，恭请

金安。

　　　　　　　男树　叩上　广平海婴随叩　十二月十六日

母亲大人膝下，敬禀者：

去年十二月二十日的信，早经收到。现在是总算过了年三天了，上海情形，一切如常，只倒了几家老店；阴历年关，恐怕是更不容易过的。男已复原，可请勿念。散拿吐瑾未吃，因此药现已不甚通行，现在所吃的是麦精鱼肝油之一种，亦尚有效。至于海婴所吃，系纯鱼肝油，颇腥气，但他却毫不要紧。

去年年底，给他照了一个相，不久即可去取，倘照得好，不必重照，则当寄上。元旦又称了一称，连衣服共重四十一磅，合中国十六两称〔秤〕三十斤十二两，也不算轻了。他现在颇听话，每天也有时教他认几个字，但脾气颇大，受软不受硬，所以骂是不大有用的。我们也不大去骂他，不过缠绕起来的时候，却真使人烦厌。

上海天气仍不甚冷，今天已是阴历十二月初一了，有雨，而未下雪。今年一月，老三那里只放了两天假，昨天就又须办公了。害马亦好，并请放心。

专此布达，恭请
金安。

男树　叩上　广平海婴同叩　〔一九三五年〕一月四日
母亲大人膝下，敬禀者：

日前寄上海婴照片一张，想已收到。小包一个，今天收到了。酱鸭酱肉，略起白花，蒸过之后，味仍不坏，只有鸡腰是全不能吃了。其余的东西，都好的。下午已分了一份给老三去。但其中的一种粉，无人认识，亦不知吃法，下次信中，乞示知。

上海一向很暖，昨天发风，才冷了起来，但房中亦尚有五十余度。寓内大小俱安，请勿念为要。

海婴有几句话，写在另一张纸上，今附呈。

专此布达，恭请

金安。

男树　叩上　广平及海婴同叩　一月十六日

母亲大人膝下，敬禀者：

来信收到。

俞二小姐①如果能够送来，那是最好不过的了，总比别的便人可靠。但火车必须坐卧车；动身后打一电报，我们可以到车站去接。以上二事，当另函托紫佩兄办理。

寓中均安，男亦安好，不过稍稍忙些。海婴也很好，大家都说他大得快；今天又给他种了一回牛痘，是第二回了。

专此布复，恭请

金安。

男树　叩上　广平及海婴随叩　三月一日

母亲大人膝下，敬禀者：

上午刚寄出一函，午后即得二月二十五日来示，备悉一切。男的意思，以为女仆还是不带，因为南北习惯不同，彼此话也听不

① 即俞芳。鲁迅母亲原拟去上海，由她陪伴。后未成行。

199

懂，不见得有什么用处，而且闲暇的时候，和这里的用人闲谈，一知半解，说不定倒会引出麻烦的事情来的。余已详前函，兹不赘。

专此布复，恭请

金安。

男树　叩上　三月一日下午

母亲大人膝下，敬禀者：

廿三的信，早收到了。小包一个，亦于前日收到，当即分出一半，送与老三。其中的干菜，非常好吃，孩子们都很爱吃，因为他们是从来没有吃过这样干菜的。

大人的胃病，近来不知如何，万乞千万小心调养为要。寓中均好，惟男较忙，前给海婴种了四粒痘，都没有灌浆，医生云，可以不管，至十岁再种了。

专此布达，恭请

金安。

男树　叩上　广平海婴同叩　三月三十一日

母亲大人膝下，敬禀者：

四月廿四日来示，已经收到，第二次所寄小包，也早收到了。上海报载廿六日起，北平大风，未知寓中如何，甚以为念。大人胃病初愈，尚无力气，尚希加意静养为要。上海天气变不甚顺，近来已晴，想可向暖。寓中均安，海婴亦好，可请释念。男身体尚好，但因琐事不少，故不免稍忙，时亦觉得无力耳，但有些文章，为朋友及生计关系，亦不能不做也。

专此布达，恭请

金安。

男树　叩上　广平及海婴同叩　四月三十日

母亲大人膝下，敬禀者：

七月六日及十日（紫佩代写）两信，均已收到。北平匪警，阅上海报，知有一弹落京畿道，此地离我家不远，幸未爆炸，否则虽决不至于波及，然必闻其声矣。次日即平，大人亦未受惊，闻之甚慰。

上海刚刚出梅〔雨〕，即连日大热，今日正午，室中竟至九十五度〔35 摄氏度〕，街上当在百度〔约 38 摄氏度〕以上，寓中均安，但大家都生痱子而已，请勿念。

男仍安好，但因颇忙，故亦难得工夫休息，此乃靠笔墨为生者必然之情形，亦无法可想。害马则自从到上海以来，未曾生过病，可谓能干也。

海婴亦健，他每到夏天，大抵壮健的，虽然终日遍身流汗，仍然嬉戏不停。现每日上午，令裸体晒太阳约一点钟，余则任其自由玩耍。近来想买脚踏车，未曾买给；不肯认字，今秋或当令入学校，亦未可知，至九月底即满六岁，在家颇吵闹也。

老三亦好，并希勿念。十日信也已给他看过了。

专此布达，恭请

金安。

男树　叩上　广平海婴同叩　七月十七日

母亲大人膝下，敬禀者：

八月十日来信，早已收到，写给海婴的信，也收到了。

上海天气已渐凉，夜间可盖夹被，男痱子已愈，而仍颇忙，但身体尚好；害马亦好，均可请释念。

海婴亦好，但变成瘦长了。从二十日起，已将他送进幼稚园去，地址很近，每日关他半天，使家中可以清静一点而已。直到现在，他每天都很愿意去，还未赖学也。

专此布达，恭请
金安。

男树　叩上　广平及海婴同叩　八月卅一日

母亲大人膝下，敬禀者：

十月十一日来信，早已收到，藉知大人一切安好，甚慰。上海寓中亦均安好，但因忙于翻译，且亦并无要事，所以不常寄信。

海婴亦好，他只是长起来，却不胖。已上幼稚园，但有时也要赖学，有时却急于要去；爱穿洋服，与男之衣服随便者不同。今天，下门牙活动，要换牙齿了。

上海晴天尚暖，阴天则夹袄已觉不够，市面景象，年不如年，和男初到时大两样了。

专此布复，恭叩
金安。

男树　叩　广平及海婴随叩　十月十八日

202

母亲大人膝下，敬禀者：

十一月十一日来信，顷已收到，前回的一封，也早收到了。牙痛近来不知如何？倘常痛，恐怕只好拔去，不过假牙无法可装，却很不便，只能专吃很软的食物了。

海婴很好，每天上幼稚园去，不大赖学了。他比夏天胖了一点，虽然还要算瘦，却很长，刚满六岁，别人都猜他是八九岁，他是细长的手和脚，像他母亲的。今年总在吃鱼肝油，没有间断过。

他什么事情都想模仿我，用我来做比，只有衣服不肯学我的随便，爱漂亮，要穿洋服了。

近来此地颇多谣言①，纷纷迁避，其实大抵是无根之谈，所以我们仍旧不动，也极平安，务请勿念。也常有关于北平和天津的谣言，关切的朋友，至于半夜敲门来通报，到第二天一打听，才知道也是误传的。

害马及男都好的，亦请勿念。

专此布复，敬请

金安。

男树　叩上　广平及海婴同叩　十一月十五日

母亲大人膝下，敬禀者：

十一月十五日信，已早到，果脯等一大包，也收到了。已将一部分分给三弟。

---

① 1935年11月9日，日本驻沪水兵中山雄被暗杀，日本侵略者遂借此滋事，一时间盛传日本军即将进攻上海。

上海近来已较平静，寓中都好的。海婴仍上幼稚园，但原有十五个同学，现在已只剩了七个了。他已认得一百多个字，就想写信，附上一笺，其中有几个歪歪斜斜的字，就是他写的。

今天晚报上又载着天津不平静，想北平不至于受影响。至于物价飞涨，那是南北一样，上海的物价，比半月前就贵了三成了。

专此布达，恭请

金安。

男树　叩上　广平海婴同叩　十一月二十六日

母亲大人膝下，敬禀者：

收到小包后，即复一信，想已到。十六日来示，今已收到矣。

大人牙已拔去，又并不痛，甚好，其实时时要痛，原不如拔去为佳，惟此后食物，务乞多吃柔软之物，以免胃不消化为要。后园之树，想起来亦无甚可种，因为地土原系炉灰所填，所以不合于种树。白杨易于种植，尚且不能保存，似乎可以不必补种了。

海婴仍然每日往幼稚园，尚听话。新的下门牙两枚，已经出来，昨已往牙医处将旧牙拔去。

上海已颇冷，寓中于昨已生火炉。男及害马均安好，务请勿念。

专此布达，恭请

金安。

男树　叩上　广平及海婴同叩　十二月四日

204

母亲大人膝下，敬禀者：

十七日手谕，已经收到，备悉一切。上海近来尚称平静，不过市面日见萧条，店铺常常倒闭，和先前也大不相同了。寓中一切平安，请勿念。海婴也很好，比夏天胖了一些，现仍每天往幼稚园，已认得一百多字，虽更加懂事，但也刁钻古怪起来了。男的朋友，常常送他玩具，比起我们的孩子时代来，真是阔气得多，但因此他也不大爱惜，常将玩具拆破了。

一礼拜前，给他照了一张相，两三天内可以去取。取来之后，当寄奉。

由前一信，知和森哥也在北京，想必仍住在我家附近，见时请为男道候。他的孩子，想起来已有十多岁了，男拟送他两本童话，当同海婴的照片，一并寄回，收到后请转交。老三因闸北多谣言，搬了房子，离男寓很远，但每礼拜总大约可以见一次。他近来身体似尚好，不过极忙，而且窘，好像八道湾方面，逼钱颇凶也。

专此布达，恭请
金安。

男树　叩上　广平海婴同叩　十二月二十一日

母亲大人膝下，敬禀者：

一月四日来信，前日收到了。孩子的照相，还是去年十二月廿三寄出的，竟还未到，可谓迟慢。不知现在已到否，殊念。

酱鸡及卤瓜等一大箱，今日收到，当分一份出来，明日送与老三去。

海婴是够活泼的了，他在家里每天总要闯一两场祸，阴历年底，幼稚园要放两礼拜假，家里的人都在发愁。但有时是肯听话，也讲道理的，所以近一年来，不但不挨打，也不大挨骂了。他只怕男一个人，但又说，男打起来，声音虽然响，却不痛的。

上海只下过极小的雪，并不比去年冷，寓里却已经生下火炉了。海婴胖了许多，比去年夏天又长了一寸光景。男及害马亦均好，请勿念。

紫佩生日，当由男从上海送礼去，家里可以不必管了。

专此布达，恭请

金安。

男树　叩上　广平及海婴同叩　〔一九三六年〕一月八日

母亲大人膝下，敬禀者：

一月十三日信，早收到。海婴已放假，在家里玩，这一两天，还不算大闹。但他考了一个第一，好像小孩子也要摆阔，竟说来说去，附上一笺，上半是他自己写的，也说着这件事，今附上。他大约已认识了二百字，曾对男说，你如果字写不出来了，只要问我就是。

丈量家屋的事，大约不过要一些钱而已，已函托紫佩了。

上海这几天颇冷，大有过年景象，这里也还是阴历十二月底像过年。寓中只买一点食物，大家吃吃。男及害马与海婴均好，请勿念。

善先①很会写了，但男所记得的，却还是一个小孩子。他的回

---

① 即阮善先（1919—2008），又名长连，浙江绍兴人。他是鲁迅的姨表侄，深得鲁迅关爱。

信，稍暇再写。

　　专此布达，恭请

金安。

男树　叩上　一月二十一日

母亲大人膝下，敬禀者：

　　一月二十七日来信，昨已收到。关于房屋，已函托紫佩了，但至今未有回信，不知何故。昨天寄去十元，算是做他五十岁的寿礼，男出外的时候多，事情都不大清楚了，先前还以为紫佩不过四十上下呢。就是善先，在心目中总只记得他是一个十一二岁的小孩子，像七年前男回家时所见的样子，然而已经十八岁了，这真无怪男的头发要花白了。一切朋友和同学，孩子都已二十岁上下，海婴每一看见，知道他是男的朋友的儿子，便奇怪的问道：他为什么会这样大呢？

　　今天寄出书三本，是送与善先的，收到后请转交。但不知邮寄书籍，是由邮差送到，还〔是〕须自己去取，有无不便之处，请便中示知。倘有不便，当另设法。

　　上海并不甚冷，只下过一回微雪，当夜消化了，现已正月底，大约不会再下。男及害马均好，海婴亦好，整日在家里闯祸，不是嚷吵，就是敲破东西，幸而再一礼拜，幼稚园也要开学了，要不然，真是不得了。

　　专此布达，恭请

金安。

男树　叩上　广平海婴同叩　二月一日

208

母亲大人膝下，敬禀者：

有答善先的一封信附上，请便中转交。上海这几天暖起来了，我们都很好，男仍忙，但身体却好，可请勿念。

海婴已上学，不过近地的幼稚园，因为学生少，似乎未免模模糊糊，不大认真。秋天也许要另换地方的。

紫佩生日，送了十元礼，他写信来客气了一通。

余容后禀，专此，恭请

金安。

男树 叩上 广平海婴同叩 二月十五日

母亲大人膝下，敬禀者：

多日不写信了，想身体康健，为念。

上海天气，仍甚寒冷，须穿棉衣。上月底男因出外受寒，突患气喘，至于不能支持，幸医生已到，急注射一针，始渐平复，后卧床三日，始能起身，现已可称复元，但稍无力，可请勿念。至于气喘之病，一向未有，此是第一次，将来是否不至于复发，现在尚不可知也，大约小心寒暖，则可以无虑耳。

害马伤风了几天，现已愈。海婴则甚好，胖了起来。但幼稚园中教师，则懒惰而不甚会教，远逊去年矣。

和森兄有信来，云回信可付善先，令他转寄，今附上，请便中交给他。

专此布达，恭请

金安。

男树　叩上　广平海婴随叩　三月二十日

母亲大人膝下，敬禀者：

三月二十六日来示，顷已收到。男总算已经复元，至于能否不再复发，此刻却难豫〔预〕料。现已做了丝棉袍一件①，且每日喝一种茶，是广东出品，云可医咳，似颇有效，近来咳嗽确是很少了。惟写字作文，仍未能减少，因为以此为活，总不免有许多相关的事情。

海婴学校仍未换，因为邻近也没有较好的学校。但他身体很好，很长，在同学中，要高出一个头。也比先前听话，懂得道理了。先前有男的朋友送他一辆三轮脚踏车，早已骑破，现在正在闹着要买两轮的，大约春假一到，又非报效他十多块钱不可了。害马亦好，可请勿念。

专此布达，恭请
金安。

男树　叩上　广平及海婴同叩　四月一日

母亲大人膝下，敬禀者：

五月二日来示，昨已收到。丈量的事，既经办妥，总算了了

---

① 据许广平回忆，当时因鲁迅极为瘦弱，经不起重压。特地为他做了这件比较轻的棕色丝绵长袍，但鲁迅舍不得穿，没穿几次。鲁迅去世后，这件长袍成了他裹尸的衣服。

一件事。

海婴很好，每日上学，不大赖学了，但新添了一样花头，是礼拜天要看电影；冬天胖了一下，近来又瘦长起来了。大约孩子是春天长起来，长的时候，就要瘦的。

男早已复原，不过仍是忙；害马亦好，可请勿念。上海虽无须火炉，但仍是冷，夜里可穿棉袄，这是今年特别的。

专此布复，恭请

金安。

男树　叩上　广平海婴同叩　五月七日

母亲大人膝下，敬禀者：

不寄信件，已将两月了，其间曾托老三代陈大略，闻早已达览。男自五月十六日起，突然发热，加以气喘，从此日见沈〔沉〕重，至月底，颇近危险，幸一二日后，即见转机，而发热终不退。到七月初，乃用透物电光①照视肺部，始知男盖从少年时即有肺病，至少曾发病两次，又曾生重症肋膜炎一次，现肋膜变厚，至于不通电光，但当时竟并不医治，且不自知其重病而自然全愈者，盖身体底子极好之故也。现今年老，体力已衰，故旧病一发，遂竟缠绵至此。

近日病状，几乎退尽，胃口早已复元，脸色亦早恢复，惟每日仍发微热，但不高，则凡生肺病的人，无不如此，医生每日来注射，据云数日后即可不发，而且再过两星期，也可以停止吃药了。所以病已向愈，万请勿念为要。

---

　① 即 X 光。

海婴已以第一名在幼稚园毕业，其实亦不过"山中无好汉猢狲称霸王"而已。

专此布达，恭请

金安。

男树 叩上 广平海婴同叩 七月六日

母亲大人膝下，敬禀者：

来信收到，给老三的孩子的信，亦早已转交。

男病比先前已好得多，但有时总还有微热，一时离不开医生，所以虽想转地疗养一两月，现在也还不能去。到下月初，也许可以走了。

海婴安好，瘦长了，生一点疮。仍在大陆小学，进一年级，已开学。学校办得并不好，贪图近便，关关而已。照相当俟秋凉，成后寄上。

何小姐我看是并不会照相的，不过在练习，照不好的，就是晒〔洗〕出来，也一定不高明。

马理①早到上海，老三寓中有外姓同住（上海居民，一家能独赁一宅的不多），不大便当，就在男寓中住了几天，现在搬到她朋友家里去了（姓陶的，也许是先生），不久还要来住几天也说不定。但这事不可给八道湾知道，否则，又有大罪的。

害马上月生胃病，看了一回医生，吃四天药，好了。

专此布达，恭请

金安。

男树 叩上 广平海婴同叩 八月廿五日

---

① 马理：即周鞠子（1917—1976），又名晨，周建人之女。

母亲大人膝下，敬禀者：

八月三十日信收到。男确是吐了几十口血，但不过是痰中带血，小到一天，就由医生用药止住了。男所生的病，报上虽说是神经衰弱，其实不是，而是肺病，且已经生了二三十年，被八道湾赶出①后的一回，和章士钊闹后的一回，躺倒过的，就都是这病，但那时年富力强，不久医好了。男自己也不喜欢多讲，令人担心，所以很少人知道。初到上海后，也发过一回，今年是第四回，大约因为年纪大了之故罢，一直医了三个月，还没有能够停药，因此也未能离开医生，所以今年不能到别处去休养了。

肺病是不会断根的病，全〔痊〕愈是不能的，但四十以上人，却无性命危险，况且一发即医，不要紧的，请放心为要。

马理已考过，取否尚未可知。她还是孩子脾气，看得上海很新鲜。但据男看来，她的先生（北平教过的）和朋友都颇滑，恐怕未必能给她帮助，到紧要时，都托故溜开了。

害马胃已医好。海婴亦好，仍上大陆小学。

专此布复，恭请

金安。

　　　　　　男树　叩上　广平海婴同叩　九月三夜

母亲大人膝下，敬禀者：

九月八日来信，早已收到。男近日情形，比先前又好一点，

_____

① 被八道湾赶出：1923 年 8 月，鲁迅与周作人不欢而散，由八道湾迁居砖塔胡同。

脸上的样子，已经恢复了病前的状态了，但有时还要发低热，所以仍在注射。大约再过一星期，就停下来看一看。海婴仍在原地方读书，夏天头上生了几个小疮，现在好了，前天玻璃割破了手，鲜血淋漓，今天又好了。他同玛利①很要好，因为他一向是喜欢客人，爱热闹的，平常也时时口出怨言，说没有兄弟姊妹，只生他一个，冷静得很。见了玛利，他很高兴，但被他粘缠起来的时候，我看实在也讨厌之至。

北京今年这样热，真是意料不到的事。上海还不算大热，现在凉了，而太阳出时，仍可穿单衣。害马甚好，请勿念。

专此布达，恭请

金安。

　　　　　　　　　男树　叩上　广平及海婴同叩　九月二十二日

致母亲②：

上海前几日发飓风，水也确寓所，因地势较高，所以毫无。此后连阴数日，至前日始，入夜即非夹袄加绒绳背心来，确已老练不少，知道的事的担子，男有时不懂，而他却十吵闹，幼稚园则云因先生不往乡下去玩，寻几个乡下小稍得安静，写几句文章耳。

亦安好如常，请勿念为要。

　　　　　　　　　　　随叩　〔一九三三年〕　九月二十九日

----

① 玛利：即马理，周建人之女。
② 此信原件残缺。

214

【赏读：我们目前可以读到的鲁迅写给母亲的信有 50 封，最近在查找资料的时候，把这些信集中读了一遍，很有些感慨——一种同为人子，处于相似年龄和心境的那份理解与默契。

因为是写给母亲的家书，所以鲁迅花费笔墨最多的，是儿子海婴，因为他知道母亲最惦念的一定是她的宝贝孙子。

鲁迅会对母亲说海婴的活泼可爱："海婴是更加长大了，下巴已出在桌面之上了，因为搬了房子，常常在明堂里游戏，或到田野间去，所以身体也比先前好些。能讲之话很多，虽然有时要撒野，但也能听大人的话。"

也会对母亲说海婴的调皮淘气："海婴仍不读书，专在家里捣乱，拆破玩具。""惟海婴日渐长大，自有主意，常出门外与一切人捣乱，不问大小，都去冲突，管束颇觉吃力耳。""他什么事情都想模仿我，用我来做比，只是衣服不肯学我的随便，爱漂亮，要穿洋服了。"

当然，鲁迅明白"报喜"之余一定是要"报忧"的，否则老母亲会不太相信和放心的，彼此之间的话题也会少了很多。可见鲁迅先生对于老人的心理还是很有些了解的。

相比于每信必写海婴，鲁迅在给母亲的信里对许广平不但以"害马"称之，而且基本上是一笔带过。长一点的是："害马虽忙，但平安如常，可释远虑。""害马亦好，可请勿念。"通常基本上是："害马安好。""害马亦好。""害马亦安好。""害马亦还好。"

说到自己，鲁迅也是很注意语气和时机的，家里需要他出头露面的事不但及时处理，而且随时汇报，好让母亲放心。时间精力允许的时候也会聊一些家长里短的闲话，生病的时候会说到他的忙碌和辛苦，小病随时会提及，但大一点的毛病则在痊愈或者好转之后再说。

一般情况下，鲁迅和母亲的通信都是你一封我一封交替着来的，偶尔也有一方连续两封信后一并回复的，但1934年3月15日写给母亲的信却显得有些特别，首先鲁迅表达自己在"久未得来示"的情况下的一份挂念，紧接着鲁迅写道："近闻天津报上，有登男生脑炎症者，全系谣言，请勿念为要。"担心母亲误信自己患脑炎的谣传进而焦虑，于是赶紧写信给母亲，请母亲不要担心。紧接着鲁迅写道："害马亦好，惟海婴于十日前患伤风发热，即经延医诊治，现已渐愈矣。"依然是汇报海婴的情况，不过这次海婴的情况有些不好：是病了，但已在恢复中。可想而知，老太太会将注意力一下子转移到孙子的身上，对于有关鲁迅生病谣言的疑惑自然要减少许多。传言中儿子生的是大病，而孙子不过是"伤风发热"，且已经"渐愈矣"，行文之间，可见鲁迅先生的良苦用心：害怕母亲担心而说明情况，同时说出一些"真实情况"以增加可信度，最终目的是让老母亲放心。

什么是孝子？这就是孝子，时时刻刻考虑母亲的感受，用心尽意，唯恐老人家受到惊吓。

对于母亲的身体，鲁迅则是倍加关切，细致入微："大人的胃病，近来不知如何，万乞千万小心调养为要。""大人胃病初愈，尚无力气，尚希加意静养为要。""大人牙已拔去，又并不痛，甚好，其实时时要痛，原不如拔去为佳，惟此后食物，务乞多吃柔软之物，以免胃不消化为要。"

有一段时间，老太太迷上了张恨水的小说，尽管鲁迅"自己未曾看过，不知内容如何也"。但还是二话不说，一部一部地买好给母亲寄过去："三日前曾买《金粉世家》一部十二本，又《美人恩》一部三本，皆张恨水所作，分两包，由上海书局寄上，想已到。"（此封信没有提到海婴，只说了两件母亲交办的事，其中又以买书一事为主。）"张恨水们的小说，已托人去买了去，大约不出一个礼拜之内当可由书局直接寄上。"书买多了，母亲自然有些顾虑，担心儿子为此花太多的钱，鲁迅知道后，赶紧写信解释："张恨水的小说，定价虽贵，但托熟人去买，可打对折，其实是不贵的。即如此次所寄五种，一看好像要二十元，实则连邮费不过十元而已。"读到这儿的时候，我有些忍俊不禁，事实到底是怎样的我们姑且不去管它，但这样的解释我们似乎都有过的，打折，便宜，花不了多少钱，但凡不愿意让父母心疼钱的孩子，基本上都是这个套路。由于自己的婚姻和大家庭的种种矛盾和变故，造成鲁迅与母亲之间的心理和距离上的诸多隔离，是一种很无奈的现实，但对于母亲，鲁迅始终是恭敬孝顺的，在一封封书信中，在一个个生活细节里，我们可以真切地感受到。因为那里面有一份温情，一份深沉而复杂的温情。】

二弟览：

十五所寄函已到。家事殊无善法，房子亦未有，且俟汝到京再议。《沙漠里之三梦》① 本拟写与李守常②，然偶校原书，似问答中有两条未译，不知何故。此亦止能俟到京后写与尹默③矣。

---

① 即《沙漠间的三个梦》。短篇小说，南非小说家旭莱纳（1855—1920）作，周作人译。

② 李守常：即李大钊（1889—1927）。

③ 即沈尹默。

丸善①之代金引换〔货到付款〕小包已到，计二包，均于今日取出。《欧洲文学之ベリオドス》〔《欧洲文学的各时期》〕计十一本，所阙〔缺〕者为第十二本（The Later 19センチユーリー〔《十九世纪的后期》〕）。不知尚未出板〔版〕，抑丸善偶无之，可就近问讯，或补买旧书。又书上写明每本 5s net②，而丸善每本乃取四圆〔元〕十五钱，亦相差太远，似可以质问之也。今将其帐附上，又结算书一件亦附上，记汝曾言当亲向彼店清算也。见上海告白③，《新青年》二号已出，但我尚未取得，已函托爬翁④矣。大学无甚事，新旧冲突事，已见于路透电，大有化为"世界的"之意。闻电文系节述世与禽男⑤函文，断语则云：可见大学有与时俱进之意，与从前之专任ァルトス吐デント〔老学究〕办事者不同云云。似颇"阿世"也。

博文馆所出《西洋文芸丛书》，有ズーデルマン〔苏德曼，德国剧作家，小说家〕所著之《罪》一本，我想看看，汝回时如从汽船，则行李当不嫌略重，望买一本来。

此外无甚事，我当不必再寄信于东京。汝何时从东京出发，望定后函知也。

兄树　上　四月十九日夜

---

① 丸善：日本一家以进口欧美书籍、杂志为主的会社。

② 5s net：实价五先令。

③ 指 1919 年 4 月 15 日上海《时报》所载《新青年》第六卷第二号的出版广告。

④ 爬翁：指钱玄同。

⑤ 世：指蔡元培。禽男：琴南的谐音，即林纾（1852—1924），字琴南，号畏庐，福建闽县（今福州）人。

安特来夫之《七死刑囚物语》日译本如尚可得，望买一本来，勿忘为要。

二十日又及

汝前函言到上海后当与我一信，而此信至今未到也。

〔一九一九年〕二十一日晨

二弟览：

昨得来信了。所要的书，当于便中带上。

母亲已愈。芳子殿①今日上午已出院；土步君②已断乳，竟亦不吵闹，此公亦一英雄也。ハゲ公〔疑指周作人长子丰一〕昨请山本诊过，据云不像伤风（只是平常之咳），然念の爲メ〔为慎重起见〕，明日再看一回便可，大约星期日当可复来山中矣。

近见《时报》告白③，有邹安之《周金文存》卷五六皆出版，又《广仓砖录》中下卷亦出版，然则《艺术丛编》盖当赋《关雎》之次章矣，以上二书，当于便中得之。

汝身体何如，为念，示及。我已译完《右卫门の最期》〔《三

---

① 芳子殿：芳子，即羽太芳子（1897—1964），羽太信子之妹，周建人妻，后离婚。殿，日语敬称。

② 土步：周建人次子。君，日语敬称。

③ 《时报》告白：指1921年6月6日上海《时报》所载《周金文存》《广仓砖录》的出版广告。

浦右卫门的最后》〕，但跋未作，蚊子乱咬，不易静落也。夏目^①决译《一夜》，《梦十夜》太长，其《永日物语》中或可选取，我以为《クレイゲ先生》〔《克莱喀先生》〕一篇尚可也。

电话已装好矣。其号为西局二八二六也。

兄树　〔一九二一〕六月卅日

二弟览：

Karásek〔约瑟夫·凯拉绥克，捷克作家〕的《斯拉夫文学史》，将窠罗泼泥子街〔通译科诺普尼茨卡，波兰女作家〕收入诗人中，竟于小说全不提起，现在直译寄上，可修改酌用之，末尾说到"物语"，大约便包括小说在内者乎？这所谓"物语"，原是 Erahlng，不能译作小说，其意思只是"说话""说说谈谈"，我想译作"叙述"，或"叙事"，似较好也。精神（Geist）似可译作"人物"。

《时事新报》有某君（忘其名）一文，大骂自然主义而欣幸中国已有象征主义作品之发生。然而他之所谓象征作品者，曰冰心女士的《超人》《月光》，叶圣陶的《低能儿》，许地山的《命命鸟》之类，这真教人不知所云，痛杀我辈者也。我本也想抗议，既而思之则"何必"，所以大约作罢耳。

大学编译处由我以信并印花送去，而彼但批云"不代转"云

---

① 即夏目漱石（1867—1916），日本小说家。《永日物语》是他的小说集。物语，日语指小说、故事之类。

云，并不开封，任我如何的说，殊为不屈〔不周到〕。我想直接寄究不妥。不妨暂时阁起，待后再说，因为以前之印花税亦未取，何必为"商贾"忙碌乎。然而"商贾"追索，大约仍向该处，该处倘再有信来，则我当大骂之耳。

我想汪公①之诗，汝可略一动笔，由我寄还，以了一件事。

由世界语译之波兰小说四篇，是否我收全而看过，便寄雁冰乎？信并什曼斯キ小说〔波兰作家什曼斯基的《犹太人》〕已收到，与德文本略一校，则三种互有增损，而德译与世界语译相同之处较多，则某姑娘之不甚可靠确矣。德译者 S. Lopszanski〔洛普商斯奇〕，名字如此难拼，为作者之同乡无疑，其对于原语必不至于误解也。惜该书无序，所以关于作者之事，只在《斯拉夫文学史》中有五六行，稍缓译寄。来信有做体操之说，而我当时未闻，故以电话问之，得长井②答云：先生未言做伸胧伸开之体操，只须每日早昼晚散步三次（我想昼太热，两次也好了），而散步之程度，逐渐加深，而以不ツカレル〔疲劳〕为度。又每日早晨，须行深呼吸数，不限次。以不ツカレル〔疲劳〕为度，此很要紧。至于对面有疑似肺病之人，则于此间无妨，但若神经ノセイ〔心理作用〕，觉得可厌，则不近其窗下可也（此节我并不问，系彼自言）云云。汝之所谓体操，未知是否即长井之所谓深呼吸耶，写出备考。

树　上十三夜

---

①　汪公：指汪静之（1902—1996），安徽绩溪人，诗人。1921 年夏，他曾将诗稿《蕙的风》寄周作人求教。

②　长井：当时山本医院的医护人员。先生：指日本医生山本忠孝。

Dr. Josef Karasek〔约瑟夫·凯拉绥克博士〕：

《Slavische Literaturageschichte》，Ⅱ Teil，＄16.〔《斯拉夫文学史》第二卷第十六节〕，《最新的波兰的诗》（Asnyk〔亚斯尼克〕，Konoopnicka〔科诺普尼茨卡〕）Maria Konopnicka（1846）在许多的点上，是哲学的，对于クテシク〔古典〕典雅世界有着特爱的一个确实的男性的精神（Geist），略与 Asnvk〔亚斯尼克〕相同。后一事伊识之于伊〔意〕大利和希腊，而于古式（Antik形式）中赋以生命，伊又如 Asnyk〔亚斯尼克〕，是一个缜密的体式和响亮的言辞的好手（Meistrin），此外则倘伊高呼"祖国"以及到了雄辩的语调的时候，其奋发也近于波希米亚的女诗人krasnoorska〔克拉斯诺霍尔斯卡，捷克女诗人〕。

Konopnicka〔科诺普尼茨卡〕是"女人的苦楚和哀愁"的诗人，计其功绩，是在"用了民族的神祠（Nationale Pantheon）——饶富其民众"。伊以叙述移住民生活的，尚未完成的叙事诗（Eypopoe）《在巴西之 Balzar 氏》〔《巴尔采尔先生在巴西》〕，引起颇大的惊异来。伊又运用历史的大人物如 Moses〔摩西〕，Hus〔胡斯〕，Galileo〔伽利略〕等时，证明其宽博活泼的境地。形成伊"诗的认识"的高点者，为"断片"中的"Credo"〔信条〕。在伊的国人的区别上，则 Konopnicka 下斯拉夫世界最有兴趣，而尤在 Ceche〔捷克〕，Kroate〔克罗地〕，Slovene〔斯洛文尼〕，并且喜欢译那些的诗歌（特于 Vrchlicky〔符尔赫支奇，捷克作家〕——伊虽然也选译过 Hamerling〔哈美林，奥地利作家〕，Heyse〔海塞，德国作家〕和 Ackermann〔阿克曼，法国女诗人〕的集）；至于物语，则伊在 Gorz〔意大利城市〕的旅行记载中，是特抱了对于南斯拉夫的特爱而作的。但 Konopnicka

222

〔科诺普尼茨卡〕也识得诺尔曼的海岸，诗人之外又为动人的物语家，也做文学的论说和 Essay〔随笔〕，虽然多为主观的，却思索记述得都奇特。伊的文学的祝典，不独在波兰，却在波希米亚也行庆祝，那里是 Konopnicka 的诗歌，已由翻译而分明入籍的了。

二弟览：

　　《犹太人》略抄好了，今带上，只不过带上，你大约无拜读之必要，可以原车带回的。作者的事实，只有《斯拉夫文学史》中的几行（且无诞生年代），别纸抄上；其小说集中无序。
　　这篇跋语，我想只能由你出名去做了。因为如此三四校，老三似乎尚无此大作为。请你校世界语译，是狠〔很〕近理的。请我校德译，未免太巧。如你出名，则可云用信托我，我造了一段假回信，录在别纸，或录入或摘用就好了。
　　德译虽亦有删略，然比英世本似精神得多，至于英世不同的句子，德亦往往不与英世同，而较为易解，大约该一句原文本不易懂，而某女士与巴博士因各以意为之也。

树　上　七月十六日夜

抄跋之格子和白纸附上。
Dr. Josef Karasek〔约瑟夫·凯拉绥克博士〕《斯拉夫文学史》フ. ￥17. 最新的波兰的散文。
Adam Szymanski〔波兰作家什曼斯基〕也经历过送往西伯利亚的流人的运命，是一个身在异地而向祖国竭尽渴仰的，抒情的精灵（人物）。从他那描写流人和严酷的极北的自然相抗争的物语（叙事，小说）中，每飘出深沉的哀痛。他并非多作的文人，但是每一个他的著作事业的果实，在波兰却用了多大的同情而领受的。

所寄译稿，已用 S. Lopuszanski〔洛普商斯奇〕之德译本对比一过，似各本皆略有删节，今互相补凑，或较近于足本矣……德译本在 Deva Roman - Sammlung〔《德意志出版社小说丛书》〕中，亦以消闲为目的，而非注重研究之书，惟因译者亦波兰人，知原文较深，故胜于英译及世界语译本处颇不少，今皆据以改正；此外单字之不同者尚多，既以英译为主则不复一一改易也。①

二弟览：

《一茶》已寄出。波兰小说酬金已送支票来，计三十元；老三之两篇（ソロゲーブ〔梭罗古勃，俄国作家〕及犹太人）为五十元，此次共用作医费。有宫竹心②者寄信来，今附上。此人似尚非伪，我以为《域外小说集》及《欧文史》似可送与一册（《域》甚多，《欧》则书屋中有二本，不知此外尚有不要者否），此外借亦不便，或断之，如何希酌，如由我复，则将原信寄回。

丛文阁已印行ェロシ ゝエコ〔爱罗先珂〕之小说集《夜了ク前ノ歌》〔《天明前的歌》〕，拟与《貘ノ舌》〔《貘之舌》〕共注

---

① 即就开首数叶〔页〕而言：如英译之在半冰冻的土地里此作在冰硬的土地里；陈放着 B 的死尸此作躺着 B 的渣（躯壳）；被雪洗濯的 B 的面貌此作除去积雪之后的 B 的面貌；霜雪依然极严冽此作霜雪更其严冽了；如可怜的小狗此作如可怜的小动物……

② 宫竹心（1899—1966）：笔名白羽，山东人。擅长写武侠小说。

224

文，不知以丸善为宜，抑不如天津之东京堂乎？又如决定某处，则应先寄钱抑〔以〕便代金引换〔货到付款〕耶？

树　七月廿七日灯下

二弟览：

今日得信并译稿一篇。孙公〔孙伏园〕因家有电报来云母病，昨天回去了；据云多则半月便来北京。他虽云稿可以照常寄，但我想不如俟他来后再寄罢。

好在《晨报》之款并不急，前回雉鸡烧烤费①，也已经花去，现在我辈文章既可卖钱，则赋还之机会多多也矣。

潘公②的《风雨之下》实在不好，而尤在阿塞之开通，已为改去不少，俟孙公来京后交与，请以"情面"登之。《小说月报》拟稍迟寄与，因季黻要借看也。

关于哀禾③者，《或外小说集》附录如次：

哀禾本名勃罗佛尔德（Brofeldt），一八六一年生于列塞尔密（Lisalmi，芬兰的内地），今尚存，为芬兰近代文人之冠。一八九一年游法国，归而作《孤独》一卷，为写实派大著，又《木片集》一卷，皆小品。

关于这文的议论，容日内译上，因为须翻字典，而现在我项尚硬也。

土步已好，大约日内可以退院了。

---

① 雉鸡烧烤费：指周作人所译日本佐藤春夫小说《雉鸡的烧烤》所得的稿费。

② 潘公：指潘垂统，浙江余姚人，文学研究会成员。

③ 哀禾：通译阿霍（1861—1921），芬兰作家。

《小说月报》也无甚好东西。百里①的译文，短如羊尾，何其徒占一名也。

此间日旧大雨，想山中亦然。其实北京夏天，本应如此，但前两年却少雨耳。

树　上　七月卅一日

寄上《文艺复兴史》《东方》各一本；又红毛书三本②。

Ernst Brausewetter《北方名家小说》（Nordische MeisternoveI-Ien）中论哀禾的前几段：

芬兰近代诗的最重要最特别的趋向之一，是影响于芬兰人民的欧洲文明生活的潮流的反映，这事少有一个诗人，深深的攫住而且富于诗致的展布开来，能如站在他祖国的精神的运动中间，为《第一芬兰日报》的领袖之一的哀禾（JBrofeldt 的假名，一个芬兰牧师的儿子）的。

就在公布的第一册，他发表三篇故事，总题为《国民生活》的之中，他在《父亲怎样买洋灯》和《铁路》这两篇故事里，将闯入的文明生活的势力，用诗的意象来体现了。最初的石油灯和最初的铁路，及于少年和老人的效力有种种的不同。人看出开创的进步来，但从夸口的仆人的状态上，也看出一切文化在最初移植时偕与俱来的无可救药的势力。而终在老仆 Peka 这人物上，对于古老和过去，都罩上了 Romantik〔浪漫的〕的温厚的微光。正如 Geijerstam〔未详〕所美妙的指出说，"哀禾对于人生的被轻蔑的个性，有着柔和的眼光。这功效，是他能觉着交感，不特对于

---

① 蒋百里（1882—1938）：名方震，浙江海宁人，军事教育家。

② 《文艺复兴史》，即蒋百里编纂的《欧洲文艺复兴史》。《东方》，指《东方杂志》。红毛书，指外文书。

226

方来的新，而且也对于方去的故。"但这些故事的奇异的艺术的效力，却也属于能将这些状态纳在思想和感觉态度里的哀禾的才能。

二弟览：

　　得四日函俱悉，雁冰令我做新犹太事①，实无异请庆老爷②讲化学，可谓不屈〔不周到〕之至；捷克材料我尚有一点，但查看太费事，所以也不见得做也。

　　译稿中有数误字我决不定，所以将原稿并疑问表附上，望改定原车带回，至于可想到者，则我已径自校正矣。

　　猢公③冒雨出走，可称雪凉，而雄鸡乱啼亦属可恶，我以为可于夜间令鹤招④赶打之，如此数次，当亦能敬畏而不来也。

　　对于ㄅㄚㄉㄚ〔读作"吧唧"，形容滑倒的声音〕滑倒公〔指章锡琛〕不知拟用何文，我以为《无画之画帖》便佳，此后再添童话若干，便可出单行本矣。

　　五日信并稿已到，我拟即于日内改定寄去，该号既于十月方出，何以如此之急急耶。

　　脚短〔未详〕想比猢公较静，我以为《日华公论》文，不必大出力，而从缓亦可，因与脚短公说话甚难，易于出力不讨好

---

　　①　做新犹太事：指沈雁冰约请鲁迅撰文介绍新犹太文学的事。
　　②　庆老爷：当指周庆蕃，鲁迅本家叔祖。清末举人，曾任江南水师学堂汉文教习。
　　③　猢（wēn）公：未详。
　　④　鹤招：王鹤照，当时周宅的佣人。

也。你跋中引培因①语，然则序文拟不单译耶。哀禾著作

一页前四行	或略早……	或字费解应改
二〔页前〕五〔行〕	我应许你	应许二字不妥应酌改
〔二页〕后一〔行〕	火且上来	且字当误
十四〔页〕前七〔行〕	我全忙了	忘之误乎？
〔十四页〕后六〔行〕	很轻密	蓰？

《伊伯拉亨》

八页前九行　　　　　沙烬？

《巴尔干小说》目录中，Caragiale（罗马尼亚）的《复活祭之烛》，我是有的，但作者名字，我的《世界文学史》中全没有。Lazarevic〔拉柴莱维支，塞尔维亚小说家〕的《盗》，我也有，但题目是《媒トシテノ盗》〔《盗为媒》〕。SandorGjalski〔山陀尔·雅尔斯基，克罗地亚作家〕的两篇，就是我所有的他的小说集的前两篇，这人是克洛谛亚第一流文人，《斯拉夫文学史》中有十来行说他的事。而 Vetendorf〔未详〕，Friedensthal〔弗里登塔尔，德国作家〕，Netto〔涅特，巴西作家〕三位，则无可考，大约是新脚色也。

他们翻译，似专注意于最新之书，所以略早出板〔版〕的如レルモントフ〔莱蒙托夫，俄国诗人〕，シユゝキウヱチ〔显克微支，波兰作家〕之类，便无人留意，也是维新维得太过之故。我这回拟译的两篇，一是 Vazov〔伐佐夫，保加利亚作家〕的

---

① 　培因：英国翻译家。曾译过《哀禾小说集》。

228

《Welko 的出征》，已经译了大半；一是 Minna Canth〔明娜·康特，芬兰女作家〕的《疯姑娘》；Heikki〔未详〕的《母亲死了的时候》因为有删节，所以不译也。

勃加利亚语 Welko = 狼，译媘①注云"等于 Jerwort〔日尔沃，今属南斯拉夫〕和塞尔维亚的 Wuk，在俄 = Wolk，在波兰 = Wilk"。这 w 字不知应否俱改 V 字；又 Jerwot 是什么国，你知道否？

兄树　上　八月六日

二弟览：

老三回来，收到信并《在希腊岛》，我想这登《晨报》，固然可惜，但《东方》也头里哩忒萝②，不如仍以《小说月报》的被压民族号为宜，因其中有新希腊小说也。或者与你的《波兰文观》同时寄去可耳。

你译エフタクリチス〔蔼夫达利阿蒂斯，希腊小说家〕小说已多，若将文言的两篇改译，殆已可出全本耶？

子佩代买来《新青年》九の一〔第九卷第一号〕一本（便中当带上），据云九の二〔第九卷第二号〕亦已出，而只有一本为分馆买之，拟尚托出往寻。每书坊中殆必不止一本，而不肯多拿出者，盖防侦探，虑其一起拿去也。

九ノ……〔第九卷第一号〕后（编辑室杂记）有云：本社社员某人因患肋膜炎不能执笔我们很希望他早日痊愈本志次期就能

---

① 译媘（jié）：意为女译者，指《战争中的威尔珂》的德译者扎典斯加。

② 头里忒萝卜：《越谚》里面有"'头里忒萝卜'勿得知'"的说法。

登出他的著作。我想：你也不能不给他作或译了，否则《说报》之类中太多，而于此没有，也不甚好。

我想：老三于显克微支不甚有趣味，不如不译，而由你选译之，现在可登《新青年》，将来可出单行本。老三不如再弄他所崇拜之 Sologub〔梭罗古勃〕也。

星期〔天〕我或上山，亦未可知，现在未定，大约十之九要上山也。

我译 Vazov〔伐佐夫〕，M. Canth〔明娜·康特〕各一篇已成，现与齐寿出校对校对，大约本星期中可腾〔誊〕清耳。

兄树　十七日夜

二弟览：

廿三日信已到。城内现在也冷，大约与山中差不多。我译力尹电夕〔凯拉绥克〕《斯拉夫文学史》译得要命了，出力多而成绩恶，可谓黄胖椿年糕①，但既动手，也不便放下，只好译下去，名词一纸，望注回。你为《新青年》译，イベネヅ〔伊巴涅支，西班牙作家〕也好，其实我以为ゴーゴル〔果戈理，俄国作家〕，显克ウエチ〔显克微支〕等也都好，雁冰他们太骛新了。前天沈尹默绍介张黄〔张定璜〕，即做《浮世绘》的，此人非常之好，神经分明，听说他要上山来，不知来过否？

《或日ノ一休》〔《一日里的一休和尚》〕略翻诸书未见，或

---

① 黄胖椿（chōng）年糕：绍兴一带的歇后语，吃力不讨好的意思。黄胖，黄疸病人。

230

其新作乎？我们选译日本小说，即以此为据，不知好否？

闻孙公一星期内可来，系许羡苏①说，不知何据也。《小说月报》八号尚未来，也不知上海出否，沪报自铁路断后，遂不至（最后者十四日）。中国似大要实用新村主义②而老死不相往来矣。

我们此后译作，每月似只能《新》，《小》，《晨》各一篇，以免果有不均之诮。《新》九の二〔第九卷第二号〕已出，今附上，无甚可观，惟独秀随感③究竟爽快耳。

《支那学》④ 不来，大约不送矣，尹默说，青木派亦似有点谬。余后谈。

兄树　八月廿五日夜

二弟览：

老三来，接到稿并信，仲甫信件当于明日寄去矣。我大为捷克所害⑤，"黄胖捣年糕""头哩仗萝"悔之无及，但既已动手，只得译之。

雁冰译南罗达⑥作之按语，译著作家 Céch〔捷赫，捷克诗人〕作删〔删〕区，可谓粗心。

---

① 许羡苏：字淑卿，浙江绍兴人，许钦文四妹。

② 新村主义：十九世纪初源于法国的一种社会运动，主张辟地乡间，以合作互助为基础组织村落，作为理想社会的模范。

③ 指陈独秀的随感录三篇：《下品的无政府党》《青年底误会》和《反抗舆论的勇气》。

④ 《支那学》：月刊，日本研究中国文学问题的刊物。

⑤ 指翻译《近代捷克文学概观》一事。

⑥ 南罗达（1834—1891）：通译尼鲁达，捷克作家。沈雁冰曾将他的《愚笨的裴纳》译载于《小说月报》第十二卷第八号。

《日本小说集》目如此已甚好，但似尚可推出数人数篇，如加能；又佐藤春夫似尚应添一篇别的也。①

张黄今天来，大菲薄谷崎润一②，大约意见与我辈差不多，又大恶数泡メイ〔岩野泡鸣，日本作家〕。而亦不满夏目，以其太個云。

又云郭沫若在上海编《创造》。我近来大看不起沫若田汉③之流。又云东京留学生中，亦有喝加菲（因アブサン〔苦艾酒〕之类太贵）而自称デカダン〔颓废派〕者，可笑也。

西班牙话已托潘公查过，今附上。

兄树 八月廿九日

二弟览：

昨寄一信，想已达。

大打特打之盲诗人之著作④已到，今呈阅。虽略露骨，但似尚佳，我尚未及细看也。如此著作，我亦不觉其危险之至，何至于兴师动众而驱逐之乎。我或将来译之，亦未可定。

捷克文有数个原字（大约近似俄文）如此译法，不知好否？汝或能有助言也。

Narodni Listy 都市新闻

---

① 加能作次郎（1885—1941）：日本作家。佐藤春夫（1892—1964）：日本作家，曾翻译鲁迅作品。

② 即谷崎润一郎（1886—1965）：日本作家。

③ 郭沫若（1892—1978）：四川乐山人，文学家，历史学家，社会活动家，创造社主要发起人之一。田汉（1898—1968）：字寿昌，湖南长沙人，戏剧家。

④ 盲诗人之著作：指爱罗先珂的童话集《天明前的歌》。

Poetické besedy 诗座

Vaclav z Michalovic 书名，但不知 z 作何解。

兄树　上　八月卅日

二弟览：

今因齐寿山先生到西山之便，先寄上《净土十要》一部，笔三支，《妇女杂志》八号尚未到。

老三昨已行。姊姊①昨已托山本检查，据云无病，其所以瘦者，因正在"长起来"之故，今日已又往校矣。孙公有信来，因津浦火车之故，已"搁起"在浦镇十日矣云云。明日当有人上山，余再谈。

兄树　上　九月三日午后

二弟览：

昨日齐寿老上西山，托寄《净土十要》一部，笔三支并信，自然应该已经收到了。

エロ样〔爱罗先珂〕之童话我未细看，但我想多译几篇，或者竟出单行本，因为陈义较浅，其于硬眼或较有益乎。

此间科学会开会，南京代表云，"不宜说科学万能！"此语甚奇。不知科学本非万能乎？抑万能与否未定乎？抑确系万能而却不宜说乎？这是中国科学家。

五日起大学系补课而非开学，仍由我写请假信乎，望将收信

---

① 指周作人的女儿周静子，当时在北京孔德学校读书。

233

处见告如"措词"见告亦可。

寄潘垂统之《小说月报》已可付邮乎？望告地址。

附上孙公信，可见彼之"搁起"情形也。

兄树上　九月四日

二弟览：

某居之《西班牙主潮》送上。《小说月报》前六本尚在季市处，倘某君书中无伊巴ネヅ〔伊巴涅支〕生年，则只能向图书馆查之，因季市足疾久未到部也。

中秋寺赏俟问齐公后答。

女高师①尚无补课信来，但此间之信，我未能全寓目，以意度之，当尚未有耳，因男高师②亦尚无之也。

山本云：因自动车〔汽车〕走至御宅〔尊府〕左近而破，所以今日未去，三四日内当御闻フ〔拜访〕云云。其自动车故障一节虽未识确否，而日内御伺，则当无疑也。

土步君昨日身热，今日已全退，盖小伤风也。

胡适之有信来（此信未封，可笑！），今送上。据说则尚有一信，孙公藏而居于浦镇也。彼欲印我辈小说，我想我之所作于《世界从书》不宜，而我们之译品，则尚太无片段，且多已豫〔预〕约，所以只能将来别译与之耳。

《时事新报》乞文，我以为可以不应酬也。

---

①　女高师：即北京女子高等师范学校。当时周作人在该校讲授欧洲文学史。

②　男高师：即北京高等师范学校。当时鲁迅在该校讲授中国小说史。

捷克罗卜，已于今日勉强忒完①，无甚意味，所以也不寄阅，雁冰又曾约我讲小露西亚〔俄罗斯〕，我实在已无此勇气矣。

商务印书馆之《妇女杂志》及《小说月报》，现在只存《说》第八（已〔以〕前者俱无）大约生意甚旺也。

余后详。

兄树　上　九月四日夜

二弟览：

伊巴涅支〔小〕说②的末一叶〔页〕已收到了。

大学已有开课信来，我明日当写信去。女师尚无，此回开课，只说补课，尚未提及新学年功课，我想倘他来信，只要照例请假便可（由我写去），不必与说此后之事也。如何复我。

中秋节寺赏据齐寿山说如下：

大门	四吊	二门	六吊

南门即后门？六吊如不常走则　方丈院听差　三或四元以上
　　　　　　　四吊已够

兄树　上　九月五日夜

二弟览：

イベネヅ〔伊巴涅支〕的生年，《小说月报》中亦无，且并"五十余岁"之说而无之。此公大寿，盖尚未为史家所知，跋③中

---

① 这里指译完《近代捷克文学概观》。
② 指西班牙作家伊巴涅支的《颠狗病》。
③ 指周作人的《颠狗病》译后记。

236

已改为"现年五十余岁"矣。

查字附上，其中一个无着，岂拉丁乎？至于 Tuleries 则系我脱落一 i 字，其为"瓦窑"无疑也。

光典①信附上，因为信面上还有"如在西山赶紧转寄"等等急煞活煞的话。现代少年胜手〔随便〕而且我烬〔任性〕，真令人闭口也。署签"断乎不可"！

我看你译小说，还可以随便流畅一点（我实在有点好讲声调的弊病），前回的《炭画》生硬，其实不必接他，从〔重〕新起头亦可也。

孙公已到矣。

我十一本想上山，而是日早上须在圣庙敬谨执事，所以大约不能上山矣。

余后谈。

兄树　上　九月八日夜

二弟览：

你的诗和伊巴涅支小说，已寄去。报上又说仲甫走出了，但记者诸公之说，不足深信，好在函系挂号，即使行卫〔去向〕不明，亦仍能打回来也。

现在译好一篇エロ君〔爱罗君〕之《沼ノホトリ》〔《池边》〕拟予孙公，此后则译《狭ノ笼》〔《狭的笼》〕可予仲甫也。你译的"清兵衛卜胡声"〔《清兵卫与壶卢》〕当给孙公否，见告。

---

① 即邰（tái）光典，因其等办杂志函请周作人寄稿和题写刊头。

淮滨寄庐信寄上，此公何以无其"长辈"之信而自出鹿爪シイ〔装模作样〕之言殊奇。旁听不知容易否，我辈自无工夫，或托孙公一办，倘难，则由我回复之可也。

表现派剧，我以为本近儿戏，而某公一接脚①，自然更难了然。其中有一篇系开幕之后有一只狗跑过，即闭幕，殆为接脚公写照也。

批评中国创作，《读卖》中似无之，我从五至七月皆翻过（内中自然有缺）皆不见，重君②亦不记得，或别种报上之文乎？

コホリコ・コ〔日语意译：冰心〕之蓄道德云云，即指庐山叙旧而发，闻晨报社又收到该大学全体署名一信，言敝同人中虽有别名"ヒ丶シ丶"〔日语音译：冰心〕者，而未曾收到该项诗歌，然则被赠者当系别一ヒ丶シ丶〔日语音译：冰心〕云云，大约不为之登出矣。夫被赠无罪，而如此断断③，殊可笑，与女人因被调戏而上吊正无异，诚哉如柏拉图所言，"不完全则宁无"也。

兄树　上　十一日下午

二弟览：

三弟今日有信，今寄上。

查武者小路④的《或日ノ一休》系戏剧，于我辈之小说集不

---

① 指宋春舫，浙江吴兴人，戏益评论家。接脚，讽指接手。
② 重君：即日本人羽太重欠，周作人的妻弟。
③ 断断：怨嫉。
④ 武者小路实笃（1885—1976）：日本作家。鲁迅曾译过他的四幕剧《一个青年的梦》。

238

合，尚须别寻之。此次改定之《日本小说》目录，既然如此删汰，则我以为漱石只须一篇《一夜》，鸥外〔森鸥外，日本作家〕亦可减去其一，但《沉默之塔》太轻イ〔轻微〕，当别译；而若嫌页数太少，则增加别人著作（如武者，有岛〔有岛武郎，日本作家〕之类）可也。该书自然以今年出版为合，但不知来得及否耳。

我自从挤出捷克文学后，现在大被补课所轧，因趣味已无而须做讲义，是大苦也。此次已去补一次，高师不甚缺少，而大学只有听讲者五枚，可笑也。女师之熊①仍不走，我以为倘有信来，大可不必再答，即续假亦可不请，听其自然，盖感情已背，无可弥缝，而熊系魇子②，亦难喻以理或动之以情也。

我为《新青年》译《狭ノ笼》〔《狭的笼》〕已成，中有テヤツ〔拉阁〕拟加注，查德文字典云"Radscha, or Rajh = 土着〔著〕的东印度侯爵"未知即此否，以如何注法为合，望告知。至于老三之一篇，则须两星期方能抄成，拟一同寄去，因豫〔预〕算稿子，你已有两次，可以直用至第五期也。

中秋无月。今日《晨报》亦停。潘太太之作尚佳，可以删去序文，寄与《说报》，潘公之《风雨之下》，经改题而去其浪漫于夕〔罗曼谛克〕之后，亦尚不恶也。但宫小姐之作，则据老三云：因有"目货"字样，故章公颇为踌躇。此公常因女人而，ベヤダイ〔读作"吧唧"，形容滑倒的声音〕，则神经过敏亦固其所，拟令还我，转与孙公耳。

《说报》于我辈之稿费，尚不寄来，殊奇。我之《小露西亚

---

① 女师之熊：指熊崇煦（xù），字知白，湖南长沙人。曾学日本。时任北京女子高等师范学校校长。

② 魇（yǎn）子：指迷乱无理智的人。

文学観〔观〕》系九日寄出，已告结束矣，或者以中秋之故而迟迟者乎。家中俱安，勿念。余后谈。

兄树　上　九月十七日

【赏读：中国文化史上周氏三兄弟：周树人、周作人、周建人都很有名，特别是鲁迅和他的二弟周作人，年纪差得不是太大，周作人的成长都是他的兄长鲁迅一路引导，鲁迅不但负责这个家庭的物质生活，还负责引导弟弟精神方向，鲁迅到南京上学，也把他的弟弟接到南京上学，鲁迅去日本留学，后来也把他的弟弟带到日本留学，在留学过程中以及回国之后，兄弟两人并肩战斗，一块写文章，一块做学问，他们都是新文化运动中很有名的先锋人物，特别是五四新文化运动的早期，他的兄弟周作人还比鲁迅名气更大一点。那个时候，因为周作人在北京大学当教授，很多人后来才知道周作人有一个哥哥，学问也不错。

很长时间内，周作人的名气更大，谁也不会想到，这样好的兄弟，思想感情这样接近的兄弟，最后会分裂，分手，会绝交，结果他们由不分彼此，最后发展为终生不再来往。

周作人和鲁迅绝交之后，思想渐渐脱离了时代主流，抗日战争爆发之后，周作人担任日伪政府教育督办，为日本人做事，抗战胜利之后，以叛国罪被判入狱，1949 年出狱，后定居北京，在人民大学出版社工作，1967 年去世，终年 82 岁。】

附　录

鲁迅第一篇小说：《怀旧》①

　　吾家门外有青桐一株，高可三十尺，每岁实如繁星，儿童掷石落桐子，往往飞入书窗中，时或正击吾案，一石入，吾师秃先生辄走出斥之。桐叶径大盈尺，受夏日微瘁，得夜气而苏，如人舒其掌。家之阍人②王叟，时汲水沃地去暑热，或掇破几椅，持烟筒，与李妪谈故事，每月落参横，仅见烟斗中一星火，而谈犹弗止。

　　彼辈纳晚凉时，秃先生正教予属对，题曰："红花。"予对："青桐。"则挥曰："平仄弗调。"令退。时予已九龄，不识平仄为

---

　　① 本篇最初发表于一九一三年四月二十五日上海《小说月报》第四卷第一号，署名周逴（chuō），后收录于《集外集拾遗》。很多人以为鲁迅的第一篇小说是《狂人日记》，鲁迅逝世以后，他的二弟周作人透露："他（鲁迅）写小说，其实并不始于《狂人日记》，辛亥年冬天在家里的时候，曾经用古文写过一篇，以东邻的富翁为模型，写革命前夜的情形，有性质不明的革命军将要进城，富翁与清客闲汉商议迎降，颇富于讽刺色彩。"《怀旧》的故事情节并不复杂，是借一个九岁的孩子的观察和语气，巧妙描写辛亥革命在不同社会阶层人们中引起的不同反应。主要写了豪绅金耀宗和老师秃先生，家人王叟，仆人李妪，以及秃先生的相邻。社会一有风吹草动，他们就要凑到一起，共谋对策。小说笔触细腻有力，生动形象，荒诞幽默。

　　② 阍（hūn）人：守门人。

241

何物，而秃先生亦不言，则姑退。思久弗属，渐展掌拍吾股使发大声如扑蚊，冀秃先生知吾苦，而先生仍弗理；久之久之，始作摇曳声曰："来。"余健进。便书绿草二字曰："红平声，花平声，绿入声，草上声。去矣。"余弗遑听，跃而出。秃先生复作摇曳声曰："勿跳。"余则弗跳而出。

予出，复不敢戏桐下，初亦尝扳王翁膝，令道山家故事。而秃先生必继至，作厉色曰："孺子勿恶作剧！食事既耶？盍归就尔夜课矣。"稍迕，次日便以界尺击吾首曰："汝作剧何恶，读书何笨哉？"我秃先生盖以书斋为报仇地者，遂渐弗去。况明日复非清明端午中秋，予又何乐？设清晨能得小恙，映午而愈者，可借此作半日休息亦佳；否则，秃先生病耳，死尤善。弗病弗死，吾明日又上学读《论语》矣。

明日，秃先生果又按吾《论语》，头摇摇然释字义矣。先生又近视，故唇几触书，作欲啮状。人常咎吾顽，谓读不半卷，篇页便大零落；不知此咻咻然之鼻息，日吹拂是，纸能弗破烂，字能弗漫漶耶！予纵极顽，亦何至此极耶！秃先生曰："孔夫子说，我到六十便耳顺；耳是耳朵。到七十便从心所欲，不逾这个矩了……"余都不之解，字为鼻影所遮，余亦不之见，但见《论语》之上，载先生秃头，烂然有光，可照我面目；特颇模胡朦胧，远不如后圃古池之明晰耳。

先生讲书久，战其膝，又大点其头，似自有深趣。予则大不耐，盖头光虽奇，久观亦自厌倦，势胡能久。

"仰圣先生！仰圣先生！"幸门外突作怪声，如见眚①而呼救者。

---

① 眚（shěng）：灾难。

"耀宗兄耶？……进可耳。"先生止《论语》不讲，举其头，出而启门，且作礼。

予初殊弗解先生何心，敬耀宗竟至是。耀宗金氏，居左邻，拥巨资；而敝衣破履，日日食菜，面黄肿如秋茄，即王翁亦弗之礼。尝曰："彼自蓄多金耳！不以一文见赠，何礼为？"故翁爱予而对耀宗特傲，耀宗亦弗恤，且聪慧不如王翁，每听谈故事，多不解，唯唯而已。李媪亦谓，彼人自幼至长，但居父母膝下如囚人，不出而交际，故识语殊聊聊。如语及米，则竟曰米，不可别粳糯；语及鱼，则竟曰鱼，不可分鲂鲤。否则不解，须加注几百句，而注中又多不解语，须更用疏，疏又有难词，则终不解而止，因不好与谈。惟秃先生特优遇，王翁等甚讶之。予亦私揣其故，知耀宗曾以二十一岁无子，急蓄妾三人；而秃先生亦云以不孝有三，无后为大，故尝投三十一金，购如夫人一，则优礼之故，自因耀宗纯孝。王翁虽贤，学终不及先生，不测高深，亦无足怪；盖即予亦经覃思多日，始得其故者。"先生，闻今朝消息耶？"

"消息？……未之闻……甚消息耶？"

"长毛且至矣！"

"长毛！……哈哈，安有是者……"

耀宗所谓长毛，即仰圣先生所谓髪逆；而王翁亦谓之长毛，且云，时正三十岁。今王翁已越七十，距四十余年矣，即吾亦知无是。

"顾消息得自何墟三大人，云不日且至矣……"

"三大人耶？……则得自府尊者矣。是亦不可不防。"先生之仰三大人也，甚于圣，遂失色绕案而踱。

"云可八百人，我已遣底下人复至何墟探听。问究以何日来……”

“八百？……然安有是，哦，殆山贼或近地之赤巾党耳。”

秃先生智慧胜，立悟非是。不知耀宗固不论山贼海盗白帽赤巾，皆谓之长毛；故秃先生所言，耀宗亦弗解。“来时当须备饭。我家厅事小，拟借张睢阳庙庭飨其半。彼辈既得饭，其出示安民耶。”耀宗禀性鲁，而箪食壶浆①以迎王师之术，则有家训。王翁曾言其父尝遇长毛，伏地乞命，叩额赤肿如鹅，得弗杀，为之治庖侑食，因获殊宠，得多金。逮长毛败，以术逃归，渐为富室，居芜市云。时欲以一饭博安民，殊不如乃父智。

“此种乱人，运必弗长，试搜尽《纲鉴易知录》，岂见有成者？……特特亦间不无成功者。饭之，亦可也。虽然，耀宗兄！足下切勿自列名，委诸地甲可耳。”

“然！先生能为书顺民二字乎。”

“且勿且勿，此种事殊弗宜急，万一竟来，书之未晚。且耀宗兄！尚有一事奉告，此种人之怒，固不可撄，然亦不可太与亲近。昔髮逆反时，户贴顺民字样者，间亦无效；贼退后，又窘于官军，故此事须待贼薄芜市时再议。惟尊眷却宜早避，特不必过远耳。”

“良是良是，我且告张睢阳庙道人去耳。”

耀宗似解非解，大感佩而去。人谓遍搜芜市，当以我秃先生为第一智者，语良不诬。先生能处任何时世，而使己身无几微之疵，故虽自盘古开辟天地后，代有战争杀伐治乱兴衰，而仰圣先生一家，独不殉难而亡，亦未从贼而死，绵绵至今，犹巍然拥皋

---

① 箪食（dān sì）壶浆，语出《孟子·梁惠王上》，百姓用酒食欢迎军队。

比①为予顽弟子讲七十而从心所欲不逾矩。若由今日天演家言之，或曰由宗祖之遗传；顾自我言之，则非从读书得来，必不有是。非然，则我与王翁李媪，岂独不受遗传，而思虑之密，不如此也。

耀宗既去，秃先生亦止书不讲，状颇愁苦，云将返其家，令予废读。予大喜，跃出桐树下，虽夏日炙吾头，亦弗恤，意桐下为我领地，独此一时矣。少顷，见秃先生急去，挟衣一大缚。先生往日，惟遇令节或年暮一归，归必持《八铭塾钞》数卷；今则全帙俨然在案，但携破箧中衣履去耳。

予窥道上，人多于蚁阵，而人人悉函惧意，惘然而行。手多有挟持，或徒其手，王翁语予，盖图逃难者耳。中多何墟人，来奔芜市；而芜市居民，则争走何墟。王翁自云前经患难，止吾家勿仓皇。李媪亦至金氏问讯，云仆犹弗归，独见众如夫人，方检脂粉芗泽纨扇罗衣之属，纳行箧中。此富家姨太太，似视逃难亦如春游，不可废口红眉黛者。予不暇问长毛事，自扑青蝇诱蚁出，践杀之，又舀水灌其穴，以窘蚁禹。未几见日脚遽去木末，李媪呼予饭。予殊弗解今日何短，若在平日，则此时正苦思属对，看秃先生作倦面也。饭已，李媪挈予出。王翁亦已出而纳凉，弗改常度。惟环而立者极多，张其口如睹鬼怪，月光娟娟，照见众齿，历落如排朽琼，王翁吸烟，语甚缓。

"……当时，此家门者，为赵五叔，性极憨。主人闻长毛来，令逃，则曰：'主人去，此家虚，我不留守，不将为贼占耶？'……"

"唉，蠢哉！……"李媪斗作怪叫，力斥先贤之非。

---

① 皋比（gāo bǐ）：铺设有虎皮的座位。后将任教称为"坐拥皋比"。

"而司爨①之吴妪亦弗去，其人盖七十余矣，日日伏厨下不敢出。数日以来，但闻人行声，犬吠声，入耳惨不可状。既而人行犬吠亦绝，阴森如处冥中。一日远远闻有大队步声，经墙外而去。少顷少顷，突有数十长毛入厨下，持刀牵吴妪出，语格磔不甚可辨，似曰：'老妇！尔主人安在？趣将钱来！'吴妪拜曰：'大王，主人逃矣。老妇饿已数日，且乞大王食我，安有钱奉大王。'一长毛笑曰：'若欲食耶？当食汝。'斗以一圆物掷吴妪怀中，血模胡不可视，则赵五叔头也……"

"啊，吴妪不几吓杀耶？"李媪又大惊叫，众目亦益瞠，口亦益张。

"盖长毛叩门，赵五叔坚不启，斥曰：'主人弗在，若辈强欲入盗耳。'长……"

"将得真消息来耶？……"则秃先生归矣。予大窘，然察其颜色，颇不似前时严厉，因亦弗逃。思倘长毛来，能以秃先生头掷李媪怀中者，余可日日灌蚁穴，弗读《论语》矣。

"未也……长毛遂毁门，赵五叔亦走出，见状大惊，而长毛……"

"仰圣先生！我底下人返矣。"耀宗竭全力作大声，进且语。

"如何？"秃先生亦问且出，睁其近眼，逾于余常见之大。余人亦竞向耀宗。

"三大人云长毛者谎，实不过难民数十人，过何墟耳。所谓难民，盖犹常来我家乞食者。"耀宗虑人不解难民二字，因尽其所知，为作界说，而界说只一句。

"哈哈！难民耶！……呵……"秃先生大笑，似自嘲前此仓

---

① 司爨（cuàn）：负责做饭。

246

皇之愚，且嗤难民之不足惧。众亦笑，则见秃先生笑，故助笑耳。

众既得三大人确消息，一哄而散，耀宗亦自归，桐下顿寂，仅留王翁辈四五人。秃先生踱良久，云："又须归慰其家人，以明晨返。"遂持其《八铭塾钞》去。临去顾余曰："一日不读，明晨能熟背否？趣去读书，勿恶作剧。"余大忧，目注王翁烟火不能答，王翁则吸烟不止。余见火光闪闪，大类秋萤堕草丛中，因忆去年扑萤误堕芦荡事，不复虑秃先生。

"唉，长毛来，长毛来，长毛初来时良可恐耳，顾后则何有。"王翁辍烟，点其首。

"翁盖曾遇长毛者，其事奈何？"李媪随急询之。

"翁曾作长毛耶？"余思长毛来而秃先生去，长毛盖好人，王翁善我，必长毛耳。

"哈哈！未也——李媪，时尔年几何？我盖二十余矣。"

"我才十一，时吾母挈我奔平田，故不之遇。"

"我则奔幌山——当长毛至吾村时，我适出走。邻人牛四，及我两族兄稍迟，已为小长毛所得，牵出太平桥上，一一以刀斫其颈，皆不殊，推入水，始毙。牛四多力，能负米二石五升走半里，今无如是人矣。我走及幌山，已垂暮，山颠乔木，虽略负日脚，而山跌之田禾，已受夜气，色较白日为青。既达山跌，后顾幸无追骑，心稍安。而前瞻不见乡人，则凄寂悲凉之感，亦与并作。久之神定，夜渐深，寂亦弥甚，入耳绝无人声，但有吱吱！哐哐哐！……"

"哐哐？"余大惑，问题不觉脱口。李媪则力握余手禁余，一若余之怀疑，能贻大祸于媪者。

"蛙鸣耳。此外则猫头鹰，鸣极惨厉……唉，李媪，尔知孤木立黑暗中，乃大类人耶？……哈哈，顾后则何有，长毛退时，我村人皆操锹锄逐之，逐者仅十余人，而彼虽百人不敢返斗。此后每日必去打宝，何墟三大人，不即因此发财者耶。"

"打宝何也？"余又惑。

"唔，打宝行宝……凡我村人穷迫，长毛必投金银珠宝少许，令村人争拾，可以缓迫。余曾得一明珠，大如戎菽，方在惊喜，牛二突以棍击吾脑，夺珠去；不然纵不及三大人，亦可作富家翁矣。彼三大人之父何狗保，亦即以是时归何墟，见有打大辫子之小长毛，伏其家破柜中……"

"啊！雨矣，归休乎。"李媪见雨，便生归心。

"否否，且住。"余殊弗愿，大类读小说者，见作惊人之笔后，继以欲知后事如何且听下回分解；则偏欲急看下回，非尽全卷不止，而李媪似不然。

"咦！归休耳，明日晏起，又要吃先生界尺矣。"

雨益大，打窗前芭蕉巨叶，如蟹爬沙，余就枕上听之，渐不闻。

"啊！先生！我下次用功矣……"

"啊！甚事？梦耶？……我之噩梦，亦为汝吓破矣……梦耶？何梦？"李媪趋就余榻，拍余背者屡。

"梦耳！……无之……媪何梦？"

"梦长毛耳！……明日当为汝言，今夜将半，睡矣，睡矣。"

鲁迅自述：我怎么做起小说来[①]

我怎么做起小说来？——这来由，已经在《呐喊》的序文上，约略说过了。这里还应该补叙一点的，是当我留心文学的时

[①] 本文选自《南腔北调集·我怎么做起小说来》。

候，情形和现在很不同：在中国，小说不算文学，做小说的也决不能称为文学家，所以并没有人想在这一条道路上出世。我也并没有要将小说抬进"文苑"里的意思，不过想利用他的力量，来改良社会。

但也不是自己想创作，注重的倒是在绍介，在翻译，而尤其注重于短篇，特别是被压迫的民族中的作者的作品。因为那时正盛行着排满论，有些青年，都引那叫喊和反抗的作者为同调的。所以"小说作法"之类，我一部都没有看过，看短篇小说却不少，小半是自己也爱看，大半则因了搜寻绍介的材料。也看文学史和批评，这是因为想知道作者的为人和思想，以便决定应否绍介给中国。和学问之类，是绝不相干的。

因为所求的作品是叫喊和反抗，势必至于倾向了东欧，因此所看的俄国，波兰以及巴尔干诸小国作家的东西就特别多。也曾热心的搜求印度、埃及的作品，但是得不到。记得当时最爱看的作者，是俄国的果戈理（N. Gogol）和波兰的显克微支（H. Sienkiewica）。日本的，是夏目漱石和森鸥外。

回国以后，就办学校，再没有看小说的工夫了，这样的有五六年。为什么又开手了呢？——这也已经写在《呐喊》的序文里，不必说了。但我的来做小说，也并非自以为有做小说的才能，只因为那时是住在北京的会馆里的，要做论文罢，没有参考书，要翻译罢，没有底本，就只好做一点小说模样的东西塞责，这就是《狂人日记》。大约所仰仗的全在先前看过的百来篇外国作品和一点医学上的知识，此外的准备，一点也没有。

但是《新青年》的编辑者，却一回一回的来催，催几回，我就做一篇，这里我必得记念陈独秀先生，他是催促我做小说最着力的一个。

自然，做起小说来，总不免自己有些主见的。例如，说到"为什么"做小说罢，我仍抱着十多年前的"启蒙主义"，以为必须是"为人生"，而且要改良这人生。我深恶先前的称小说为"闲书"，而且将"为艺术的艺术"，看作不过是"消闲"的新式的别号。所以我的取材，多采自病态社会的不幸的人们中，意思是在揭出病苦，引起疗救的注意。所以我力避行文的唠叨，只要觉得够将意思传给别人了，就宁可什么陪衬拖带也没有。中国旧戏上，没有背景，新年卖给孩子看的花纸上，只有主要的几个人'（但现在的花纸却多有背景了），我深信对于我的目的，这方法是适宜的，所以我不去描写风月，对话也决不说到一大篇。

　　我做完之后，总要看两遍，自己觉得拗口的，就增删几个字，一定要它读得顺口；没有相宜的白话，宁可引古语，希望总有人会懂，只有自己懂得或连自己也不懂的生造出来的字句，是不大用的。这一节，许多批评家之中，只有一个人看出来了，但他称我为 Stylist。

　　所写的事迹，大抵有一点见过或听到过的缘由，但决不全用这事实，只是采取一端，加以改造，或生发开去，到足以几乎完全发表我的意思为止。人物的模特儿也一样，没有专用过一个人，往往嘴在浙江，脸在北京，衣服在山西，是一个拼凑起来的脚色。有人说，我的那一篇是骂谁，某一篇又是骂谁，那是完全胡说的。

　　不过这样的写法，有一种困难，就是令人难以放下笔。一气写下去，这人物就逐渐活动起来，尽了他的任务。但倘有什么分心的事情来一打岔，放下许久之后再来写，性格也许就变了样，情景也会和先前所豫想的不同起来。例如我做的《不周山》，原意是在描写性的发动和创造，以至衰亡的，而中途去看报章，见了一位道学的批评家攻击情诗的文章，心里很不以为然，于是小说里就有一个小人物跑到女娲的两腿之间来，不但不必有，且将结构的宏大毁坏了。但这些处所，除了自己，大概没有人会觉到的，我们的批评大家成仿吾先生，还说这一篇做得最出色。

我想，如果专用一个人做骨干，就可以没有这弊病的，但自己没有试验过。

忘记是谁说的了，总之是，要极省俭的画出一个人的特点，最好是画他的眼睛。我以为这话是极对的，倘若画了全副的头发，即使细得逼真，也毫无意思。我常在学学这一种方法，可惜学不好。

可省的处所，我决不硬添，做不出的时候，我也决不硬做，但这是因为我那时别有收入，不靠卖文为活的缘故，不能作为通例的。

还有一层，是我每当写作，一律抹杀各种的批评。因为那时中国的创作界固然幼稚，批评界更幼稚，不是举之上天，就是按之入地，倘将这些放在眼里，就要自命不凡，或觉得非自杀不足以谢天下的。批评必须坏处说坏，好处说好，才于作者有益。

但我常看外国的批评文章，因为他于我没有恩怨嫉恨，虽然所评的是别人的作品，却很有可以借镜之处。但自然，我也同时一定留心这批评家的派别。

以上，是十年前的事了，此后并无所作，也没有长进，编辑先生要我做一点这类的文章，怎么能呢？拉杂写来，不过如此而已。

一九三三年三月五日灯下